契诃夫短篇小说集

[俄] 安东·巴甫洛维奇·契诃夫◎著

耿　雨◎译

中国民族文化出版社

北京

图书在版编目（CIP）数据

契诃夫短篇小说集 /（俄罗斯）安东·巴甫洛维奇·契诃夫著；
耿雨译 . —— 北京：中国民族文化出版社有限公司，2024.3
  ISBN 978-7-5122-1770-6

Ⅰ . ①契… Ⅱ . ①安… ②耿… Ⅲ . ①短篇小说 – 小
说集 – 俄罗斯 – 近代 Ⅳ . ① I512.44

中国国家版本馆 CIP 数据核字（2023）第 176183 号

契诃夫短篇小说集
QIHEFU DUANPIAN XIAOSHUOJI

作　　　者	〔俄〕安东·巴甫洛维奇·契诃夫◎著　　　耿雨◎译
责 任 编 辑	张　宇
责 任 校 对	李文学
出 版 者	中国民族文化出版社地址：北京市东城区和平里北街 14 号
	邮编：100013 联系电话：010-84250639　64211754（传真）
制　　　版	北京市大观音堂鑫鑫国际图书音像有限公司
印　　　装	德富泰（唐山）印务有限公司
开　　　本	889mm×1194mm　　　32 开
字　　　数	230 千字
印　　　张	10.75
版　　　次	2024 年 3 月第 1 版
印　　　次	2024 年 3 月第 1 次印刷
标 准 书 号	ISBN 978-7-5122-1770-6
定　　　价	98.00 元

目录

第六病室

一

　　医院的后院里有一幢不大的，四周长着密密麻麻的牛蒡、荨麻和野生大麻的厢房。这幢房子的屋顶是铁皮的，已经生了锈；烟囱半歪半斜；门前台阶已经朽坏，长满杂草；墙上的灰浆只留下斑驳的残迹。厢房的正面正对着医院，后墙朝着田野；一道上面钉着钉子的灰色围墙把厢房和田野隔开。这些尖端朝上的钉子、灰色的围墙和偏屋本身，所有这些都显得阴森恐怖，只有医院和监狱才会有这种特殊的氛围。

　　您如果不害怕被荨麻螫痛，那您就沿着通向厢房的那条弯曲小道走过去，看一看里面。走进头一道门，我们来到了前堂。在墙角下和炉子旁边扔着一堆堆医院里的破烂东西。什么床垫啦，破旧的病号服啦，长裤啦，蓝白条纹的衬衫啦，毫无用处的破鞋啦……所有这些皱皱巴巴的破烂混杂在一起，胡乱堆放着，正在霉烂，发出一股闷臭的气味。

看守人尼基塔，嘴里衔着一只烟斗，他老是躺在这堆乌七八糟的破烂东西上。他是个年老的退伍兵，那身旧军服上的红领章早已褪成棕黄色。他的脸严厉而枯瘦，两道下垂的眉毛使他那张脸上充满了一副草原牧羊犬的神气，他的鼻子通红，身材矮小，看上去瘦骨嶙峋，筋脉凸显，可是气派威严，拳头粗大。他属于那种头脑简单、唯命是从、忠于职守、脑筋反应迟钝的人。这种人最喜欢纪律和秩序，并将它视为高于一切，因而深信：他们就得挨打。他打他们的脸、胸、背，打着什么部位算什么部位，相信不这样，这地方就要乱了。

您再往里走，便进入了一间宽敞的大房间，要是不把前堂算在内的话，整座房子就全由它占去了。这里的墙壁被涂成浑浊的淡蓝色，天花板被烟熏得挺黑，像乡下的农舍一样——显然，每逢到了冬天，这里的炉子日夜冒烟，房间里净是煤气。窗子的里边装着铁栅栏，样子很难看。地板颜色灰暗，满是木刺。房间里满是酸白菜味、灯芯的焦糊味、臭虫味和氨水味，这股浑浊的气味让您一进门的最初印象，就仿佛进入了一个圈养动物的畜栏。

房间里摆着几张床脚被钉死在地板上的床。在床上坐着、躺着一些穿着蓝色病号服的人，头上戴着旧式尖顶帽。这些人都是疯子。

这房间里一共住着五个人。只有一个人出身贵族，其余的都是小市民。睡在离房门最近的是个又高又瘦的小市民，褐色的小胡子闪闪发亮，眼眶满是泪痕，托着头坐在床上，死死盯

2

着一个地方发呆。他一天到晚都在发愁，摇头，叹气，苦笑。他从不参与别人的谈话，即使人家问他什么，他一概不予回答。给他端来食物，他就机械地吃下去，喝下去。从他那剧烈而痛苦的咳嗽、骨瘦如柴的模样和脸颊上的潮红能看出来，他正害着肺痨病。

在他旁边是个矮小、活泼、十分好动的老头，留一把尖尖的小胡子，一头乌黑的像黑人那样的鬈发。白天他在病室的两扇窗子间不停地走来走去，或者像土耳其人那样盘腿坐在自己床上，同时无休止地吹着口哨，学灰雀啼叫，还小声唱歌，嘿嘿窃笑。他的这种孩子气的乐趣和活泼的性格，即使在夜里也能表现出来：他常常爬起来向上帝祷告，也就是用双拳捶胸，用手指头抠门缝。他是犹太人莫谢伊卡，大约 20 年前，他因为帽子作坊被烧毁而引发神经错乱，变成了疯子。

第六病室全体病人中，只有莫谢伊卡一人得到允许可以外出，甚至可以离开医院到街上去。他很久以来就享受着这一特权，大概因为他是医院的老住户，又是个不伤人的傻子，再者他早已成了城里供人逗乐的小丑。只要他一出现，就会立即被一群孩子和狗围住，对此人们也早就看惯了。他穿着又大又破的病号服，戴着滑稽的尖顶帽，穿着拖鞋，有时光着脚，甚至没穿长裤，在街上走来走去，在民宅和商店的门口站住要钱。有的给他一点格瓦斯喝，有的给他点面包吃，还有人给他一个小钱，因此他回来时通常已吃得饱饱的，满载而归。他带回来的东西全都让尼基塔没收了去，归他自己享用。这个老兵干起这种事来很不客气，他粗鲁地、气急败坏地翻遍莫谢伊卡的每

3

一个口袋，还呼唤着请上帝来作证，诅咒说他从今往后绝不再放这个犹太人上街，他认为这种事应该比这个世界上任何一件事都遵守秩序。

莫谢伊卡喜欢帮别人的忙。他经常给同伴端水，在他们睡着的时候给他们盖好被子，还答应下次从街上回来送每人一个小钱，并且给每人缝一顶新帽子，他还用勺子给左边的邻居、一个瘫痪病人喂饭吃。他这样做既不是出于同情，也不是出于什么人道主义性质的考虑，他只是模仿右边的邻居格罗莫夫的举动，不由自主地依照邻居的意思办事。

伊凡·德米特里·格罗莫夫是个大约33岁的男子，出身于贵族家庭，担任过法院民事执行员，属12品文官，患有被害妄想症。他要么缩成一团躺在床上动也不动，要么在房间里不停地走来走去，像在锻炼身体，很少有坐着的时候。一种令人惊慌不安的、说不清道不明的担心，弄得他总是十分激动、急躁、紧张。外屋里只要稍微有一丝动静，或者院子里有人叫一声，他便立即抬起头，竖起耳朵听：莫非是有人来找他，要把他抓走？遇到这种时候，他的脸上就露出极其惊慌和厌恶的神情。

我喜欢他这张方脸，颧骨很高，脸色总是苍白而愁苦，像一面镜子那样反映出他那颗饱受惊吓又苦苦挣扎的心灵。他的这种愁眉苦脸的样子是奇特的，病态的，然而那清秀的面容虽然被深沉而真诚的痛苦刻下了细纹，却显出理性和知识分子所特有的文化素养，他的眼睛放射出热烈而健康的光芒。我也喜欢他本人，他彬彬有礼，乐于助人，对所有的人都异常客气，除了尼基塔。谁要是不小心掉了扣子或者茶匙什么的，他总是赶紧从床上跳下来，拾起那件东西还给人家。每天早晨他都要跟同伴们道早安，临睡前祝他们晚安。

如果把他一贯紧张的心情和病态的脸相除外，他的疯病还有如下表现：有时一到傍晚，他就裹紧那件破旧的病号服，浑身发抖，牙齿打战，开始在墙角之间、病床之间急速地走来走去，好像他正发着高烧。有时他突然猛地站住，瞧一眼他的同伴们，想必是有十分重要的话想要说，可是他大概又考虑到他们不会听他讲话，或者即使听了也听不懂，于是他便烦躁地摇着头，继续在墙角之间、病床之间走来走去。可是过不了多久，想说话的欲望又重新压倒一切顾虑，占了上风，他就管不住自己，热烈地、激昂地讲起来。他的话丝毫没有条理，时快时慢，像是梦呓，前言不搭后语，使人怎么也听不明白，然而在他的言谈中，在他的声调中，有一种异常美好的东西。他一讲话，您会觉得他既是疯子又是正常人。他的那些疯话是无法用文字来表达的。他谈到人的卑鄙，讲到医院里蹂躏真理的粗暴，讲到人间未来的美好生活，讲到这些铁窗总是使他想到强权者的愚蠢和残酷。结果这就成了一首乱糟糟的、不连贯的杂曲，尽管是老调重弹，然而却永远不会过时。

二

在 12 年或是 15 年之前，有一个文官，他姓格罗莫夫。在城里一条最主要的大街上，他有房子，并且颇有名望，家境殷实。他的两个儿子，一个叫谢尔盖，一个叫伊凡。谢尔盖读到大学四年级的时候得了急性肺痨病，死了。他的死亡像是给灾难开了个头，自他死后一连串的不幸突然降临到这家人头上。刚埋葬了谢尔盖不出一周，年老的父亲又因为舞弊和挪用公款而受到审判，不久因伤寒病死在监狱的医院里。房子连同所有不动产均被拍卖，父亲撇下伊凡·德米特里和他的母亲去世之后，他们只有自谋生路。

原先，在父亲生前，伊凡·德米特里在莫斯科上大学，每月能收到六七十个卢布的生活费，他根本不懂什么叫穷，现在他不得不一下子改变自己原先奢侈的生活。他为了挣几个小钱，要从早到晚去一家报酬很低的教馆做抄写工作，尽管这样辛苦地工作却仍旧要挨饿。因为，他把全部收入都寄给母亲维持生活了。伊凡·德米特里忍受不了这种生活。他灰心丧气，生起病来，不久就离开学校，回到了家乡。在这里，在这座小城里，他多方托人，谋到了县立学校的一位教员的位子。可是他跟同事们相处得不是很融洽，学生也不喜欢他，不久他就辞职了。母亲又去世了。他在长达半年的时间里找不到工作，只靠面包和水生活，后来又当上了法院的民事执行员。之后他一直担任这个职务，直到因病而被辞退。

他给人的印象从来都是不太健康的，即使在青春年少的大学期间也是这样。他总是脸色苍白，身体消瘦，动不动就感冒，吃得少，睡不好。只要喝一杯红葡萄酒就头晕，歇斯底里发作。他喜欢跟人们来往，但由于他生性多疑，又爱生气，他跟什么人都没有好过，也没有朋友。他对城里人的评论向来带着轻蔑，说他觉得他们的粗鲁无知和浑浑噩噩的禽兽般的生活是他深恶痛绝的。他用男高音说话，声音响亮而激烈。说话要么带着讥讽和愤慨的口气，要么就带着惊奇和热心的口气，不过任何时候他的表情都是诚恳的。不论人家跟他谈什么，他总是归结到一件事上去：这个城市的生活既无聊又闷人，市民们没有高尚的趣味，过着糊涂的、毫无意义的生活，到处充斥着形形色色的暴力、愚昧、腐化和伪善。卑鄙的人锦衣玉食，正直的人却忍饥挨饿；这个社会需要创办学校，主办正义的地方报纸、剧院、大众读物，知识分子的团结；必须让这个社会看清楚自己的面目，为自己感到害怕才成。他批评人们的时候总加上浓重的色彩，而且只有黑白二色，不承认有其他的色调。他把人类分成卑鄙小人和正直君子两种，中间的人是没有的。谈论起女人和爱情他总是热烈而入迷，但他一次也没有恋爱过。

尽管他言论很尖刻，又容易冲动，城里人却喜欢他，背地里都亲切地叫他万尼亚。他那种待人和蔼、乐于助人的天性，为人的正派，道德的纯洁，就连他那件破旧的小礼服，病态的外貌，家庭的不幸，也总能唤起人们心中美好的、热烈的、忧伤的感情。此外他受过良好的教育，博览群书，用城里人的话说，他无所不知，在这个城市里是一部供人查考的活字典。

他老是坐在俱乐部里，神经质地捻着小胡子，翻阅杂志和书籍。看他的脸色可以知道，他不是在阅读，而是在吞咽，而且根本来不及咀嚼。但人们必须承认，阅读是他的一种病态的嗜好，因为不管他抓到什么，哪怕是去年的报纸和日历，他都急不可待地贪婪地读下去。在家里他总是躺着看书。

三

在秋天的一个早晨，伊凡·德米特里竖起大衣领子，在泥泞中啪嗒啪嗒地走着，穿过小巷和后街，费力地去找一个小市民的家，凭执行票向他收款。每到早晨他总是心情抑郁。在一条巷子里他遇到四个荷枪实弹的士兵押送着两名戴着手铐的犯人。以前伊凡·德米特里经常遇见犯人，他们每一次都在他心里引起怜悯和不安的感觉，可是这一次相遇却给他留下一个异样的、奇怪的印象。不知什么缘故他突然觉得，他也会像那样戴上手铐，走在泥地里，被送进监狱去。他在小市民家待了一会儿，在回家的路上，在邮局附近他遇见一个认识的警官，那人跟他打了招呼，还和他沿着大街并肩走了几步，不知什么缘故他又觉得这很可疑。回到家里，他一整天都无法把那两个犯人和荷枪的士兵从脑子里赶出去，一种莫名其妙的惶恐不安的心情搅得他无法阅读和集中精力想事。晚上他的屋里没有点灯，一夜失眠，不住地想他也许会戴上手铐，被关进监狱。他不知道自己曾犯过什么错，而且担保他今后也绝不会去杀人、放火、偷东西。可是，无意中偶然犯下罪行不是很容易吗？而且不会有人诬陷吗？最后，还有审判方面的错误不是很容易吗？难怪千百年来人民的经验教导说：谁也不能发誓永远会不讨饭、不坐牢。而在现行的审判程序下，审判错误是相对存在的，没什么可奇怪的。凡是对别人的痛苦有着职责或事务关系的人，如法官、警察和医生，时间一长，出于工作习惯，就会变得麻木不仁，以致对他们的当事人即使不愿意也不能不采取敷衍了事以外的态度。从这方面讲，他们跟在后院里杀羊宰牛而看不见血的农民没有什么不同。在对人采取这种敷衍了事的、没有感情的态度时，为了剥夺一个无辜的人的一切公民权利并判他徒刑，法官只需一件东西，那就是时间。只要有时间去完成某些法定程序，然后就大功告成了——法官就是凭这个才领取薪水的，事后你休想再在这个离铁道二百俄里的肮脏的小城寻找公正和保护。再说，既然社会把一切暴力视作明智、合理的必要手段，而一切仁慈的举动，如宣告无罪的判决，却引起沸沸扬扬的不满和报复情绪，在这种情况下，奢谈公正，岂不是可笑吗？

第二天早上，伊凡·德米特里起床后心里非常害怕，额头上冒出冷汗，此时他已经完全相信，他随时都可能被捕。"既然昨天那些阴郁的思想这么久不肯离开我，"他想道，"可见其中必定有点道理。这些想法的确不可能无缘无故地钻进我脑子里的。"

有个警察从他的窗口慢慢踱步走过：这可不会没有来由。瞧，有两个人站在房子附近不动，也不言语。他们为什么这么沉默呢？

伊凡·德米特里从这以后一天到晚提心吊胆。所有路过窗下的人和走进院子的人都像是奸细和暗探。中午，县警察局长照例坐着双套马车走过大街，他这是从城郊的庄园坐车到警察

9

局上班。可是伊凡·德米特里每一次都觉得马车跑得太快，局长脸上有一种特别的神情，他分明是急着跑去报告，说城里有一个非常重要的犯人。每逢有人拉铃或者敲门，伊凡·德米特里就浑身打战；每逢在女房东家里遇到陌生的客人，他就坐立不安。可是一遇见警察和宪兵他就微笑，还吹着口哨，装出满不在乎的样子。他一连几夜都失眠，担心被捕，可是又故意像熟睡的人那样大声打鼾、呼气，好让女房东以为他睡着了。要知道如果夜里他睡不着觉，那就意味着他受到良心的谴责而痛苦不堪，这可是了不起的罪证！事实和常理使他相信，所有这些恐惧都是荒唐的，都是心理作用；另外，如果把事情往好处想，即使被捕坐牢其实也没有什么可怕的，只要良心清白就行了。可是他越是往有理性有条理的方向思考，他内心的惶恐不安反而变得越是强烈痛苦。这就像一个隐士本想在处女林里开出一小块安生之地，他越是辛辛苦苦用斧子砍，林子反而长得越来越茂盛。伊凡·德米特里最后意识到，这也没有用处，就索性不再思考，完全听凭绝望和恐惧来折磨自己。

他开始过隐居的生活，避开人们。他原先就不是很喜欢自己的工作，现在简直是干不下去了。他深怕会受人蒙骗，上什么圈套或是趁他不防备往他的口袋里塞些贿赂，然后揭发他。或者他自己一不小心在公文上出点儿错——类似伪造文书，或者他把别人的钱不小心丢失了。奇怪的是，他以前的思想从来没有像现在这样灵活机动过，现在他每天都能想出成百上千个不同的理由，觉得应当认真为自己的自由和名誉担忧。正因为如此，他对外界、特别是对书籍的兴趣便明显地淡薄，他的记忆力也大为衰退了。

雪在春天来临时融化了，在公墓附近的一条山沟里发现两具部分腐烂的尸体。这是一个老妇人和一个小男孩，带有因伤致死的迹象。于是城里人议论纷纷，不谈别的，只谈这两具尸体和尚未查明的凶手。伊凡·德米特里担心别人以为他是凶手，便整天在大街小巷走来走去，还面带微笑。一旦遇见熟人时，他的脸色就红一阵，白一阵，开始表白说没有比杀害弱小的、无力自卫的人更可恶的罪行了。可是这种作假的行为很快就弄得他筋疲力尽，他想了一阵，决定处在他的地位，顶好就是躲到女房东的地窖里去。他在地窖里坐了整整一天，后来又坐了一夜和一个白天，实在冷得厉害，好不容易挨到天黑，就像贼那样溜进自己的房间里。天亮之前，他在房间中央一直站着，身子一动不动，留心听着外面的动静。大清早，太阳还没有升起，就有几个修炉匠来找女房东。伊凡·德米特里明明知道，他们是来翻修厨房里的炉灶的，可是恐惧却告诉他，说这些人是打扮成修炉匠的警察。于是他悄悄地溜出房子，没戴帽子，没穿上衣，惊骇万分地沿着大街飞跑。狗在他身后吠叫，有个农民在后面不住地喊叫，风在他耳边呼啸，伊凡·德米特里觉得全世界的暴力都聚集在他的背后追他，正在追他。

最后，有人把他拦住了，并把他送回家，打发女房东去请医生。医生安德烈·叶菲梅奇（这人以后还要提到）开了在头上冷敷的药液和镇静剂的药方后，愁眉苦脸地摇摇头。临走前他对女房东说，以后他不会再来了，因为他不该打扰发了疯的人。由于伊凡·德米特里在家里生活无法自理也得不到治疗，只好把他送进医院，安置在性病病室里。他每天晚上睡不着觉，任性胡闹，搅得病人不得安宁，不久安德烈·叶菲梅奇便下令把他转到第六病室去了。过了一年，城里人已经完全忘了伊凡·德米特里，他的书让女房东随便堆在屋檐下的一辆雪橇里，被顽皮的孩子们一本本陆续偷走了。

四

犹太人莫谢伊卡是伊凡·德米特里左边的邻居，右边的邻居是个农民，胖得滚圆，一张痴呆呆的脸上毫无表情，完全缺乏思想的痕迹。这是一个不爱动的、贪吃的、不爱干净的畜生，早已丧失了思想和感觉的能力。从他身上不断冒出一股酸臭的气味。

每当收拾床铺的时候，尼基塔总是狠命打他，使足力气，一点儿也不顾惜自己的拳头。这时候，可怕的还不是他挨了打，这是谁都能习惯的——可怕的是这个傻子挨了打却毫无反应：一声也不响，一动也不动，连眼睛也一眨不眨，只是身子稍稍晃一下，像一只沉甸甸的大木桶。

第六病室的第五个，也就是最后一个病人是个小市民，从前是在邮局干拣信的工作。他是个瘦小的金发男子，一张和善的面孔上带点儿调皮的神色。从他那双聪明、安详的眼睛以及明亮而快活的眼神看来，他很有心计，心里藏着一桩很重要的、愉快的秘密。他在枕头和床垫底下藏着什么东西，从来不肯拿出来给别人看，并不是怕人抢了去，或偷了去，而是因为不好意思拿出来。有时他走到窗前，背对着同房病人，把一个什么东西戴在胸口上，还低下头看了又看。如果要是这时有人走到他跟前，他就慌里慌张，把胸前的东西很快扯下来。不过要猜破他那点秘密倒也不难。

他常对伊凡·德米特里说："您得向我道喜，上司为我呈请授予二级斯丹尼斯拉夫勋章。二级勋章向来只颁发给外国人，可是不知什么缘故他们要为我破例哩，"他笑着说，还大惑不解地耸耸肩膀，"嘿，老实说，我可真没有料到。"

"这类事我一点儿也不懂。"伊凡·德米特里阴郁地声明。

"可是您猜我将来还会得到什么勋章吗？"以前的邮局分拣员狡黠地眯细眼睛接着说，"我一定能得到一枚瑞典的'北极星'。这种勋章是值得费点力气。那是一个白十字架和有一条黑带子的勋章。漂亮极了。"

这座偏屋里的生活比任何别的地方都单调。每天早晨，除了瘫痪病人和胖农民以外，病人都在前堂里的一个大木桶里洗脸，用病号服的底衣当手巾用。这之后他们用带铁把的锡杯子喝茶，茶是由尼基塔从医院主楼里拿来的。每人只许喝一杯。中午他们喝酸白菜汤和粥，晚上吃中午剩下的粥。三餐之间的空闲时间，他们除了躺下、睡觉，就是看窗外，在房间里走来走去。天天这样。甚至以前的邮局拣信员说的那几种勋章也还没变。

新人在第六病室是很难见到的。医生早就不接收新的精神病人了，而在这个世界上想访问疯人院的人总是不多的。理发师谢苗·拉扎里奇隔两个月来这里一次。至于他怎么给疯子们理发，尼基塔怎么帮他的忙，这个醉醺醺、笑嘻嘻的理发师一到，病人们怎样乱作一团，我们都不愿意描写了。

除了理发师以外，还从来没有一个人到这里来看一看。病人们注定一天到晚只能见到尼基塔一个人。不过近来在医院的主楼里流传着一个相当奇怪的谣言。

传说好像医生开始常到第六病室了。

五

这是个奇怪的谣言！

安德烈·叶菲梅奇·拉金，从某一点上说是个特别的人。据说他年轻时笃信宗教，准备干神甫的行业。1863 年他中学毕业，他有心进神学院学习，可是他的父亲是名医学博士和外科医师，父亲刻薄地挖苦了他一顿，还断然宣布，如果他真去做教士，就不认他做儿子。这话是真是假，我不知道，不过安德烈·叶菲梅奇不止一次地承认，他不怎么爱好医学或者一般的专业学科。

不管怎样，他在医科毕业以后，并没有去当教士。从开始行医到现在看不出他如何笃信宗教，他怎么看都不像是个虔诚信教的人。

他的外表像个笨重、粗俗的庄稼汉。他的脸、胡子、平顺的头发和结实笨拙的体格，使人想起大道边上小饭铺里那种酒足饭饱、随随便便、待人粗鲁的店老板。他粗糙的脸上，布满细小的青筋，眼睛小，鼻子发红。由于身材高，肩膀又宽，所以手脚也很大，似乎一拳打出去，就能置人于死地。不过他的步态徐缓，走起路来谨慎而谦虚。在狭窄的过道里遇见人时，他总是先站住让路，说一声："对不起！"他的声音完全不是预料中的男低音，而是嗓子尖细、音色柔和的男中音。有个不大的瘤子在他的脖子上，使得他没法穿刮浆过的硬领衣服，所以他老是穿柔软的亚麻布或棉布衬衫。总之，他的服装使他看起来不像个医生。一套衣服他一穿就是十年，新衣服他通常总是到犹太人的铺子里去买，新衣服穿在他身上就跟旧衣服一样又难看又皱。同一件常礼服，他看病也好，吃饭也好，出门也好，总是穿那套。不过他这样做倒不是因为他吝啬，而是因为不注重自己的仪表。

当安德烈·叶菲梅奇来到这个城市就职的时候，这个"慈善机构"的情形简直糟透了。病室里、过道上、医院的院子里，臭气熏天。医院的勤杂工、助理护士和他们的孩子们都跟病人一块儿住在病房里。人们抱怨，蟑螂、臭虫和老鼠搅得大家没法住。在外科病房里，丹毒从来没有绝迹过，整个医院只有两把外科手术刀，一个体温计也没有，浴室里堆放着土豆，总务处长、女管理员和医士一起向病人勒索钱财。据说安德烈·叶菲梅奇的前任老医生把医院里的酒精偷偷拿出去卖，他还网罗护士和女病人，成立了一个后宫。城里人全都清楚这些乌七八糟的事，甚至言过其实，可是大家对待这种现象却满不在乎。有些人还强词夺理，说什么住医院的都是小市民和农民，他们应该很满足了。因为，他们家里的生活比医院里还要糟得多，总不能供他们吃松鸡吧！另一些人则辩解说，没有地方自治局的资助，光靠这座小城本身的财力是办不成一所像样的医院的；谢天谢地，医院虽差一些，总算有一个。而新成立的地方自治局，不论在城里还是城郊都不再开设诊疗所。因为，他们在视察医院以后认为城里已经有医院了。

安德烈·叶菲梅奇视察医院以后，断定这个机构道德败坏，对病人的健康非常有害。依他看来，目前所能做的最明智的可行办法就是把所有的病人放出去，并关闭这所医院。但他考虑到，光凭他个人的权限是一定办不成这件事的，况且这也于事无补，就算把肉体上的和精神上的污秽从一个地方赶出去，那它也会转移而出现在另一个地方；只好等待它自行消失。再说，人们既然开办一个医院，而且容忍它存在下去，可见它的存在自有它的必要性。偏见以及所有这些日常生活中的种种卑鄙龌龊的丑事也是必要的，因为久而久之它们会转化为有用的东西，正如畜粪会变成黑土一样。这个世界上没有一种好东西在起源的时候会不沾一点儿肮脏。

安德烈·叶菲梅奇上任之初对待医院里的混乱采取的态度是相当冷漠的。他只要求医院的勤杂工和护士不要睡在病室里，并且购置了两柜子的医疗器械，至于总务处长、女管理员、医士和外科的丹毒，仍旧都维持原状保持不变。

安德烈·叶菲梅奇对智慧和正直这种东西是十分喜爱的，然而要在自己身边建立明智和正直的生活，他却缺乏坚强的毅力，缺乏这方面的信心。下命令，禁止，坚持己见，这些他全都办不到。就好像他发过誓，永远不提高嗓门，永远不用命令的口气对别人说话似的。"给我这个"或者"把那东西拿来"这样一些话他很难说出口。每当他饿了，他总是迟疑地嗽一嗽喉咙，对厨娘说："最好给我一杯茶"或者"最好给我弄点吃的"。至于吩咐总务处长不准再偷盗，或者把他赶走，或者干脆废除这个多余的寄生职位——这些他完全是办不到的。每当有人欺骗安德烈·叶菲梅奇，或者奉承他，或者拿来一份明明是造假的账单要他签字时，他总是涨红脸，尽管他觉得心中有愧，但还是在账单上签了字。遇到病人向他抱怨挨了饿，或者怪护士态度粗暴，他就慌慌张张、惭愧地嘟哝说：

"好吧，好吧，我调查一下……多半这是误会……"

安德烈·叶菲梅奇在刚开始时工作十分勤奋。每天从早晨起他就开始给病人看病，做手术，甚至接生，一直干到吃午饭。女病人都说他细心，诊断很准，特别是儿科疾病和妇女病。可是日子一长，他因为工作单调乏味而且徒劳无益，显然感到厌烦了。今天接诊 30 个病人，到明天一看，加到 35 个了，后天就是 40，照这样一天天，一年年干下去，可是城市的死亡率却并没有因为他的努力工作而减低，病人仍旧不断地来。一个上午，要对 40 名就诊病人真正有所帮助，这在体力上是办不到的，因此尽管不愿意，结果也不能不成为骗局。一个年度接诊一万两千名病人，如果简单地说一句，那就是欺骗了一万两千名病人。同样地，假如让重病人住进病房，照科学的规章给予治疗，这也是办不到的，因为规章倒是有的，却没有科学。要是抛开空洞的议论，像别的医生那样一板一眼地照章办事，那么目前最需要的是洁净和通风，而不是垃圾和污浊的空气；其次是有益健康的食品，而不是酸臭的白菜汤；三是助手，而不是窃贼。再说，既然死亡是每个人正常合理的结局，那又何必阻止人们去死呢？如果某个商人或文官多活了五年十年，那又有什么好处呢？要是认为医学的任务在于用药品来减轻痛苦，问题就来了：为什么要减轻痛苦呢？据说，首先，痛苦使人精神完美；其次，如果人类当真学会了用药丸和药水减轻痛苦，那么就会完全抛弃宗教和哲学，可是到目前为止人类在宗教和哲学中不仅找到了逃避各种烦恼的保障，甚至找到了幸福。普希金临死前经受了极大的痛苦，可怜的海涅因瘫痪而卧床好几年。那么为什么某个安德烈·叶菲梅奇或者玛特廖娜就不该生病呢？反正这些人的生活毫无内容，如果再没有痛苦，那他们的生活就会完全空虚，变得跟变形虫的生活一样了。

这种想法把安德烈·叶菲梅奇弄得闷闷不乐，从此他不再天天去医院上班了。

六

他每天过的就是这样的生活。他通常早晨八点左右起床，穿好衣服，喝茶。然后他在书房里坐下看书，或者去医院上班。在医院里，门诊病人坐在又窄又黑的小过道里等着看病。勤杂工和护士们在他们身边跑来跑去，皮靴在砖地上踩得咚咚响，瘦弱的住院病人也从这里穿行；死尸和装满污物的器具也从这里抬过去；病儿啼哭，寒风吹进来。安德烈·叶菲梅奇知道，这样的环境是一种苦刑，尤其对发烧的、害肺痨的和一般敏感的病人更是有害无益，可是那又有什么办法呢？医士谢尔盖·谢尔盖伊奇正在候诊室里迎候他。他是个矮胖子，圆鼓鼓的脸刮得很光，洗得干干净净。他态度温和，举止从容，穿一身肥大的新西装，看上去与其说像医士，倒不如说像参政议员。他在城里私人行医，生意做得很大，他系着白领结，自认为比医生精通医术，因为医生不私下行医。诊室的墙角立着一个里面放一尊很大的圣像的神龛，面前点一盏笨重的长明灯，旁边有个高烛台，蒙着白罩子。四壁墙上挂着好几幅主教的肖像，一张圣山修道院的风景照片和一圈圈干枯的车矢菊。谢尔盖·谢尔盖伊奇信仰上帝，喜欢庄严的仪式。圣像就是他出钱买来要放在这儿的。每逢礼拜天，由他指定一个病人在诊室里大声吟唱赞美诗，唱完之后，谢尔盖·谢尔盖伊奇便拿着香炉，摇炉散香，走遍各个病室。

病人很多，时间很短促，因此诊病工作只限于简短地问一问病情，然后发点氨搽剂或蓖麻油之类的药。安德烈·叶菲梅奇坐在那儿，脸颊被拳头支撑着，沉思着，随口提几个问题。谢尔盖·谢尔盖伊奇也坐着，搓着手，时不时地插上一两句话。

他常说："因为我们没有好好的向仁慈的上帝祈祷，才会受穷受累。的确如此！"

安德烈·叶菲梅奇在门诊看病的时候，不做任何手术。他一见到血就不舒服，所以早就不做任何手术了。每逢他不得不扳开婴孩的嘴，看一下喉咙，小孩子哇哇地哭叫，挥舞小手招架的时候，他的耳朵里便嗡嗡地响，弄得他头发晕，眼睛里涌出泪来。他赶紧开个药方，摆一摆手，让女人把小孩子快点带走。

通常在门诊看病的时候，病人都很胆怯，说话前言不搭后语，再加上身边正襟危坐的谢尔盖·谢尔盖伊奇，墙上的那些画，他20年来一成不变的提问——不久就弄得他厌烦了。他看了五六个病人以后就走了。剩下的病人由医士接着看下去。

安德烈·叶菲梅奇愉快地想到，谢天谢地，他早已不私人行医了，现在没有人来打搅他了。一回到家后，他立即坐到书房里桌子旁边开始看书。很多书他都读得津津有味。他薪水中有一半都用来买书，六间一套的寓所有三间堆满了书和旧杂志。历史和哲学方面的著作是他最喜欢读的了。医学书他只订了一份《医师》杂志，而且他总是从后面读起来。每次他都能不间歇地读上几个小时而不觉着累。他跟伊凡·德米特里不一样，伊凡·德米特里总是读得又快又急，容易冲动，而他是慢慢地看，深入，读到凡是他喜欢的或者读不懂的地方他常常停一停。在书的旁边总要放上一小瓶伏特加，一根腌黄瓜或者一个盐渍苹果，而且不用盘子装，直接放在呢子桌布上，每过半个钟头，他就为自己斟上一杯伏特加，慢慢喝下去，眼睛却始终没离开书，然后不用眼睛看，用手摸到黄瓜，咬下一截来。

大约到下午三点钟的时候，他会小心翼翼地走到厨房门口，嗽一嗽喉咙，说：

"达留什卡，最好给我弄点吃的……"

午饭烧得很差还不干净，吃完之后，安德烈·叶菲梅奇就双手交叉抱在胸前在各个房间里走来走去，一边思索着什么事情。时钟敲了四点，后来敲了五点，他还在走来走去地想心事。偶尔厨房的门吱嘎响起来，从门里探出达留什卡那张带着睡意的红脸。

"安德烈·叶菲梅奇，到您喝啤酒的时间了吧？"她不安地问。

"不，还没到时候……"他回答，"再等一会儿……再等一会儿……"

邮政局长米哈伊尔·阿韦良内奇在快接近傍晚时来访。在跟全城居民的交往中，只有他还没有让安德烈·叶菲梅奇感到厌烦。米哈伊尔·阿韦良内奇原先是个很有钱的地主，在骑兵团服役，但后来家道中落，迫于生计只好在晚年时进了邮政部门里做事。他精力充沛，身体健壮，白色络腮胡子蓬蓬松松，举止彬彬有礼，嗓音洪亮，声音悦耳。他善良，重感情，可是脾气暴躁。在邮局，只要有顾客提出抗议，或不同意他的某些做法，或者只是议论几句，米哈伊尔·阿韦良内奇立即涨红了脸，周身发抖，雷鸣般地吼道："你闭嘴！"因此这个邮政局早已出了名，到这个机关去一趟真要战战兢兢。米哈伊尔·阿韦良内奇认为安德烈·叶菲梅奇有教养，心灵高尚，因而尊敬他，喜爱他。他对本城的其余的居民则像对待他的下属一样总是看不起他们。

"我来了！"他说着走进安德烈·叶菲梅奇的书房，"您好，我亲爱的朋友！您一定讨厌我了，对不对？"

"正好相反，我很高兴，"医生回答说，"见到您我总是很高兴。"

两位朋友在书房的长沙发上坐下，先默默地抽一阵烟。

"达留什卡，最好给我们弄点啤酒来！"安德烈·叶菲梅奇说。

两人仍旧一言不发喝完第一瓶啤酒。医生在想心事，米哈伊尔一副快活而兴奋的神色，好像有一件极其有趣的事要讲出来。谈话总是由医生开头。

"多可惜啊！"他说得徐缓而平和，一边摇着头，眼睛不瞧对方（他向来不直视人家的脸），"真是太可惜了，尊敬的米哈伊尔·阿韦良内奇，在我们这个城市里，根本没有人能谈些高深的或者有趣的话题，他们没有这个能力，也不喜欢这样做。这对我们来说是巨大的损失。就连知识分子也不免于庸俗，他们的智力水平，我敢断言，一点也不比下等人高。"

"完全对。我同意。"

"您知道，"医生平静从容地接着说，"在这个世界上，除了人类智慧最崇高的精神表现之外，一切都是渺小而没有趣味的。智慧在人和动物中间划了一条鲜明的界线，暗示着人类的神圣，甚至在某种程度上它能取代人类的不朽——尽管不朽是不存在的。因此，智慧是快乐的唯一可能的源泉。可是在我们周围看不到也听不到智慧——这就是说我们的快乐被剥夺了。不错，我们有书，但是这跟活跃的交谈和积极的交往是根本不一样的。要是您容许我做个不完全恰当的比喻的话，那么我要说：书是音符，交谈才是歌。"

"完全对。"

接着是沉默。达留什卡从厨房里出来，呆板的脸上带着几分愁苦，拳头支着脸，在房门外站住，想听听他们讲什么。

"唉！"米哈伊尔·阿韦良内奇叹了口气，"真希望现在的人能聪明起来！"于是他讲起过去的生活多么健康、快活、有趣，那时俄国的知识分子多么聪明，他们多么看重名誉和友谊。他们借钱给人家不要借据，朋友有困难自己不伸手帮助他，那会被看作耻辱。再说从前那些出征、冒险、争论多么有意思啊！还有什么样的朋友，什么样的女人啊！说到高加索，那是多么迷人的地方！有个营长的妻子，是个怪女人，常常穿上军官制服，独自骑马进山，向导也不带。据说她跟山村里的一个小公爵有点风流韵事。

"我的圣母娘娘……"达留什卡叹道。

"再说那时候喝得多痛快！吃得多么丰盛！我们是多么激烈的自由主义者！"

安德烈·叶菲梅奇听着，却没听进去：他一边思考着什么，一边喝着啤酒。

"我常常梦见聪明的人，跟他们谈一谈天，"他忽然打断米哈伊尔·阿韦良内奇的话说，"我的父亲让我受到良好的教育，可是他在60年代的思想影响下，硬要我当医生不可。我觉得，假如当年我没听他的话，那么我现在一定处在智力运动的中心了。我多半做了大学的教授。当然，智慧也不是永恒的，而是短暂易逝的，可是您已经知道，我为什么对它如此偏爱。生活是恼人的牢笼。当一个有思想的人进入成年，他的思想意识成熟起来的时候，就会不由自主地感到仿佛自己掉进了没有出路的陷阱。实际上，他从虚无到有生命，由不得自己做主，而是由某些偶然的条件促成的……这是为什么？他想弄清自己生活的意义和目的，人家却什么也说不出来，或者说些荒诞无稽的话。他敲门——没人给他开门。最后死神来找他——这同样是由不得他自己做主的。打个比方，正如监狱里的人被共同的灾难联系着，当他们聚到一处时心情就轻松些，同样的道理，当看重分析和归纳的人们聚到一处，在交流彼此的引以为豪的自由思想中消磨时光时，你就不会觉得生活在牢笼里了。从这个意义上来说，智慧是不可替代的快乐。"

"完全对。"

安德烈·叶菲梅奇不看朋友的脸，只顾自己说着，一直平静地谈论着有智慧的人和跟他们的谈话。米哈伊尔·阿韦良内奇专心地听着，连连赞同："完全对。"

"那么您不相信灵魂不死吧？"邮政局长突然问道。

"不相信，尊敬的米哈伊尔·阿韦良内奇，我不相信，而且也没有理由相信。"

"说实话，我也怀疑。不过，我有一种感觉，好像我永远不会死去。哎，我暗自想道：得了吧老家伙，你该死了！可是灵魂里有个声音悄悄地说：别信这话，你死不了！……"

米哈伊尔·阿韦良内奇在九点一过便告辞回家。他在前室穿上皮大衣，叹着气说：

"可是，我们被上帝抛弃在这么个穷乡僻壤了！最糟糕的是我们还得死在这里。唉！……"

七

安德烈·叶菲梅奇送走朋友以后，在桌旁坐下，开始看书。宁静的夜晚，四周悄无声息。时间仿佛停了，跟埋头读书的医生一起屏住了气息。仿佛除了这书和带绿罩子的灯以外，什么也不存在似的。医生那张粗俗的脸上渐渐地容光焕发，在人类智慧的进展面前露出了感动和欣喜的笑容。啊，为什么人不能永生呢？他想。为什么要有脑中枢和脑室，为什么要有视力、语言、自觉能力和天才呢，既然所有这一切注定要埋进土里，到头来同地壳一起冷却，随后千百万年没有意义、没有目的地随着地球绕着太阳旋转。既然要冷却，既然要随着地球旋转，那就完全没有必要从虚无中孕育出人和他高度的近乎神的智慧，然后仿佛开玩笑似的又把人变成泥土。

物质的变化就是这样，然而用类似这种永生来安慰自己是多么的懦弱！自然界中所发生的这种无意识的变换过程，甚至比人的愚蠢更为低劣，因为愚蠢中毕竟还有知觉和意志，而那些过程中却什么也没有。只有那种在死亡面前感到恐惧而不是感到尊严的懦夫，才能解嘲说，他的躯体迟早会化作青草、石头、蛤蟆……在物质变化中看见人的不朽，这是一种奇谈怪论，正如一把珍贵的提琴被砸碎变得毫无用处后，有人却预言装提琴的盒子会有灿烂的前途一样荒唐。

安德烈·叶菲梅奇在时钟每次敲响时就往圈椅的椅背上一

靠，闭上眼睛，思索一会。他在刚从书中读到的那些美好思想的影响下，不由得把目光转向自己的过去和现在。过去是可惜的，最好不想为妙。而现在也跟过去一样。他知道，当他的思想随着冷却的地球绕着太阳旋转的时候，在他寓所旁边的医院主楼里，人们却在肉体上遭受着疾病和浑身脓疮的折磨。有的人也许睡不着觉，正在跟臭虫作战，有人正在受着丹毒的传染，或者因为绷带缠得太紧而呻吟，也许有的病人正跟护士们玩牌喝酒。每年有 1.2 万病人受到欺骗；整个医院，跟 20 年前没什么两样，依然建立在偷盗、争吵、诽谤、徇私的基础上，建立在拙劣的招摇撞骗上；医院依旧是不道德的机构，并且对病人的健康毫无帮助。他知道在第六病室的铁窗里尼基塔经常殴打病人，也知道莫谢伊卡每天都到城里走来走去讨饭。

另一方面他又清楚地知道，医学在近 25 年来发生了神话般的变化。他在大学里念书的时候就觉得，医学不久就会遭到炼金术、玄学同样的命运，可是现在，每逢他夜里看书时，医学就常常触动他，唤起他心中的惊喜之情甚至使他入迷。的确，它的辉煌成就简直是意想不到的，那是多么深刻的革命啊！多亏抗菌素，伟大的皮罗戈夫认为甚至将来都做不了的许多手术，现在也能做了。连普通的地方自治局医生都敢做膝关节切除术。至于剖腹术，只有百分之一是致命的。结石病已经被看作小事一桩，甚至没有人再为它写文章了。梅毒已经能够彻底治愈。还有遗传学说，催眠疗法，巴斯德和科赫的发现，以统计学为基础的卫生学，还有我们俄国的地方自治局医疗系统。精神病学以及它现代的精神病分类法、诊断法、医疗法，这些同过去相比，简直像一座雄伟的厄尔布鲁士山。现在人们不再往疯子头上泼冷水，也不给他们穿紧身病号服，用比较人道的方式对待疯子，据报上说，甚至为他们举办演出和舞会。安德烈·叶菲梅奇知道，凭现代的观点和时尚来看，像第六病室这样的丑恶现象也许只有在离铁道二百里的偏僻小城里才会出现，因为这里的市长和全体议员都是半文盲的小市民，他们把医生看作祭司，即使医生把烧熔的锡水灌进病人的嘴里也只能相信而不能做任何批评。要是换了别的地方，社会人士和报刊早就把这个小小的巴士底砸得稀烂了。"可是这又怎么样呢？"安德烈·叶菲梅奇睁开眼睛问自己，"由此能得出什么结论来呢？抗生素也罢，科赫也罢，巴斯特也罢，现实生活在这里基本上仍旧没变。患病率和死亡率一如往常。人们为疯子举办舞会，演戏，可是依旧不能让他们自由行动。可见这一切都是虚妄和徒劳，其实，最好的维也纳医院和我的医院之间并没有很大的分别。"

然而一种悲哀和近似嫉妒的情绪使他再也不能无动于衷了。这大概是因为疲劳，他那沉甸甸的头向书本垂下去，他只好双手托住脸，心里想道：

"我正在做着有害的事情，我拿人家的钱却欺骗他们。我不诚实。不过，话又说回来，我自己也是无能为力，我只是必不可少的社会罪恶的一小部分，所有的县官都是祸害，都白领着薪水……可见不诚实并不是我的过错，而是时代的过错……我要是生在二百年以后，我就不同了……"

在时钟敲了三下之后，他熄灭灯进了卧室。但他一点儿想睡的感觉也没有。

八

地方自治局在两年前一时大方，决定在开办地方自治局医院之前，每年拨款三百卢布，作为市立医院扩充医务人员的补助金。因此，为了协助安德烈·叶菲梅奇的工作，县医生叶夫根尼·费多雷奇·霍博托夫也应聘来到这个城市。他是个30岁不到的青年，高颧骨，小眼睛，是个身材高大的黑发男子，看来他的祖先多半是异族人。他刚到这个城市时身无分文，只有一个又小又破的手提箱，还带着一个据说是他的厨娘的难看的年轻女人。这个女人还有一个吃奶的孩子。叶夫根尼·费多雷奇经常戴一顶鸭舌帽，脚穿高筒靴，冬天穿一件短皮袄。他跟医士谢尔盖·谢尔盖伊奇和会计成了好朋友，可是不知为什么他总是躲着他称作贵族的其余官员。他的整个住所里只有一本书：《1881年维也纳医院最新处方》。他总是随身带着这本书去看病人。他不喜欢打牌，但每天晚上他都到俱乐部玩台球，他很喜欢在谈话中用这类词："无聊之至""废话连篇""故布疑阵"等等。

他每个礼拜来医院两次，查病房，看门诊。医院里没有抗菌剂，只能用拔血罐放血，这些都惹得他非常气愤，但他也没有运用新办法，怕的是这样会得罪安德烈·叶菲梅奇。他把自己的同事安德烈·叶菲梅奇看作老滑头，疑心他有很多的钱，私下里嫉妒他。如果能占据他的职位那才好呢。

九

在一个三月底的春天的黄昏，地上的积雪早已融化，医院的花园里椋鸟在啼叫。安德烈·叶菲梅奇把他的朋友邮政局长送到大门口时，犹太人莫谢伊卡正带着他讨来的东西回来，刚走进院子。他没戴帽子，光脚穿一双浅色雨鞋，手里拿着一小包人家施舍的东西。

"给我一个小钱吧！"他冻得直哆嗦，笑着对医生说。

向来不肯拒绝人的安德烈·叶菲梅奇给了他一个十戈比硬币。

"这多么糟，"他瞧着莫谢伊卡的光脚和又红又瘦的踝骨想道，"瞧，都湿透了。"

他的内心激起一种既像怜悯又像厌恶的感情，就跟在犹太人身后朝偏屋走去，时而看看他的秃顶，时而看看他的踝骨。医生刚走进屋子，尼基塔立即从那堆破烂东西上跳起来，立正行礼。

"你好，尼基塔，"安德烈·叶菲梅奇温和地说，"发给这个犹太人一双靴子才好，他要着凉了。"

"是，老爷。我去报告总务处长。"

"劳驾了。你可以用我的名义请求他，就说是我要你这么办的。"

从外屋通向第六病室的门正开了。伊凡·德米特里躺在床上，用胳膊肘撑着抬起身子，惊慌地听着不熟悉的声音，突然认出了医生。他气得浑身发抖，跳起来，涨红了脸，圆瞪着眼，一脸凶相地跑到病室中央。

"医生来了！"他哈哈大笑地叫着，"到底来了！先生们，我向你们道喜，医生光临我们的寒舍！该死的混蛋！"他突然尖叫一声，使劲地踩一下脚，那副模样是病室里的人从来没有见过的，"打死这个混蛋！不，打死还嫌便宜了他！该把他淹死在粪坑里！"

安德烈·叶菲梅奇听到这话，就从外屋朝病室里看，温和地问道：

"为什么？"

"为什么？"伊凡·德米特里嚷道，带着威吓的神情走到他面前，一面战战兢兢地裹紧身上的病号服，"为什么？你是贼！"他憎恶地说，还鼓起嘴巴，似乎想啐他一口，"骗子！刽子手！"

"请您消消气，"安德烈·叶菲梅奇惭愧地微笑着说，"我向您保证，我从来没有偷过东西，至于别的话，您恐怕言过其词了。我看得出来，您在生我的气。请消一消气，我求您，如果你愿意的话，请冷静地告诉我：您为什么会生我的气？"

"那么为什么您把我关在这里？"

"因为您有病。"

"不错，我有病。可是要知道，成百上千的疯子却行动自由，因为你糊涂得分不清疯子和清醒的人。为什么我和这几个不幸的人，就该像替罪羊似的在这儿代人受过，被关在这里？

30

在道德方面，我们这儿的任何人都比您、医士、总务处长，以及你们医院里所有的混蛋要高尚得多，可是为什么被关在这儿的是我们，而不是你们呢？这是什么道理？"

"这跟道德和道理没有关系。一切都要看机会。谁被关起来，他就只好待在这里，谁没有被关起来，他就可以自由行动。就这么回事。至于我是医生，您是精神病患者，这其中既与道德无关，也无道理可言，这纯粹是一种毫无道理的凑巧罢了。"

"这种废话我听不懂……"伊凡·德米特里闷声说着，在自己床上坐下来。

莫谢伊卡仗着现在医生在，尼基塔不敢当面搜查他，就趁机把不少面包、纸币和果核摊在自己的床上。他仍旧冻得直打哆嗦，用悦耳的声音很快地说着犹太话。他多半幻想自己又开铺子了。

"放我出去吧。"伊凡·德米特里说，他的声音发颤。

"我办不到。"

"为什么办不到？为什么？"

"因为这不是我能决定的。请您想一想看，就算我放您出去了，这对您会不会有什么好处？您出去试试看，城里人或者警察还会捉住您，再送回来的。"

"不错，不错，这倒是实话……"伊凡·德米特里说着，用手抹了一下额头，"这真可怕！那么我该怎么办？怎么办呢？"

伊凡·德米特里的声调，以及他那张年轻聪明的脸和愁苦的面容，都让安德烈·叶菲梅奇觉得很喜欢。他有心对这个年轻人亲热些，想安慰他几句。于是他挨着他坐到床边，想了想开口说：

"您刚才问怎么办，像您现在的这种处境，顶好是从这里逃出去。然而可惜，这样做徒劳无益。您会被人抓住的。一旦社会对罪犯、精神病人和一般不稳当的人严加防范，把他们隔离起来，这个社会是不会如此轻易善罢甘休的。剩下来您只有一种办法：安下心来，并且认定您待在这里也很不错，这也是不可避免的。"

"这对任何人都不是不可避免的。"

"既然监狱和疯人院存在，那就总得有人住进去才成。不是您就是我，不是我就是别的什么人。您等着吧，到遥远的未来，监狱和疯人院也许都会绝了迹，到那时也就不会再有这些可恶的铁窗，不会再有这样的疯人院。毫无疑问，这样的时代是早晚要来到的。"

伊凡·德米特里冷冷一笑。

"您在开玩笑，"他眯缝着眼睛说，"像您和您的助手尼基塔之流的老爷们跟未来一点儿关系也没有，但是您可以放心，体谅心情的先生，美好的时代总是会来的！纵使我说得非常通俗，您尽管取笑，但是，新生活的曙光将普照大地，真理必定胜利，而且那时候在我们的大街上将举行盛大的庆典！我是等不到那一天了，早死了，不过我们的后代会等到的。我用整个灵魂祝贺他们，我高兴，为他们高兴！前进！求主保佑你们，朋友们！"

伊凡·德米特里闪着亮晶晶的眼睛，站了起来，向窗子那边伸出双手，继续用激动的声调说道：

"从这些铁窗里我祝福你们！真理万岁！我高兴！"

"我看不出有什么特别的理由值得这样高兴，"安德烈·叶菲梅奇说，他觉得伊凡·德米特里的举动像在演戏，不过这同样让他喜欢，"将来监狱和疯人院即使没有了，真理会像您刚才讲的那样胜利了，不过要知道事情的本质是永远不会改变的，自然界的规律依然如故。人们仍旧会像现在这样生病、衰老、死亡，不管将来有多么灿烂的曙光照耀您的生活，到头来人还得被钉进棺材，扔进墓穴里。"

"那么永生呢？"

"哎，算了吧！"

"您不相信，嘿，可是我却相信。不知是陀思妥耶夫斯基还是伏尔泰的书里有一个人物说，要是真的没有上帝，那么人们也必须把他臆造出来。我深信，即使没有永生，那么伟大的人类智慧早晚也会把它创造出来的。"

"说的好，"安德烈·叶菲梅奇愉快地微笑着说道，"您有信念，这是好事。有信念的人哪怕被幽禁在四堵墙当中也会生活得快乐的。请问您以前大概在什么地方念过书吧？"

"是的，我在大学里念过书，不过没有读完。"

"您是个有思想、爱思考的人。在任何好或坏的环境中您都能找到内心的平静。旨在探明生活意义的那种自由而深刻的思考，对人世无谓纷扰的全然蔑视——这是迄今为止人类最高境界的两种幸福。哪怕您生活在三道铁栅栏里面，却仍旧能享受这种幸福。第欧根尼住在木桶里，可是他比人间所有的帝王更幸福。"

"您那个第欧根尼是傻瓜，"伊凡·德米特里阴沉地说，"您为什么要对我谈起第欧根尼，谈起什么怎样理解生活？"他突然生气了，跳起来叫道，"我爱生活，热烈地生活！我得了被害妄想症，心里经常有一种痛苦的恐惧在煎熬着我，不过有的时候我心里充满了对美好新生活的渴望，这时我就害怕发疯。我渴望着正常的生活，非常渴望！"

他在病室里激动地走来走去，然后压低声音又说：

"当我开始幻想的时候，我脑子里就出现种种幻觉。好像有人走到我跟前来，我听到说话声和音乐声，我似乎觉得，我是在树林里散步，或者在海边徘徊，我是那么热烈地渴望奔忙、操劳的生活……请告诉我，外面有什么新闻吗？"伊凡·德米特里问，"外头怎么样了？"

"您是想知道城里的新闻呢，还是一般的情形？"

"那就先跟我讲讲城里的新闻，再讲讲一般的情形。"

"好吧。城里乏味得令人厌倦……找不到一个人可以谈天，听不到一句有意思的话。也没有什么新来的人。不过，最近倒是来了一个年轻的医生霍博托夫。"

"居然在我活着的时候就有新人来了。怎么样，他是个卑鄙小人吧？"

"对了，他是一个没有教养的人。您知道吗，说来也奇怪……从各方面看，我们的许多省城都挺活跃，并没有智力停滞的情形——这就是说，省城里应当有真正有教养的人。可是不知什么缘故，每一回他们给我们派来的人都叫人有些失望。

这儿真是个不幸的城市！"

"是的，真是个不幸的城市！"伊凡·德米特里叹道，又笑起来，"那么一般的情形呢？在报纸和杂志上有人写了些什么好文章？"

病室里已经暗下来。医生站起来，开始叙述国内外发表的一些重要文章，讲起当前出现了什么样的思想潮流。伊凡·德米特里专心听着，不时提出些问题，可是突然间，他仿佛想起了什么可怕的事情，立刻抱住头，在床上躺下，背对着医生。

"您怎么啦？"安德烈·叶菲梅奇问道。

"您休想再听见我说一个字，"伊凡·德米特里粗鲁地说，"离我远点！"

"这是为什么？"

"我对您说：离我远点！真见鬼了！"

安德烈·叶菲梅奇耸了耸肩膀，叹口气，走了出去。经过外屋时他说：

"这里最好收拾一下，尼基塔……气味难闻得很！"

"是，老爷。"

"多么招人喜欢的年轻人！"安德烈·叶菲梅奇一面走回寓所一面想道，"我在此地住了这么久，他好像还是我所遇到的头一个值得交谈的人。他善于思考，关心着应该关心的事。"

这以后他坐下看书，上床睡觉，想着伊凡·德米特里。第二天早晨醒来，他记起昨天结识了一个聪明有趣的人，便决定一有空闲就再去看他一次。

✝

伊凡·德米特里依旧保持着那种姿势抱着头，缩着腿躺在床上。

"您好，我的朋友，"安德烈·叶菲梅奇说，"您没有睡着吧？"

"首先，我不是您的朋友，"伊凡·德米特里把嘴埋在枕头里说，"其次，您这是白费心思：您休想再从我嘴里听到一个字。"

"奇怪……"安德烈·叶菲梅奇狼狈地嘟哝说，"昨天我们本来谈得很融洽，可是不知什么缘故您突然生气了，一下子什么也不肯谈了……恐怕我说了什么不得体的话，或者是说了些想法不符合您的信念……"

"哼，居然要我这么相信您的话！"伊凡·德米特里直起身子，带着既嘲讽又惊慌的神情望着医生，他的眼睛是红的，"您尽可以到别的地方去刺探和拷问，可是在这里您办不到。我还在昨天就已经想明白您为什么上这儿来的原因了。"

"奇怪的想法！"医生淡淡一笑，"这么说，您把我当成密探了？"

"是的，是这样……我就是这么想的，密探也罢，医生也罢，总归是一回事，反正都是派来试探我的。"

"唉，您这个人，请原谅我直说……真是个怪人！"

医生在床前的凳子上坐下，不以为然地摇着头。

"不过现在假定您是对的，"他说，"就算我阴险地想抓住您的什么把柄好告到警察局去，您被捕了，于是受审了。可是难道您在法庭上或在监狱里就一定比在这里更糟吗？就算判您终生流放甚至服苦刑，难道就一定比关在这间病室里更糟吗？我以为不会更糟……那您又有什么可怕的？"

听完这番话，伊凡·德米特里的心暂时安定下来了。他安心地坐下了。

那是下午四点多钟。平常这个时候，安德烈·叶菲梅奇总在寓所的各个房间里走来走去，达留什卡便问他是不是到该喝啤酒的时间了。这一天风和日丽，晴空万里。

"我吃完饭出来溜达溜达，您瞧，顺路就上这儿看看您，"医生说，"外面完全是春天了。"

"现在是几月？三月吗？"伊凡·德米特里问道。

"是的，三月底。"

"外面到处是烂泥吧？"

"不，不完全是。花园里已经有路可走了。"

"现在要是能坐上一辆四轮马车去郊游倒是挺适宜的，"伊凡·德米特里像刚醒来似的揉揉他的红眼睛说，"然后回到家里温暖舒适的书房……请一位好大夫治治头疼……我已经过了很久这种禽兽不如的生活了。这里糟糕透了！糟糕得叫人受不了！"

经历了昨天的兴奋之后，他累了，无精打采，懒得说话。他的手指不住地发抖，头疼得很厉害，脸色很差劲。

"温暖舒适的书房跟这个病室之间并没有什么多大的差异，"安德烈·叶菲梅奇说，"人的恬静和满足不在他身外，而在他的内心。"

"您这话是什么意思？"

"普通人以身外之物，像马车和书房，来衡量命运的好坏；而有思想的人以内心平静与否来衡量它的好坏。"

"您或许应该到希腊去宣传这套哲学，那里气候温暖，空气中充满着橙子的芳香，而这套哲学跟这里的气候却相互冲突。我跟谁谈起过第欧根尼来了？大概就是跟您吧？"

"是的，昨天您跟我谈起过他。"

"第欧根尼用不着书房和温暖的住所，那边没有这些东西也已经够热了。只要住在木桶里，吃橙子和橄榄就足够了。如果他生活在俄罗斯，那么别说十二月，就是在五月份他也会要求搬进屋里去，否则他准会给冻得缩成一团了。"

"不，对寒冷，以及一般人们所说的普通的痛苦，人可以做到毫无感觉。马可·奥勒留说过："痛苦是人对病痛的一种生动的概念，如果你运用意志的力量去改变这个概念，抛开它，不再诉苦，痛苦就会消失。"这话说得很中肯。大圣大贤或者一般的有思想、爱思索的人，之所以与众不同，就在于他蔑视痛苦、忽略痛苦，他总感到心满意足，对任何事物都不感到惊奇。"

"那么说我痛苦，不满，对人的卑鄙感到吃惊，是因为我是白痴。"

"您用不着这样说。只要您能经常地深入思考一番，您就会明白，那些搅得我们心神不宁的身外之物是多么微不足道。应竭力去探明生活的意义——真正的幸福所在。"

"探明生活的意义……"伊凡·德米特里皱起眉头说，"什么身外之物，内心世界……对不起，我实在不懂。我只知道，"他站起来，怒气冲冲地看着医生说，"我只知道上帝创造了我这个有血有肉有神经的人，就是这样，先生！人的机体组织既然是有生命的，那么它对外界的一切刺激就不会无动于衷，它会有所反应。我就有反应。受到痛苦，我就喊叫，流泪；看到卑鄙行为，我就愤慨，看到肮脏，我就厌恶。在我看来，说实在的只有这样才叫真正的生活。这个有机体越是低下，它的敏感程度就越差，它对外界刺激的反应能力就越弱；机体越高级，也就越敏感，对现实的反应就越强烈。这点儿道理您应该不会不懂吧？身为医生，居然连这么简单的道理都不明白！为了能蔑视痛苦、永远知足，对什么都不感到惊奇，瞧，就得修炼到这般地步，"伊凡·德米特里指着一身肥肉的胖农民说，"要不然让痛苦把你磨炼得麻木不仁，对苦难失去一切感觉，换句话说，也就是变成了活死人。对不起，我不是大圣大贤，也不是哲学家，"伊凡·德米特里气愤地继续说道，"您那些道理我一点儿也不懂。我也不善于讲道理。"

"刚好相反，您讲起道理来很出色。"

"您刚才讲到的斯多葛派哲学家，是一些了不起的人，但他们的学说早在两千年前就停滞不前了，当时一步也没有向前迈进，将来也不会前进，因为那种学说不切实际，脱离生活。它只是在少数终生致力于研究、赏玩各种学说的少数人中间获得成功，而大多数的人并不理解它。任何鼓吹漠视财富，漠视生活的舒适，蔑视痛苦和死亡的学说，对绝大多数人来说，是完全无法理解的，因为大多数人生来就没有享受过富裕，也从没享受过安逸的生活，而蔑视痛苦对他们来说也就是蔑视生活本身，因为人的全部实质就是由寒冷、饥饿、屈辱、损失等感觉以及哈姆雷特式的怕死感觉构成的。全部生活不外乎这些感觉。人可以因生活而苦恼，而憎恨它，但绝不会蔑视它。是这样。我再说一遍，斯多葛派的学说绝不会有前途，从开天辟地起直到今天，您也看明白，不断进展的是斗争，对痛苦的敏感，对刺激的反应能力……"

伊凡·德米特里的思路突然中断，他停下来，烦躁地擦着额头。

"我本来想说一句重要的话，可是我的思路乱了，"他说，"我刚才说什么来着？哦，对了！我想说的是，有个斯多葛派的人为了替亲人赎身，就自己卖身做奴隶。您瞧，这就是说连斯多葛派的人对刺激也不会毫无反应的，因为要做出舍己为人这种壮举，就得有一颗义愤填膺、悲天悯人的心灵才行。我在这个牢房里把学过的东西都忘光了，要不然我还会记起一点别的事情，譬如拿基督来说，怎么样？基督对现实生活的反应是哭泣、微笑、忧愁、愤怒，甚至难过。他并没有面带微笑去迎接痛苦，也没有蔑视死亡，而是在客西马尼花园里祷告，求天父叫这苦难离开他。"

伊凡·德米特里笑了起来，坐下了。

"就算人的安宁和满足不在他身外，而在他自己的内心，"

他又说，"就算人应当蔑视痛苦，对什么都不表示惊奇。可是您根据什么理由鼓吹这些呢？您是智者？哲学家？"

"不，我不是哲学家，不过每个人都应当宣扬它，因为这是在情在理的。"

"不，我想知道的是，您凭什么认为自己有资格来宣扬探明生活意义、蔑视痛苦等这类观点？难道您以前受过苦？您理解痛苦的意义？容我问一句：您小时候挨过打吗？"

"没有，我的父母痛恨体罚。"

"可是我经常挨父亲的毒打。我的父亲是个性情暴躁、害痔疮的文官，鼻子很长，脖颈发黄。不过我们还是谈谈您吧。您有生以来，从来没被人用指头碰过一下，谁也没有吓唬过您、折磨过您，您健壮得跟牛一样。您在您父亲的庇护下长大成人，他供您上学读书，之后一下子就谋到这个高薪而清闲的差使。二十多年来您一直住着不花钱的公房，供暖、照明、仆役，一应俱全，而且有权爱怎么干就怎么干，爱干多少就干多少，哪怕一点事儿不做也无关紧要。您生性就是个懒散、邋遢的人，所以您费尽心思把您的生活安排得不让任何什么事情来打搅您，免得您动一动位子。您把应做的工作交给医士和别的坏蛋去做，自己却坐在温暖安静的书房里，攒钱，看书。为了消遣，思考着各种各样高尚的无聊问题，而且还，"伊凡·德米特里看一眼医生的红鼻子，"爱喝酒。总而言之，您并没有见识过真正的生活，完全不了解生活，对于现实，您只是在理论上认识它。至于您蔑视痛苦、对什么都不表示惊奇，其原因很简单：四大皆空，身外之物和内心世界，蔑视生活、痛苦、死亡，探明生活的意义，真正的幸福——凡此种种都是最适合俄国懒汉的哲学。比方说，您看见一个农民在打他的妻子。何必抱不平呢？由他去打好了，反正人生来，迟早有一天是会死的，况且打人的人所侮辱的不是被打的人，而是他自己。酗酒是愚蠢的，不成体统的，但喝酒与不喝酒最终的结局都是死。再譬如有个村妇来找您看病，她牙疼……哼，那算什么？疼痛是人对病痛的一种概念罢了，再说人生在世免不了灾病，大家都要死的，所以你这婆娘，去你的吧，别妨碍我思考和喝酒。年轻人来讨教他该怎样生活，怎样做才对。换了别人回答前一定会认真考虑慎重回答，可是您的答案是现成的：努力去理解生活的意义，或者努力去寻找真正的幸福。可是那个荒唐的'真正的幸福'究竟是什么东西呢？当然，答案是虚无的。我们这些人被关在铁牢里长期幽禁，浑身脓疮，受尽折磨，可是这很好，也很合情合理，因为这个病室和温暖舒适的书房之间没有什么分别。好方便的哲学：不用做事，而良心清清白白，并自以为是个智者……不，先生，这不是哲学，不是思想，也不是眼界开阔，而是懒惰，是巫师显灵，是痴人说梦……是的！"伊凡·德米特里又生气了，"您蔑视痛苦，可是，如果用房门把您的手指头夹一下，您恐怕就要扯开嗓门大喊大叫起来了！"

"也许我并不大喊大叫呢。"安德烈·叶菲梅奇温和地微笑着说。

"是吗！可能吗？瞧着吧，要是您突然中风。'咚'地一声栽倒了，或者有个混蛋和无耻小人，利用他自己的地位和官势当众侮辱您一场，您明知他这样做仍旧可以逍遥法外——哼，到那时您就会明白叫别人去探明生活的意义和追求真正的幸福是怎么回事了。"

"您的话很有自己独特的见解,"安德烈·叶菲梅奇满意地笑着、搓着手说,"您对概括的爱好,这使我感到既愉快又吃惊。您刚才对我的性格特征勾勒了一番,简直精彩极了。我得承认,同您交谈给我精神上带来了莫大的乐趣。好吧,我已经听完了您的话,现在请您费心听我说一说……"

十一

一个多钟头过去了,谈话才刚结束,伊凡·德米特里显然给安德烈·叶菲梅奇留下了深刻的印象。此后他开始每天到这间屋子里。他早晨去,下午去,黄昏时也仍旧能看到他跟伊凡·德米特里在交谈。伊凡·德米特里起先见着他还有点儿拘束,怀疑他居心不良,就公开表示自己的敌意,可是后来跟他处熟了,他的声色俱厉的态度就变成了一种宽容的嘲讽。

不久医院里就开始到处流传,说医师安德烈·叶菲梅奇开始经常去第六病室。医士也好,尼基塔也好,护士们也好,谁都弄不明白他为什么到那儿去,而且一坐就是好几个钟头,到底谈些什么,为什么也不开药方。他的行为太古怪了,连米哈伊尔·阿韦良内奇也常常发现他不在家,这在过去是从来没有发生过的。达留什卡更是心慌,怎么医生不在规定的时间喝啤酒,有时甚至连吃饭都耽误了。

那是六月底的一天，医生霍博托夫来找安德烈·叶菲梅奇商量点事，发现医师不在家，就到院子里找他。在那儿有人告诉他，说老医生到精神病人那儿去了。霍博托夫走进偏屋，站在外屋里，听见了下面的谈话：

"我们永远谈不到一块儿，您休想让我相信您的那一套信仰，"伊凡·德米特里气愤地说，"您根本不了解现实生活，您从来没有受过苦，反而像条水蛭那样专靠别人的痛苦而生活。我呢，从生下那天起就一直在受苦直到今天，因此我老实对你说：我认为我在各方面都比您更高明，比您有资格。您不配来教训我。"

"我根本没有存心要您认同我的信仰，"安德烈·叶菲梅奇平静地说，他很惋惜对方不肯了解他的心意，"问题不在这里，我的朋友。问题不在于您受苦而我没有受过苦。痛苦和欢乐都是暂时的，我们不谈这些，由它们去吧。问题在于您和我都在思考，我们看出彼此都是善于思考和推理的人，不管我们的见解多么不同，但思考把我们紧紧连在了一起。要是您能知道，我的朋友，我是多么厌恶那种无所不在的狂妄、平庸和愚昧，而每次跟您交谈我又是多么愉快就好了！您是有头脑的人，我觉得跟您相处很快乐。"

霍博托夫把门推开一条缝，往病室里看了一眼。伊凡·德米特里戴着尖顶帽和医师安德烈·叶菲梅奇并排坐在床边。疯子做着怪相，直打哆嗦，还不时神经质地裹紧病号服。医师低着头，一动不动地坐在那儿，脸色发红，表情显得非常无奈和悲伤。霍博托夫耸耸肩膀，冷笑一声，跟尼基塔互相看一眼，尼基塔也耸耸肩膀。

霍博托夫跟医士在第二天一起到偏屋里来，两人站到前室里偷听。

"咱们的老爷子似乎完全疯了！"

"主啊，饶恕我们这些罪人吧！"庄重的谢尔盖·谢尔盖伊奇叹了一口气，小心地绕过水洼，免得弄脏他那双擦得锃亮的鞋子，"老实说，尊敬的叶夫根尼·费多雷奇，我老早就预料到会发生这样的事儿！"

十二

在这以后，安德烈·叶菲梅奇开始感觉四周有一种神秘的气息包围着他。医院里的勤杂工、护士和病人一遇见他就从头到脚地瞧他，然后交头接耳地说话。往常他喜欢在医院的花园里遇见总务长的女儿小姑娘玛莎，可是现在每当他面带微笑走到她跟前想摸摸她的小脑袋时，不知因为什么缘故她总是飞快地跑开。邮政局长米哈伊尔·阿韦良内奇听他说话，也不再总是"完全正确"，而是令人莫名其妙地惶惶不安地嘟哝："是的，是的，是的……"同时若有所思地忧伤地看着他。潜移默化中他开始劝自己的朋友戒掉伏特加和啤酒，不过他是一个讲究礼貌的人，在劝的时候并不直截了当地说，总是旁敲侧击地暗示他。先对他讲到一个营长，那是一个出色的人；之后讲到团里的神父，也是一个可爱的年轻人；说他们因为经常喝酒，所以经常生病，可是把酒戒掉之后，什么病都好了。他的同事霍博托夫来过两三次，他也劝霍博托夫戒酒，而且无缘无故地劝霍博托夫服用溴化钾药水。

安德烈·叶菲梅奇在八月里的时候收到市长的一封来信，说是请他去共同商量一件很要紧的事。他在约定的时间来到市政厅，在那里安德烈·叶菲梅奇发现在座的还有军事长官，政府委派的县立学校的学监，市参议员，霍博托夫，另外还有一位胖胖的头发金黄的先生，经介绍，原来这是一位医师。这位医师姓一个很难上口的波兰人的姓，住在离城三十俄里远的养马场，现在是凑巧路过这个小城。

"这里有一份关系到你们医院的申请，"大家互相打过招呼围桌坐下来以后，市参议员对他们说，"叶夫根尼·费多雷奇说，医院主楼里的药房太窄了，应当把它搬到侧屋去。当然啦，搬是可以的，这不成问题。关键问题在于侧屋需要整修一番。"

"是的，不整修是不行的，"安德烈·叶菲梅奇想了想，"比如说，把院子角上的那个侧屋布置出来充当药房，那么这笔费用我认为至少需要五百卢布。这是一笔非生产的开支。"

大家沉默了一会儿。

"十年前我已经呈报过，"安德烈·叶菲梅奇低声继续道，"若要保持这个医院的现状，那么它将是这个城市的一个超过了它负担能力的一个奢侈品。这所医院是在四十年代建成的，不过当时的经费情况跟现在有所不同。现在这个城市把过多的钱花费在不必要的建筑和多余的职位上了。我认为，换一种方式，这笔钱完全可以维持两所模范的医院。"

"好，那您就提出另外一个办法吧！"市参议员赶忙说。

"我已经向您呈请过：把医疗部门移交地方自治局管理。"

"是啊，您要是把钱交给地方自治局，它就可中饱私囊了。"金黄头发的医生笑着说。

"历来如此。"市参议员表示同意，也笑了。

安德烈·叶菲梅奇垂头丧气地用暗淡无光的眼睛看着金黄头发的医生说：

"说话要公道才对。"

又是一阵沉默。茶端上来了。不知什么缘故那个军事长官很不好意思，他隔着桌子碰碰安德烈·叶菲梅奇的手，说：

"您完全把我们忘了，大夫。不过您跟我们不同，您是个修士：既不爱打牌，也不喜欢女人。您跟我们这班人来往一定觉得无聊吧。"

大家谈起，在这个城市里，上流人士的生活是多么无聊。没有剧院，没有音乐，在俱乐部最近开的一次舞会上，二十来位女士才有两名男舞伴。年轻人不跳舞，却老是挤在小吃部附近，不然就打牌。安德烈·叶菲梅奇没有抬起眼睛看任何人，慢慢地平静地开始讲起来，城里人把他们生命的精力、心灵和智慧都耗费在打牌和搬弄是非上，不会也不愿意把时间用在有趣的谈话和读书上，不肯享受智慧所提供的乐趣，这真是可惜，太可惜了。只有智慧才是有趣味的、值得注意的，至于其余的一切都是泛泛的不值一提的。霍博托夫专心地听着自己同事的讲话，突然问道：

"安德烈·叶菲梅奇，今天是几号？"

听到提问以后，他和金黄头发医生用一种自己也觉得不高明的主考官的口气开始盘问安德烈·叶菲梅奇：今天是星期几，一年当中有多少天，第六病室里是不是住着一个了不起的先知。

安德烈·叶菲梅奇在回答最后一个问题时，红着脸说：

"是的，他是一个病人，不过他是个有趣味的年轻人。"

此后再没有人向他提任何问题。

当他在前厅里穿大衣的时候，军事长官伸出一只手来放在他的肩头上，叹口气说：

"我们这些老头子到该退休的时候啦！"

安德烈·叶菲梅奇在走出市政厅时才明白过来，原来这是个奉命来考查他的智能的委员会。他回想他们对他提的种种问题，不禁涨红了脸，不知为什么他生平第一回为医学感到惋惜和悲哀。

"我的天哪，"他想起那些医生刚才怎么考查他，不由得暗想，"要知道他们不久前刚听完精神病学的课程，参加过考试，怎么现在变得这么一窍不通？他们连精神病学的概念都没有。"

他有生以来第一次受到了别人的侮辱，生气了。

邮政局长在黄昏时分来看他。米哈伊尔·阿韦良内奇没向他打招呼，而是径直走到他跟前，抓住他的双手，激动地说：

"亲爱的，我的朋友，请您相信我的真诚的好意，并把我看作您的朋友……亲爱的！"他不容安德烈·叶菲梅奇开口讲话，仍旧激动地继续道，"我喜欢您是因为您有教养、心灵高尚。请听我说，我亲爱的朋友。医学守则要求医生不能对您说真话，而我作为军人必须实话实说：您的身体如今不是很正常！

原谅我，亲爱的朋友，但这是实情，您周围的人早已注意到这一点了。刚才叶夫根尼·费多雷奇大夫对我说，为了您的健康着想，您务必要休息一下，散散心。完全正确！好极了！我的度假日过几天就到了，我也想外出换换空气。请表明您是我的朋友，我们一道走！仍旧照往日那样一道走。"

"我觉得我身体十分健康，"安德烈·叶菲梅奇想了想说，"我不能去。请允许我用别的方式来向您表明我的友情。"

出门远行，既不知道到哪儿去，也不知道为什么要去，丢开书，离开达留什卡，离开啤酒，完全打破已经建立了二十多年的生活方式——这种主意他一开始就觉得又荒唐又离奇。可是他想起了在市政府的那番谈话，想起了离开市政府回家路上经历的那份沉重的心情，他又觉得暂时离开这个城市，躲开这些把他当成疯子的蠢人，倒也未尝不可。

"那么您究竟打算去哪儿呢？"

"去莫斯科，去彼得堡，去华沙……我曾在华沙度过了我一生中最幸福的五年。那是个多棒的城市啊！我们一道去，亲爱的朋友！"

<h1 style="text-align:center">十三</h1>

一个星期以后，医院建议安德烈·叶菲梅奇休养一下，其实就是变相地要他辞职，他满不在乎地照着做了。又过了一个星期，他和米哈伊尔·阿韦良内奇已经坐上一辆邮车，动身去

最近的火车站了。天气凉爽晴朗，蓝湛湛的天空，一望无际的原野，一切都看得清清楚楚。到火车站有二百俄里路程，坐马车得走两天，沿途歇两夜。每到一个驿站，总有人端来茶水，杯子没有洗干净，或者套马的时间久了一点，米哈伊尔·阿韦良内奇便气得涨红了脸，浑身哆嗦，大声呵斥："闭嘴！不准强辩！"一坐进远程马车之后，他就一刻不停地讲起他当初去高加索和波兰王国旅行的事。多么惊险的经历，多么热情的接待！他说话的声音非常洪亮，同时做出一副惊讶的神色，让人以为他是在说谎。另外，他总是一面讲话一面冲着安德烈·叶菲梅奇的脸喷气，对着他的耳朵哈哈大笑，弄得医师很别扭，也妨碍他思考和集中精力。

到了火车站，他们为了省钱，买了三等车厢的票，坐进一节不准抽烟的车厢里。半数乘客是上流人士。米哈伊尔·阿韦良内奇不久就跟他们搞熟了，从这个座椅换到那个座椅，大声说，他们真不该在这种糟糕的铁路上旅行。简直是上当受骗！如果骑一匹好马走就完全不同啦，一天赶上一百俄里路，过后仍然精神抖擞，舒服得很。至于讲到我们收成不好，那是因为平斯克沼泽地的水都叫人排干了。总而言之，到处都糟透了。他显得十分兴奋，高声谈笑，不容别人插嘴。这种无休止的扯淡，哈哈大笑和指手画脚，让安德烈·叶菲梅奇感到十分厌倦。

"我们两人当中究竟谁是疯子？"他懊丧地想，"是我这个竭力不惊扰乘客的人，还是这个自以为比大家都聪明有趣，因而不让其他人休息的利己主义者呢？"

在莫斯科，米哈伊尔·阿韦良内奇穿上没有肩章的军服和镶着红丝条的军裤。在外出时还戴上军帽，穿上军大衣，走在大街上使得士兵们见着他都要立正敬礼。安德烈·叶菲梅奇现在才感到，这个人原来所有的贵族气派中的良好素养已经丧失殆尽，只留下一些恶习。他喜欢别人伺候他，哪怕在完全不必要的时候也一样。火柴就在他面前的桌子上，他自己也看见了，但还是向仆役嚷嚷，要他拿火柴来。他从来不认为穿着内衣裤在女宾面前走来走去是件难为情的事。他对所有的仆人，哪怕是老人，也一律称呼"你"，发火的时候，就骂他们是蠢货和傻瓜。安德烈·叶菲梅奇觉得，这些虽然都是老爷派头，但非常令人厌恶。

首先，米哈伊尔·阿韦良内奇领他的朋友到伊维尔教堂里。他热烈地祈祷，不住地磕头、流泪。完事以后，还深深地叹口气说：

"即使你不信教，可是祷告一下心里也会觉得踏实点。吻圣像吧，亲爱的。"

安德烈·叶菲梅奇有些尴尬地吻了吻圣像。米哈伊尔·阿韦良内奇则嘟起嘴唇，晃着脑袋，小声念着祷词，眼泪又涌上了眼眶。随后两人到克里姆林宫，观看了皇家的炮和钟，甚至伸出手去摸了一摸，欣赏了莫斯科河对岸的景色，参观了救世主教堂和鲁缅采夫博物馆。

他们在捷斯托夫饭店吃饭。米哈伊尔·阿韦良内奇把菜单看了很久，摩挲着络腮胡子，用那种素来觉得到了餐馆就像在家里那样的美食家的口气说：

"我们倒要瞧瞧今天你们拿什么菜来招待我们,亲爱的！"

十四

医师做着一切他旅游时该做的事，但他心里只有一种感觉：讨厌米哈伊尔·阿韦良内奇。他一心想离开他的朋友独自休息一下，躲着他，藏起来，可是这位朋友却认为有责任寸步不离地跟在他身边，尽量为他安排各种娱乐消遣。等到实在没有东西可看的时候，他就用闲谈来给他解闷。安德烈·叶菲梅奇连着隐忍了两天。但第三天他实在忍不住了，便向朋友声明他病了，想留在家里歇一天。朋友说，既然这样他也不出去了。确实，也该休息一下了，要不然两条腿都要跑断了。安德烈·叶菲梅奇躺在长沙发上，脸对着靠背，咬牙切齿地听朋友东拉西扯。他热烈地断言，法国早晚一定会打垮德国，说莫斯科有无数骗子，说想看出马的优劣，不能光凭外貌，等等，等等。医师感到耳朵里嗡嗡地响，心怦怦直跳，但是出于礼貌，他不好意思要朋友走开或者闭嘴。幸好米哈伊尔·阿韦良内奇自己觉得枯坐在旅馆里闷得慌，饭后独自出去散步了。

等到只剩下安德烈·叶菲梅奇一人时，他这才体验到一种休息的感觉。一动不动地躺在沙发上，意识到房间里只有自己一人，这是件多么令人愉快的事啊！没有孤独就不会有真正的幸福。堕落天使之所以背弃上帝，大概是因为他渴望享受天使们没有领略过的孤独吧。安德烈·叶菲梅奇本打算想一想这几天来的所见所闻，可是米哈伊尔·阿韦良内奇的影子却在他的脑子里挥之不去。

"要知道他是出于友谊，出于好心才放弃度假日，陪我出来旅行，"医生烦恼地想道，"可是，这种友爱的保护却让人觉得是种束缚。看上去他是个善良、宽厚、快活的人，其实是个无聊得很的家伙。无聊得叫人受不了。有些人就是这样明明愚蠢得很却总是装作会说聪明话和好话。"

安德烈·叶菲梅奇在之后的几天里一直推说自己病了，不肯离开旅馆的房间。他脸对着长沙发的靠背，躺在长沙发上，遇到朋友用闲谈为他解闷，他便苦恼不堪，遇到朋友外出，他就休息养神。他埋怨自己不该出门旅行，埋怨朋友变得越来越贫嘴、放肆。他无论怎样也无法把思想提到一些严肃而高尚的方面去。

"这就是伊凡·德米特里所说的现实生活，它把我折磨得好苦。"他心想，气恼自己的小题大做，"不过，这没什么要紧……等我回到家，一切都会跟先前一样……"

在彼得堡仍旧是他成天不出旅馆，躺在沙发上，甚至到了只有喝啤酒时才站起来的局面。

米哈伊尔·阿韦良内奇老是催他到华沙去。

"亲爱的，我上那儿去干什么？"安德烈·叶菲梅奇恳求他，"您一个人去吧，您让我回家好了！我求您了！"

"那可不行！"米哈伊尔·阿韦良内奇抗议道，"那是个无与伦比的城市。我一生中最幸福的五个年头是在那里度过的。"

安德烈·叶菲梅奇的性格中缺乏那种坚持己见的个性，他只好勉为其难地跟着到华沙去了。到了那里，他照样没有走出旅馆的房间，躺在沙发上，生自己的气，生朋友的气，生那些怎么也听不懂俄语的仆役的气。米哈伊尔·阿韦良内奇却照样健壮快活精神抖擞，一天到晚在城里溜达，找他旧日的朋友，好几次彻夜未归。有一回，不知他在什么地方过了一夜，大清早才回到旅馆，而且神情激动，来回踱步，满脸通红，头发蓬乱。他在房间里从这头走到那头走了很长时间，嘴里喃喃自语，后来站住了，说：

"名誉要紧啊！"

他又走了一阵儿，忽然双手抱住头，用悲惨的语调说：

"是的，名誉要紧！真该死，当初我就不该坚持己见，一定要来游历这个巴比伦！亲爱的，"他对医生说，"您蔑视我吧：我打牌输了钱！借给我五百卢布吧！"

安德烈·叶菲梅奇数出五百卢布，一句话也没说地就把钱交给他的朋友。他的朋友仍旧因为羞愧、愤怒而满脸通红，没头没脑地赌了一个毫无必要的咒，戴上帽子，出去了。大约过了两个钟头他回来了，往一张圈椅里一坐，大声叹一口气，说：

"我的名誉总算保住了！我们走吧，我的朋友！我连一分钟都不愿意再待在这个讨厌的城市了。到处都是骗子！奥地利的间谍！"

在十一月时，他们才回到他们的城市，街上积了很深的雪。霍博托夫医生接替了安德烈·叶菲梅奇的职位，不过他仍旧住在原来的寓所里，等着安德烈·叶菲梅奇回来后腾出医院的寓所。那个被他称为厨娘的丑女人已经在一间厢房里住下了。

城市里又散布着关于医院新的流言蜚语，据说那个丑女人跟事务长吵过一架，还说事务长好像向她下跪告饶了。

安德烈·叶菲梅奇第一天回到本城就不得不找房子搬家。

"我的朋友，"邮政局长不好意思地对他说，"原谅我提个唐突的问题：您手里有多少积蓄？"

安德烈·叶菲梅奇默默地数数自己的钱，说：

"八十六个卢布。"

"我问的不是这个，"米哈伊尔·阿韦良内奇没听懂医生的话，慌张地说，"我问的是您手里总共有多少家底？"

"我刚才已经告诉您了：八十六个卢布……此外什么也没有。"

医生在米哈伊尔·阿韦良内奇的心里向来是个高尚的正人君子，但仍旧疑心他手里大约有两万存款。现在听说安德烈·叶菲梅奇已成了乞丐，甚至没有钱来维持生活，不知怎么他忽然流下眼泪，抱住了自己的朋友。

十五

安德烈·叶菲梅奇后来在一栋有三扇窗的小房子里住了下来，那房子是小市民别洛娃家的。房子只有三间屋，外加一个厨房。医生住在窗子临街的两个房间，达留什卡和带着三个孩子的女房东挤在第三个房间和厨房。有时女主人的情夫来过夜，这个醉醺醺的汉子整夜吵闹，吓得孩子们和达留什卡胆战心惊。

他一来就在厨房里坐下，开始要酒喝，大家都觉得很不自在。医生动了怜悯之心就把哭哭啼啼的孩子们带进自己房里，让他们在地板上睡下，他从中得到很大的快乐。

他还是跟以前一样，八点钟起床，喝完早茶以后便坐下来阅读自己的旧书和旧杂志。他已经没钱买新书了。不知道是因为那些书是旧书，还是环境变了，总之读书不再像从前吸引他了，而且很快就使他疲倦了。为了不虚度光阴，他把旧书编出一个详细目录，再把小小的书目标签贴到书脊上，他觉得这件机械而费事的工作比读书还有趣。这种单调而烦琐的工作往往在不知不觉中弄得他昏昏欲睡了，现在他什么也不想，这一来时间便过得飞快。即使在厨房里坐下，帮达留什卡削土豆皮，或在荞麦粒中捡小石子他也觉得很有趣。一到星期六和星期日，他必定去教堂。他站在墙边，眯细眼睛，听唱诗班唱诗，想起他的父亲，他的母亲，想起大学生活，想起各种宗教。他心里变得平静而忧伤，走出教堂的时候，总惋惜礼拜仪式结束得太快了。

他到医院里去看望过伊凡·德米特里两次，想再跟他谈一谈。但是那两次伊凡·德米特里情绪都非常激动、气愤。他请医生不要再来打扰他，因为他早已讨厌空谈了。他说，他为自己的一切苦难，向那些该诅咒的坏蛋请求一种补偿——单独囚禁。难道连这一点要求也要遭到拒绝吗？当安德烈·叶菲梅奇向他告辞、祝他晚安时，两次他都没好气地回答说：

"滚你的去吧！"

安德烈·叶菲梅奇现在不知道他该不该第三次去看望他。

不过他心里还是想去的。

往日在吃完午饭的那段时间，安德烈·叶菲梅奇总是在房间里走来走去，沉思默想，可是现在从吃完午饭一直到喝晚茶这段时间里，他一直脸对着靠背躺在沙发上，完全无法摆脱满脑子的世俗想法。他想到工作了二十多年，既没有领到养老金，也没有领到一次补助。不由得愤愤不平，诚然他工作得不算勤恳，可是要知道，所有的工作人员，不管勤恳也好，不勤恳也好，都是能领养老金的。当代的公道正在于官品、勋章、养老金，这些都不是依据道德品质的好坏和工作能干与否而发放的，而是按职务发放的，并不关乎工作得怎么样，那为什么唯独他一个人要成为例外呢？他现在是身无分文了。他不好意思走过小铺，一看到老板娘就觉得害臊。他已经欠下三十二个卢布的啤酒钱，也欠着小市民别洛娃的房租钱。达留什卡偷偷变卖旧衣服和旧书，还对女房东撒谎，说医生不久就会领到一大笔钱。

他恼恨自己，不该外出旅行花掉了他的一千卢布积蓄。有这一千卢布现在会多么有用啊！他心里烦躁抱怨有人总来打扰他。霍博托夫自认为有责任不时来探访这位有病的同事。可是他那肥头胖脸，他那种粗俗的故作宽容的口气，他嘴里的"同事"，连他那双高筒靴子，处处都让安德烈·叶菲梅奇看了讨厌。顶讨厌的是，他居然自认为有责任给安德烈·叶菲梅奇看病，而且自以为医术高明。他每一次来访都带一瓶溴化钾药水和几颗大黄药丸。

认为有责任经常来拜访他的还有米哈伊尔·阿韦良内奇。他经常来为他解闷。每一回他走进安德烈·叶菲梅奇的房间，总是装出随随便便的样子，不自然地哈哈大笑，一再向他表明他今天气色很好，谢天谢地，局面有了转机，从这样的话里也可以得出结论，他认为自己朋友的病情毫无希望了。他总是羞愧难当，神情紧张，并极力扬声大笑，说些滑稽的事，是因为他至今仍未归还在华沙欠下的债。他的那些笑话和奇闻轶事现在好像永远讲不完，这对安德烈·叶菲梅奇和他本人来说都成了件很辛苦的事。

有他在，安德烈·叶菲梅奇照样脸对着墙躺在沙发上，咬着牙听他说话。他的内心本来就压着层层积怨，这积怨随着他朋友的拜访逐渐加深，好像就要涌到他的喉咙口了。

为了压下这些无聊的感情，他赶紧去想，他本人也罢，霍博托夫也罢，米哈伊尔·阿韦良内奇也罢，早晚都要死的，不会在大自然中留下一丝痕迹。要是设想百万年之后有个精灵飞过地球上空，那么这个精灵所看到的也只是黏土和光秃的峭壁。一切东西，不论是文化还是道德准则，都会消灭，连一棵牛蒡都长不出来。那么在小铺老板娘面前觉得害臊，微不足道的霍博托夫，或者米哈伊尔·阿韦良内奇的令人讨厌的友谊，这些又算得了什么？这一切都微不足道，无聊得很。

可是这样的想法已经无济于事。他刚想到百万年之后的地球，这时穿着高筒靴的霍博托夫或是故意哈哈大笑的米哈伊尔·阿韦良内奇就会从光秃的墙壁后面突然闪现出，甚至能听到他那含着羞愧的低语："华沙的借款，亲爱的，过几天我就还给你……一定。"

十六

米哈伊尔·阿韦良内奇在一天下午来拜访他，安德烈·叶菲梅奇正躺在沙发上。凑巧，霍博托夫带着一瓶溴化钾药水也来了。安德烈·叶菲梅奇费劲地爬起来，坐好，两条胳膊支在沙发上。

"今天，我亲爱的，"米哈伊尔·阿韦良内奇开口说，"您的气色比昨天好多了。您显得挺有精神！真的，挺有精神！"

"也该到复原的时候了，同事，"霍博托夫打着哈欠说，"这么拖拖拉拉恐怕您自己也腻烦了吧。"

"咱们会复原的！"米哈伊尔·阿韦良内奇快活地说，"我们还要活到一百岁呢！一定能！"

"一百岁不好说，再活二十年应该没问题，"霍博托夫安慰说，"没关系，没关系，同事，您可别泄气……别再胡思乱想了。"

"我们还要大显身手呢！"米哈伊尔·阿韦良内奇哈哈大笑，还拍拍他朋友的膝头，"我们要大显身手的。求上帝保佑，到明年夏天咱们去高加索玩一趟，骑着马儿到处逛一逛，——驾！驾！驾！等我们从高加索回来，瞧着吧，大概还要热热闹闹地操办婚礼呢。"米哈伊尔·阿韦良内奇调皮地挤挤眼睛，"我们会给你说成一门亲事的，亲爱的朋友，让您成亲……"

安德烈·叶菲梅奇忽然感到，积怨一下子涌到喉头上来了，他的心脏猛烈地跳动起来。

"真庸俗！"他说，很快站起来走到窗前，"难道你们不明白你们说得太庸俗了吗？"

他本想说得温和些、礼貌些，可是却不由自主地突然攥紧拳头，高高举过头顶。

"离我远点儿！"他大喝一声，嗓音都变了，脸涨得通红，浑身打战，"滚出去！你们俩都滚出去！滚！"

米哈伊尔·阿韦良内奇和霍博托夫都站了起来，先是莫名其妙地瞧着他愣住了，后来害怕了。

"两个人都滚出去！"安德烈·叶菲梅奇不断地嚷道，"呆子！蠢材！我既不要你们的友谊，也不要你们的药水，蠢材！庸俗！可恶！"

霍博托夫和米哈伊尔·阿韦良内奇不知所措地互相看一眼，踉跄地退到门口，走进了前室。安德烈·叶菲梅奇抓起那瓶溴化钾，朝他们背后使劲扔去。玻璃瓶砰的一声在门槛上砸碎了。

"滚蛋！"追到前室，他含着泪喊道："滚！"

安德烈·叶菲梅奇在客人走后，像发疟疾一样不住地哆嗦，躺到沙发上，反反复复地嘟哝着：

"呆子！蠢才！"

等他的火气平静下来，他首先想到的是可怜的米哈伊尔·阿韦良内奇现在一定痛苦的不得了，心里会难受极了，他觉得这件事做得太可怕了。以前从来没出过这种事。头脑和分寸跑哪儿去了？通情达理和明智的淡漠都到哪儿去了？

医生十分羞愧，不住地埋怨自己，吓得彻夜未眠。第二天早上，十点来钟，他动身到邮政局去向邮政局长赔礼道歉。

"昨天的事我们不要再提了，"大为感动的米哈伊尔·阿韦良内奇紧紧握住他的手，叹口气说，"谁再提旧事，让他的眼睛瞎掉。留巴夫金！"他忽然大叫一声，弄得所有邮务人员和顾客都打了个哆嗦，"搬把椅子来！你等着，"他对一个农妇喊道，她正把一封挂号信从铁格子里递给他，"难道你没看见我正忙着吗？"他又转身接着对安德烈·叶菲梅奇温和地说："坐下吧，我恳求您，亲爱的朋友。"

他沉默了一会儿，轻轻地抚摩着膝头，然后才说：

"我心里一点儿也没有生您的气。害病可不是闹着玩的事，这我知道。昨天您发病了，吓坏了我和大夫。事后我们又谈起您，谈了很久。我亲爱的。您应该认真治一治您的病了？事情不能照这样发展下去？请原谅我作为朋友直言不讳，"米哈伊尔·阿韦良内奇开始小声说，"您生活在极其恶劣的环境里：住处狭小，肮脏，无人照料，没钱治病……我亲爱的朋友，我和大夫真诚地恳求您，听从我们的忠告：住到医院里去养病吧！那里有营养食品，有人护理，有人治病。叶夫根尼·费多雷奇，我们私下里说一句，尽管是个举止粗俗的人，不过他医术精湛，咱们倒完全可以信任他。他已经答应我，他要给您治病。"

安德烈·叶菲梅奇被邮政局长这种真诚的关怀和突然出现在脸颊上的眼泪感动了。

"我尊敬的朋友，不要听信那种谣言！"他也小声说，一只手按到胸口上，"别信他们的话！那全是骗人的！我的病只在于20年来我在这个城市里找到了一个有头脑的人，而他又

61

是个疯子。我根本没有害病，我只不过落进了一个魔圈里，再也出不去了。我觉得随便怎么样都无所谓，我做好了承担一切恶果的准备。"

"到医院里去养病吧，我的朋友。"

"我无所谓，哪怕跳进万丈深渊也没关系。"

"亲爱的，您得保证处处都听叶夫根尼·费多雷奇的安排。"

"好吧，要我保证我就保证。可是我要再说一遍，我尊敬的朋友，我落入了一个魔圈。现在不管什么东西，就连我的朋友们真诚的关怀，也包括在内，只会导致一个结局——我的毁灭。我正在毁灭，而且我现在有勇气承认这个事实。"

"好朋友，您会康复的。"

"何必再说这种话呢？"安德烈·叶菲梅奇愤愤地说，"很多人在一生中的最后阶段才能体会我此刻的心境。一旦有人告诉您，您的肾脏有毛病，或者心房扩大之类的话，所以您必须治疗，或者有人告诉您，您是疯子，是罪犯，总之换句话说，一旦人家突然注意您，那您就得知道落入了魔圈里，再也出不去了。您竭力想逃出来，却越发陷得深了。索性听天由命吧，因为任何人的力量已经不能挽救您了。我就是这样想的。"

这当儿铁格子那边挤满了顾客。安德烈·叶菲梅奇不想妨碍公务，便站起来告辞。米哈伊尔·阿韦良内奇再一次请求取得他的诺言，然后一直把他送到大门口。

霍博托夫穿着短皮袄和高筒靴出乎意料地在当天傍晚来到安德烈·叶菲梅奇家里。他平静地说，那语气仿佛昨天根本没发生过任何事：

"我有事来找您的，同事。我来邀请您，您愿意不愿意跟我一道去参加一次会诊？"

安德烈·叶菲梅奇心想，霍博托夫大概想让他出去走一走，解解闷，或者真要给他一个赚点儿钱的机会，于是穿上衣服，跟他一道走到街上。他暗自高兴总算有机会弥补一下昨天的过失，两人和解了，并且从心里感激霍博托夫，他居然只字不提昨天的事，可见分明原谅他了。别人很难料到这个没有教养的人会有这样细腻的感情。

"那么您的病人在哪儿？"安德烈·叶菲梅奇问道。

"在我的医院里。我早就想请您来看一看了，那是一个很有意思的病例。"

他们走进医院院子，绕过主楼，朝疯人住的偏屋走去。不知什么缘故走这段路时两人都沉默不语。他们一走进前室，尼基塔照例跳起来，挺直身子立正。

"这里有个病人忽然由肺部引出并发症，"霍博托夫同安德烈·叶菲梅奇一块走进第六病室时低声说，"您在这儿先等一下，取来我的听诊器之后。我马上就回来。"

他说完就匆忙出去了。

十七

天色逐渐暗沉下来，伊凡·德米特里依旧躺在自己床上，把脸埋在枕头里。瘫痪病人一动不动地坐着，轻声抽泣，嘴唇不住地嘟动。胖农民和从前的拣信员已睡觉了。屋里一片寂静。

安德烈·叶菲梅奇坐在伊凡·德米特里的床沿上等着。可是一个半钟头过去之后，霍博托夫还是没有来。尼基塔却抱着病号服，也不知谁的内衣裤和一双拖鞋来到了面前。

"老爷，请您换衣服，"他轻声说，"您的床在这边，请过来，"他指着一张显然是不久前刚搬来的空床接着说，"不要紧，上帝保佑，您会复原的。"

这下子安德烈·叶菲梅奇全明白了。他一句话也没说，按照尼基塔的指点走到那张床前，坐在床边。他看到尼基塔站在一旁等着，便自己脱光身上的衣服，他感到很难为情，又赶紧穿上病号的衣服，内裤太短，衬衫又太长，那件长袍上还有熏鱼的气味。

"您会复原的，上帝保佑。"尼基塔又说了一遍。

他伸手抱起安德烈·叶菲梅奇换下来的衣服，走出去，随手关上身后的门。

"无所谓……"安德烈·叶菲梅奇想道，羞臊地裹紧长袍的衣襟，只觉得穿上这身新衣服他像个囚徒了，"这也无所谓……礼服也罢，制服也罢，这身病号服也罢，反正都一样……"

可是怀表怎么样了？侧面口袋里的记事本怎么样了？还有香烟呢？尼基塔把他的衣服拿到哪儿去了？这样一来，恐怕直到死的那一天为止，他再也没机会穿自己的裤子、坎肩和靴子了。这一切实在太离奇了，乍想简直不可思议。尽管直到现在安德烈·叶菲梅奇还是相信，小市民别洛娃家的房子跟这第六病室之间没有什么差别，相信这个世界上的一切都无聊、空虚，然而他的手还是发抖，腿脚冰凉。一想到待一会儿伊凡·德米特里就会起床看见他穿着病号服，就不由得害怕。他站起来，在病室里走了个来回，后来又坐下。

就这样他坐了半个小时，一个小时，他感到厌倦和烦闷得要命。难道我要在这鬼地方坐上一天，一星期，甚至像这些人那样一坐就是好几年吗？是的，他坐一阵，走一阵，又坐下了。他还可以走到窗前，瞧一瞧窗外，然后再从这个墙角走到那个墙角。可是这以后再做什么呢？就这样像个木头人似的始终坐着想心事吗？不，总这样是不行的。

安德烈·叶菲梅奇躺下去，可立即又坐起来，用袖子擦去额头上的冷汗。于是他觉得他的整个脸上都有一股熏鱼的气味。他又在病室里走来走去。

"这一定是出了什么误会……"他说，茫然地摊开双手，"这个得解释一下才成，这是误会……"

正想着，伊凡·德米特里醒来了。他坐起来，用两个拳头托着腮帮子。他吐了口唾沫，然后懒洋洋地看一眼医生，显然他还不明白这是怎么回事，但不久他那张带着睡意的脸上便露出了恶毒的讥讽的神情。

"啊哈，他们把您也关到这里来啦，亲爱的！"他还眯起一只眼睛，用带着睡意而嘶哑的声音说，"我很高兴。您以前吸别人的血，现在轮到别人吸您的血了。妙不可言！"

"这一定是出了什么误会……"安德烈·叶菲梅奇说。他显然被伊凡·德米特里的话吓坏了，慌张地说，他耸耸肩膀，重复道："这一定是误会……"

伊凡·德米特里又吐了口唾沫，躺下了。

"该诅咒的生活！"他嘟哝说，"这种生活真叫人痛心，令人屈辱的是，它不是以我们的苦难得到补偿而结束，也不像歌剧中那样以礼赞而结束，却是用死亡来结束。总有一天勤杂工会来拉住尸体的胳膊和腿，把他拖到地下室里。呸！不过那也没关系……到了那个世界就要轮到我们过好日子了……到那时我的幽灵也要从那个世界回到这里来显灵，吓唬这些恶人。我要把他们吓得昏了头。"

莫谢伊卡回来了，看到医生，就伸出一只手。

"给个小钱吧！"他说。

十八

安德烈·叶菲梅奇走过去望着窗户外面的田野。天色已黑下来，在右侧的地平线上，一轮冷冷的、红色的月亮升起来了。在离医院围墙不远的地方，不过一百俄丈开外，矗立着一幢高大的围着石墙的白房子。那是监狱。

"瞧，这就是现实生活！"安德烈·叶菲梅奇想道。他觉得害怕极了。

这月亮，这监狱，这些钉在围墙上的铁钉，连同远处烧骨场上腾起的火焰，全都让人不寒而栗。他听见身后传来叹息声。安德烈·叶菲梅奇回过头去，看见一个胸前戴着亮闪闪的星章和勋章的人，正微笑着，狡黠地挤着一只眼睛。那模样也显得可怕。

安德烈·叶菲梅奇自欺欺人地想使自己相信：月亮和监狱并没有什么蹊跷的地方，神智健全的人也照样佩戴勋章，世上万物早晚都要腐烂，化作尘土。可是他忽然陷入绝望，伸出双手抓住窗上的铁栏杆，竭尽全力摇起它来。坚固的铁窗却纹丝不动。

随后，为了摆脱恐怖，他走到伊凡·德米特里床边，坐下了。

"我的精神支持不住了，亲爱的朋友，"他喃喃低语，战战兢兢地擦着冷汗，"我的精神崩溃了。"

"可是您不妨谈谈人生哲理呀。"伊凡·德米特里挖苦他说。

"我的上帝，上帝啊……对了，对了，有一回您说俄国没有哲学，然而大家都谈哲学，连小人物也大谈哲理问题。其实您知道小人物大谈哲理对谁都没有什么害处，"安德烈·叶菲梅奇有一种仿佛要哭出来、想引起怜悯的语气说，"我的朋友，为什么您要发出这种幸灾乐祸地嘲笑人的笑声呢？既然小人物感到不满，为什么他不能发发议论呢？一个有头脑的、受过教育的、有自尊心的、爱好自由的人，一个圣洁如神灵的人，竟然没有别的路可走，只能到一个肮脏愚昧的小城里来做医生，把整整一辈子消磨在给病人拔火罐、贴水蛭、贴芥末膏上面！招摇撞骗，狭隘、庸俗！啊，我的天哪！"

"您在说蠢话。要是您讨厌当医生，那就去当大臣呀。"

"不行，我什么都做不了。我们软弱，亲爱的……对世事我向来漠不关心，我积极而清醒地思考着，可是生活刚刚粗暴地碰我一下，我的精神就支持不住了……泄气了……我们软弱，我们不中用……您也一样，我的朋友。您聪明、高尚，您从母亲的乳汁里吸取了美好的激情，可是您刚刚迈进生活，就疲倦了，生病了……我们软弱、软弱啊！"

黄昏即将来临时，除了恐惧和屈辱的感觉之外，安德烈·叶菲梅奇无时无刻不感受到另外一种难以摆脱的痛苦。最后，他弄明白了，他这是想喝啤酒，想抽烟了。

"我要从这儿出去，我亲爱的，"他说，"我要叫他们在这点个灯……这样我可受不了……我无法忍受下去……"

安德烈·叶菲梅奇走到门口，打开门，可是尼基塔立即跳起来，挡住他的去路。

"您上哪儿去？不行，不行！"他说，"到睡觉的时候啦！"

"可是我想出去一会儿，在院子里散一散步。"安德烈·叶菲梅奇慌张地说。

"不行，不行，这是不被许可的。您自己也知道。"

尼基塔砰的一声关上门，并且用背顶住门板。

"可是就算我出去了，也不会伤害别人呀！"安德烈·叶菲梅奇耸耸肩膀问道，"真不明白！尼基塔，我一定要出去！"他用颤抖的嗓音说，"我一定要出去！"

"不许捣乱，这样可不好！"尼基塔告诫他说。

"鬼知道这是怎么回事！"伊凡·德米特里突然跳下床喊道，"他没有权力不放我们出去。他们怎么敢把我们关在这里？法律上明明规定，不经审判不能剥夺任何人的自由！这是暴力！专横！"

"当然，这是专横！"安德烈·叶菲梅奇受到伊凡·德米特里呼喊声的鼓舞，添了点儿勇气也说，"我要出去，非出去不可。他没有权力！放我出去，我跟你说！"

"你听见没有，愚蠢的畜生？"伊凡·德米特里大声叫骂，用拳头捶门，"你开门，要不然我就把门砸碎！屠夫！"

"开门！"安德烈·叶菲梅奇浑身发抖，大喊道，"我要你开门！"

"你尽管喊呀！"尼基塔在门后回答，"随你去说吧！"

"至少你去把叶夫根尼·费多雷奇叫到这儿来。就说，我请他来一趟……来一会儿！"

"他老人家明天自己会来的。"

"他们绝不会放我们出去！"这当儿伊凡·德米特里继续道，"他们要在这里把我们活活折磨死！哦，主啊！难道下面那个世界里真的没有地狱，这些坏蛋真的可以不受惩罚？正义在哪里？快开门，坏蛋，我透不过气来！"他声嘶力竭地喊道："好吧，我来撞个头破血流！你们这些杀人凶手！"

尼基塔迅速打开门，用双手和膝盖粗暴地推开安德烈·叶菲梅奇，然后抡起胳膊，一拳打在他的脸上。安德烈·叶菲梅奇感到一股带咸味的巨浪兜头上来，把他向床那边冲去，他的嘴里真的有股咸味：多半他的牙齿出血了。他像要游出这股大浪似的，挥舞着胳膊，抓住了什么人的床，同时感到尼基塔在他背上又打了两拳。

伊凡·德米特里也尖叫一声。想必他也挨打了。

之后悄无声息一片宁静。淡淡的月光透过铁窗照进来，在地板上铺着网子一样的阴影。真可怕。安德烈·叶菲梅奇躺在那儿，屏住呼吸，战战兢兢地等着再一次挨打。他觉得好像有人拿一把尖刀，扎进他的身子，在胸腔内和腹腔内搅了几下似的。他疼得直咬枕头，磨牙。忽然间，在他那乱糟糟的脑子里，清晰地闪出一个可怕的叫人受不了的念头：如今在月光下像鬼影般的这几个人，若干年来一定天天都在忍受着这样的疼痛。可是他20多年对此却一无所知，而且也不想知道——怎么能这样呢？他没有受过苦，甚至没有疼痛的概念，因此这不能怪他。可是，良心的谴责却像尼基塔那样固执无情，使他从后脑勺一直到脚后跟都变得冰凉。他一跃而起，想用尽气力大喊一声，飞快跑去杀了尼基塔，然后打死霍博托夫、总务长和医士，最后自杀，可是从他的胸腔里却发不出一丝声音，两条腿也不听使唤了。他喘不过气来，拼命拉扯胸前的长袍和衬衫，它们被猛地撕得粉碎。他倒在床上，不省人事了。

十九

他在第二天清晨醒来时头疼得厉害，耳朵嗡嗡地响，感到周身瘫软。想起昨天自己的软弱他不觉得害臊。昨天他胆怯，甚至怕见月亮，而且真诚地说出了以前他万没有料到自己会产生的思想感情，比方说想到小人物感到不满难免爱发议论的想法。可是现在他觉得一切都无所谓了。

躺在那儿既不吃不喝，也不动，又不说话。

"对我来说，什么都一样，"别人问他话时他想，"我不想回答……对我来说什么都一样。"

米哈伊尔·阿韦良内奇在午饭后赶来了，送给他四分之一俄磅茶叶和一俄磅果冻。达留什卡来过几次，脸上露出茫然的悲伤神情，在床头一站就是一个钟头。霍博托夫也来看望他，带来一瓶溴化钾药水，吩咐尼基塔烧点什么熏一熏病室。

在傍晚临近时，安德烈·叶菲梅奇因脑溢血而死去。起初他感到一阵猛烈的寒战和恶心，仿佛有一种使人恶心的东西浸透他的全身，甚至钻进他的手指，从胃里涌到头部，淹没他的眼睛和耳朵。眼前的东西都变成了绿色。安德烈·叶菲梅奇明白死神即将降临，他忽然想到伊凡·德米特里、米哈伊尔·阿韦良内奇以及千千万万的人都是相信永生的。万一真会不死呢？然而他并不希望永生，他的这个念头也只是一闪而过。他昨天在书里读到的一群体态优雅、美丽异常的鹿正从他面前跑过去，随后一个农妇向他伸出一只手来，手里拿着挂号信……米哈伊尔·阿韦良内奇说了一句什么话。随后一切都消失了，安德烈·叶菲梅奇永远失去了知觉。

勤杂工来了，抓住他的胳膊和腿，把他抬到小教堂里去了。他躺在那里的桌子上，睁着眼睛，夜里月光照着他。到早晨谢尔盖·谢尔盖伊奇来了，对着十字架上的耶稣像祷告一番，把他前任上司的眼睛阖上了。

第二天，安德烈·叶菲梅奇下了葬。为他送葬的只有米哈伊尔·阿韦良内奇和达留什卡两人。

1892 年 11 月

变色龙

奥楚蔑洛夫警官身穿崭新的军大衣，手里提着个小包，穿过市集的广场。他身后跟着一名棕红色头发的巡警，手里捧着一个筛子，上面满满地盛着没收来的醋栗，四周一片寂静……广场上一个人也没有。小铺和酒店洞开的大门，无精打采地看着上帝创造的这个世界，有如一张张饥饿的嘴巴。店铺附近甚至连一个乞丐也没有。

"你竟敢咬人，该死的畜生！"奥楚蔑洛夫忽然听见有人在喊叫，"伙计们，别放跑它！现如今咬人可不行！抓住它！哎哟……哎哟！"

狗的尖叫声传过来。奥楚蔑洛夫朝那边张望，只见商人彼楚京的木柴场里蹿出一条狗，用三条腿一边跑，一边不住地回头看。有一个人在它身后紧追出来，穿着浆硬的花布衬衫和敞着衣襟的坎肩。他逼近那条狗，身子往前一探，扑倒在地，双手抓住那条狗的后腿。紧跟着又传来狗叫声和人喊声："别放跑它！"一张张带着睡意的脸纷纷从小铺里探出来，一会儿工夫木柴场门口就围起一堆人来,就像是从地底下冒出来的一样。

"看样子出事了,长官! ……"警察说。

奥楚蔑洛夫把身子微微往左边一转,迈步朝人群那边走过去。在木柴场门旁,他看见上述那位敞开坎肩的人站在那儿,高高举起右手,伸出一根血淋淋的手指头给周围的人看。他那张半醉的脸上的神情似乎在说:"我要把你的皮撕下来,坏蛋!"而且那根手指头本身就像是一面胜利的旗帜。奥楚蔑洛夫认出这个人就是首饰匠赫留金。一条白毛尖脸、背上有一块黄斑的小猎狗是这场乱纷的肇事者,正坐在人群中央的地上,两只前腿劈开,周身不住地发抖。它那双泪汪汪的眼睛里流露出忧伤和恐惧的神色。

"这儿出了什么事?"奥楚蔑洛夫分开众人,走到人群中,问道,"你在这儿干什么?你竖起手指头干什么?……是谁在嚷?"

"我本来走我的路,长官,没有招惹谁……"赫留金一边用手遮住嘴,不断地咳嗽,一边开口说。

"我正跟米特利·米特利奇谈木柴的事,忽然间,这个坏东西无缘无故咬了我的手指头……请您别见笑,我是个做工的人……我的活儿细致。该让他们赔我一笔钱才成,因为这根手指头也许一个星期都动弹不了啦……法律上,长官,也没有这么一条,说是人受了畜生的害就该忍着……要是每头畜生都来咬人,那人在这个世界上就没法活了……"

"嗯!……好……"奥楚蔑洛夫严厉地说,接连咳嗽几声,动了动眉毛。"好的……这是谁家的狗?这种事我不能袖手旁观。我要拿点儿颜色出来叫那些放出狗来闯祸的人看看！对于那些不愿意遵守法令的老爷们，现在也是该管管的时候了！等到受了罚款处分，他，这个混蛋，才会明白把狗和别的畜生到处放会有什么下场！我要给他点儿厉害瞧瞧……叶尔迪陵，"警官对警察说，"你去调查清楚这是谁家的狗，记录在案！狗嘛该打死。马上就办！这多半是条疯狗……我问你们，这会是谁家的狗呢？"

"这条狗好像是席加洛夫将军家的！"人群中有个人说。

"席加洛夫将军家的吗？嗯！……你，叶尔迪陵，帮我把身上的大衣脱下来……怎么这么热！看来就要下雨了……只是有一件事我不明白，它怎么会把你咬了？"奥楚蔑洛夫对赫留金说。

"莫非它够得到你的手指头？它身材矮小，可是你，要知道，你却是个彪形大汉！你这个手指头多半是让小钉子划破的，后来却异想天开，要人家赔你钱。你这种人啊……我见得多了！我可知道你们这些鬼东西！"

"长官，他把他的雪茄烟戳到狗的脸上去，拿它开心。狗也不笨，就咬了他一口……他是个无聊的人，长官！"

"你说谎，独眼龙！你并没有看见，为什么要胡说？尊贵的长官是聪明人，看得出来谁胡说，谁能当着上帝的面凭良心说话……要是我说的不是实话，就让调解法官审判我好了。法律上写得明白……现如今人人平等……实话对您说……我弟弟就在当宪兵……"

"别争了！"

"不，这条狗不是将军家的……"警察一脸严肃地说，"将军家里没有这种狗。他家里的狗多半是猎野禽的大猎狗……"

"你有把握吗？"

"有把握，长官……"

"我自己也知道。将军家里的狗都很名贵，都是纯种狗，可是这条狗呢，鬼才知道是什么东西！毛色不好，样子也难看……不过是下贱种……他老人家难道会养这样的狗吗？！你的脑子哪儿去了？要是这样的狗出现在彼得堡或者莫斯科，你们知道会是什么结局吗？那儿才不管什么法律不法律，一转眼的工夫就会叫它断了气！你，赫留金，遭了点罪，这件事不能就此了结……是该教训他们一下！是时候了……"

"不过，也许就是将军家的狗……"警察把他的想法说出了声，"它脸上又没写字啊……前几天我在他家院子里就见到过这样的狗。"

"没错儿，是将军家的！"人群中有人说。

"嗯！……叶尔迪陵老弟，帮我把大衣穿上吧……好像刮风了……冷得让人直发抖……你带着这条狗到将军家里去一趟，到那儿问个明白……你就说这条狗是我找着的，派你送去……而且告诉他们以后不要放狗到街上。也许它是名贵的狗，要是每个猪猡都拿雪茄烟戳到它脸上去，要不了多久就能把它作践死。狗是娇嫩的动物嘛……你，蠢货，把手放下来！用不着展示你的笨手指头！这都是你自己惹的祸！……"

"将军家的厨师来了，我们来问问他吧……喂，普罗霍尔！你到这儿来，亲爱的！你瞧瞧这条狗……是你们家的吗？"

"瞎说！我们那儿从来也没有过这样的狗！"

"这么说就用不着费时间去查问了，"奥楚蔑洛夫说，"这是条野狗！用不着在这里多费口舌了……我既然说过它是野狗，那就是野狗……弄死它算了。"

"这条狗不是我们家的，"普罗霍尔继续说，"可这是将军哥哥的狗，他前几天到我们这儿来过。我们将军不喜欢这种狗。他老人家的哥哥却喜欢……"

"难道他老人家的哥哥来了？是符拉季米尔·伊凡内奇来了吗？"奥楚蔑洛夫问，他整个脸上洋溢着动情的笑容，"可了不得，主啊！我还不知道呢！他是来小住一阵吗？"

"是小住一阵……"

"哎呀！真是的，上帝呀！……他是想念弟弟了……可我竟然不知道呢！这么说这是他老人家的小狗？真高兴……你把它带去吧……这条小狗还不错……怪灵巧的……一张嘴就把这家伙的手指头咬了一口！哈哈哈哈！……咦，你干吗发抖？呜呜……呜呜……它生气了，小滑头……好一条小狗……"

普罗霍尔喊上小狗，带着它离开了木柴场……那群人就对着赫留金哈哈大笑。

"我还会来收拾你！"奥楚蔑洛夫吓唬他说，说完把身上的大衣裹紧，穿过集市的广场，径自走去。

跳来跳去的女人

一

奥莉加·伊凡诺夫娜的婚礼所有的朋友和熟人都参加了。

"瞧瞧他吧：他不是挺有意思吗？"她对朋友们说，朝着丈夫那边点一点头，仿佛要说明，她为什么嫁给了这么一个普普通通、本本分分、毫无出众之处的男人似的。

她的丈夫奥西普·斯捷潘内奇·戴莫夫是一名医生，论官品不过是九品文官而已。他在两家医院里做事：在一家医院里任编外主治医师，在另一家医院当解剖师。每天早晨从9点到中午12点，他给门诊病人看病、查病房，一直忙忙碌碌，午后乘公共马车赶到另一家医院，在那儿解剖。他私下也行医，可是那生意很小，一年收入至多不超过五百来卢布。仅此而已。此外，关于他还有什么可说的呢？然而，奥莉加·伊凡诺夫娜和她的朋友、熟人却不是什么十分平常的人。他们每一位总在某一方面有出众的地方，多多少少有点名气。有的已经成名，是公认的专家名流，有的即使还没有成为名流，但却有着即将成为名流的光辉灿烂的前程，有一位剧院演员，早已是公认的伟大天才，他优雅、聪明、为人谦虚，还是一位出色的朗诵家，他教过奥莉加·伊凡诺夫娜念台词。有一位歌剧院的歌唱家，一个性子温和的胖子，经常叹着气对奥莉加·伊凡诺夫娜说：她毁了自己，如果她不懒，能管束自己，那她肯定能成为一名出色的歌唱家。其次有好几个艺术家。为首的一个是擅长风俗画、动物画和风景画的里亚博夫斯基，一个相貌英俊的浅头发青年，年纪二十四五岁，几次画展都开得比较成功，最近画的一幅画卖了五百卢布。他为奥莉加·伊凡诺夫娜修改素描画稿，并说她将来很可能有所成就。另外还有一位大提琴手，他的乐器发出呜呜咽咽的声音，像人在哭泣。他公开承认，在他认识的所有女人中间，能为他伴奏的只有奥莉加·伊凡诺夫娜一个人。再有就是一位作家，年纪很轻，但已经名声在外，他写过不少中篇小说、剧本和短篇小说，等等。此外还有谁呢？哦，还有瓦西里·瓦西里伊奇，贵族，地主，业余的插图画家，刊头卷尾的小花饰设计者，酷爱古老的俄罗斯风格、古老的史诗和民谣，在纸上、瓷器上和熏黑的盘子上，他能创造出真正的奇迹。这伙逍遥自在的艺术家，命运的宠儿，虽说一个个彬彬有礼，态度谦和，但也只有在生病的时候才会想起天下有医生这种人。至于戴莫夫这个姓氏在他们听来跟西多罗夫和塔拉索夫没有什么区别。在这伙人中间，戴莫夫显得陌生、不为人所需要、矮小，其实他身材很高大，肩膀也挺宽。看上去他好像穿着别人的礼服，留着店伙计的胡子。不过，如果他真是作家或艺术家，那人家就会说，他那部胡子会人联想起左拉。

那位演员对奥莉加·伊凡诺夫娜说，她穿上这身漂亮的婚纱，再配上亚麻色的头发，很像一棵春天里开满素雅的白花、仪态万方的樱桃树。

"不，我来告诉你，"奥莉加·伊凡诺夫娜对他说，挽住他的胳膊，"这件事是怎么突然发生的？您听着，听着……我得告诉您：我爸爸同戴莫夫在一家医院里做事。有一次可怜的爸爸害了病，戴莫夫在他的病床前一连守了几天几夜。多么了不起的自我牺牲啊！你们都听我说，里亚博夫斯基……还有您，作家，你们都听着，这是很有意思的，你们都走过来一点。多么了不起的自我牺牲，多么真诚的关心！我也一连几夜没有合眼，守着爸爸，突然间，了不得，公主赢得了英雄的心！我的戴莫夫神魂颠倒地掉进了情网。真的，有时候命运就有这么奇怪！爸爸死后，他常常来看我，有时两人在街上相遇，在那么一个晴朗的晚上，他突然间冷不防向我求婚了……简直如雪山压顶……我通宵没睡，一直在哭，我自己也昏头昏脑地掉进了情网。现在呢，你们瞧，我成了他的妻子。他是不是有点儿意思；他显得强壮有力，像熊一样。此刻，他的脸有四分之三对着我们，光线不好。不过等他转过身来，你们瞧他的脑门。里亚博夫斯基，您得说说看这脑门怎么样？戴莫夫，我们正在说你呢！"她招呼她的丈夫，"你过来，把你诚实的手伸给里亚博夫斯基……这就对了。你们交个朋友吧。"

戴莫夫温和地、诚实地微笑着，向里亚博夫斯基伸出手去，说：

"幸会幸会。当年在医学校里我有个同班毕业的同学也姓里亚博夫斯基，是您的亲戚吗？"

二

奥莉加·伊凡诺夫娜23岁，戴莫夫31岁。他们结婚后，日子过得很好。奥莉加·伊凡诺夫娜在客厅的四面墙上挂满了自己的和别人的素描画，有的镶进画框，有的没有画框。她在钢琴和家具之间布置了一个漂亮而热闹的墙角，用的有中国小花伞、画架、五颜六色的小布条、匕首、半身雕像和照片……在餐室里，她用粗拙的民间木版画裱糊墙壁，挂上树皮鞋和小镰刀，屋角放一把长柄大镰刀和搂草的耙子，于是布置成了带有俄罗斯风格的餐室。在卧室，她用黑绒布把天花板和四面墙都蒙上，弄得这房间看上去更像山间岩穴，在两张床的上方挂了一盏威尼斯灯笼，在门旁还立着一个手执斧戟的泥塑。人人都认为，这对年轻夫妇有一个十分可爱的小巢。

每天早上，奥莉加·伊凡诺夫娜要到11点才起床，之后她弹钢琴，或者要是天气晴朗就画油画。然后，到12点多钟，她就坐上车子到服装店去。因为她和戴莫夫只有很少一点钱，只够日常开销，所以为了经常有新衣服可穿，并且凭它们而引人注目，她和她的女裁缝常常挖空心思想尽巧妙的方法。她们经常把旧衣服染色，加上一些不值钱的零头绣花纱、花边、长

80

毛绒和丝绸，不必破费什么就能创造出十足的奇迹来。做出来的东西叫人目瞪口呆，简直不能叫衣服，而是梦幻。从女裁缝家里出来，奥莉加·伊凡诺夫娜就乘车去拜访她熟悉的一位女演员，一来打听一些剧院内幕新闻，二来顺便弄几张新剧首场演出或纪念性义演的戏票。从女演员家出来，她还得坐车到某位画家的画室去，或者参观某个画展，然后再去拜访某位名流——邀请他来家作客，或者拜望，或者就只是同他聊聊天。她到处受到愉快而友好的欢迎，大家都夸她漂亮，可爱，是个少有的女人……那些她称之为名流和伟人的人也都把她当作自家人看待，当作他们的同行。这些人异口同声地向她预言：凭她多方面的天赋、她的趣味和聪明才智，只要她肯专心些，将来一定大有成就。她唱歌，弹钢琴，画油画，雕塑，参加业余演出，所有这些她都不是随便凑凑数，而是表现得十分有才能。不管是扎个彩灯，还是梳妆打扮，哪怕只是给人系条领带，她都做得特别有艺术趣味、优美、可爱。不过，有一方面她的才能表现得更明显，那就是，她善于很快结识名流，很快跟他们混熟。只要有人刚刚小有名气，引起人们的议论，她马上就去拜访他，当天就跟他交上朋友，并请他到家里来做客。每逢她结交一个新的名人，对她来说都是真正的喜庆事儿。她崇拜名人，为他们骄傲，天天都梦见他们。她如饥似渴地寻求他们，而她的这种渴望却永远得不到满足。旧的名人走了，被人遗忘，又有新的名人来取代他们。不过，就是对这些新的名人她不久也就腻了，或者失望了，开始热心地寻找新的名人，新的伟人，找到他们以后，再找。这到底是为什么呢？

下午四点多钟她和丈夫一块儿在家吃饭。他的朴实、理智和善良让她感动得忘乎所以。她时不时跳起来，使劲地抱住他的头，不停地吻他。

"戴莫夫，你是个聪明而又宽宏大量的人，"她说，"只是你有一个严重的缺点。你对艺术没一丁点儿的兴趣，你否认音乐和绘画。"

"我不了解它们，"他温和地说，"我一辈子搞的是自然科学和医学，所以我根本没有时间对各门艺术产生兴趣。"

"可是你知道这是很可怕的，戴莫夫！"

"那为什么？你的那些朋友对自然科学和医学一窍不通，可是你并没有因此而责备他们。每个人都有自己的本行。我不懂风景画和歌剧，但我对这些东西的看法是这样：既然有一批聪明人为它们献出了毕生的精力，而且有另一些聪明人愿意为它们花费大笔的钱，那么可见它们是有价值的。"

"来，让我握一握你那诚实的手！"

吃完饭，奥莉加·伊凡诺夫娜又坐上车出去看朋友，然后上剧院看戏，或者去听音乐会，过了午夜才回到家。天天如此。

每逢星期三，她家总有晚会。在这些晚会上，女主人和客人们不玩牌，不跳舞，他们的娱乐是各种艺术活动。话剧演员念台词，歌剧演员唱歌，画家们在纪念册上画速写（这种纪念册奥莉加·伊凡诺夫娜有很多），大提琴手拉提琴，女主人自己呢？绘画、雕塑、唱歌、伴奏、朗诵、演奏和唱歌。休息时间，他们谈论文学、戏剧和绘画，而且往往争辩起来。晚会上没有女宾，因为奥莉加·伊凡诺夫娜认为，除了女演员和她的女裁缝，其余所有的女人都讨厌、庸俗。每次晚会都免不了这种场面：门铃声一响，女主人便猛地一惊，随即脸上露出得意的神色，说："这是他！"这个所谓的"他"当然指的是一位应邀来访的新的名人。戴莫夫是不在客厅里的，而且谁也想不起有他的存在。不过一到11点半，通向餐室的门便打开了，戴莫夫带着他善良温和的微笑出现在门口，他搓搓手说：

"请吧，各位先生，来吃晚饭吧。"

大家进了餐室，每一回看见餐桌上摆的总是那些东西：一盘牡蛎，一块火腿或者小牛肉，沙丁鱼罐头，奶酪，鱼子酱，蘑菇，一瓶伏特加和两瓶葡萄酒。

"我亲爱的管家，"奥莉加·伊凡诺夫娜说，热诚地轻轻合起掌来，"你真是迷人！朋友们，瞧瞧他的脑门！戴莫夫，你侧过脸来。先生们，瞧他的脸活像一头孟加拉老虎，那表情却又善良又可爱，像鹿一样。哇，我的宝贝儿！"

客人们吃着，瞧着戴莫夫，心想："确实，挺不错的一个人，"可是他们很快就忘了他，只顾谈他们的戏剧、音乐和绘画。

这对年轻夫妇十分幸福，他们的生活像水一样的流着没有一点障碍。不过在他们蜜月的第三个星期却过得不很美满，甚至有点凄凉。原来，戴莫夫在医院里得上了丹毒，在床上躺了六天，而且不得不把他一头漂亮的黑发全部剪掉。奥莉加·伊凡诺夫娜坐在他身旁，哀伤地哭泣着。不过等他的病情刚有好转，她就用一块白头巾把他剃光的头包起来，把他当成贝陀因人画。两人又快活了。病好后他便回医院上班，可是三天后他又出了岔子。

"我真倒霉，亲爱的！"他吃午饭时说，"今天我做了四次解剖，直到回家后我才发现我的两个手指头被划破了。"

奥莉加·伊凡诺夫娜一听吓坏了。他却笑着告诉她说，这是小事一桩，他做解剖的时候经常划破手。

"亲爱的，我一专心，就变得大意了。"

奥莉加·伊凡诺夫娜焦急不安地担心他会得败血症，每天晚上为他做祷告，还好，结果什么事也没有发生。于是生活又和平而幸福地流着，无忧无虑。眼前的生活是美好的，而且紧跟着春天来了，它已经在远处微微的笑，许下了无数欢乐。他们的幸福是没有尽头的！四月，五月，六月，可以住到远离尘嚣的别墅里，散步，写生，钓鱼，听夜莺唱歌。然后从七月直到深秋，画家们将去伏尔加河旅行，她作为这个团体的一名必不可少的一分子，肯定是要参加这项活动的。她已经用细麻布缝了两套旅行装，买了路上用的颜料、画笔、画布和新的调色板。里亚博夫斯基几乎每天都来她家，看看她的绘画有什么进步。每当她把画拿给他看时，他就把手深深地往衣袋里一插，咬着嘴唇，哼着鼻子，说："噢，是这样……您的这片云在叫唤呐：它的光线不对头，不像黄昏。前景像被嚼碎了，有些地方，您明白吗？不大对劲……您的那座小木屋上重下轻，在吱吱哇哇叫苦……这个墙角应该再暗一些。不过总的来说还不错……我挺喜欢它。"

他说得越是难懂，奥莉加·伊凡诺夫娜倒越是容易听懂。

三

在圣灵降临节的第二天，午饭后戴莫夫买了点儿酒菜和糖果，动身去别墅看望妻子。他已有两周没有看见她，十分惦记她。他先是坐了一段火车，后来在一大片树林里寻找自家的那幢别墅，他时时刻刻觉得又饿又累，一心盼望着待会儿能逍遥自在地歇下来跟妻子共进晚餐，再美美地睡上一觉。他看着那包东西心里非常高兴。那里面有鱼子酱、奶酪和鲑鱼。

当他终于找到自家的别墅，认出它来时，太阳正在下山了。一个年老的女仆告诉他：太太不在家，不过他们很快就会回来的。这别墅样子难看极了，天花板很低，上面贴着写过字的纸，地板不平，尽是裂缝。一共只有三个房间。一间房里摆着一张床，另一个房间里，椅子上和窗台上乱扔着画布、画笔、脏纸、男人的大衣和帽子，在第三个房间里戴莫夫看到三个不认识的男人。其中两个是留着大胡子的黑发男子，都很胖，脸上刮得干干净净，看样子是个演员，桌上烧着的茶炊吱吱作响。

"您有什么事？"演员用男低音问，不客气地打量着戴莫夫，"您要见奥莉加·伊凡诺夫娜吗？等一等吧，她马上就回来。"

戴莫夫坐下来等着。一个黑发男子睡眼惺忪地、无精打采地瞧了他几眼，给自己倒了一杯茶，问道：

"您要不要来一杯？"

戴莫夫又渴又饿，但他不想败坏自己的胃口，所以拒绝了。

不久就听到脚步声和熟悉的笑声。门砰的一声响，奥莉加·伊凡诺夫娜跑进房间来，她戴一顶宽边草帽，手里提着画箱。紧随其后，兴高采烈、满脸红光的里亚博夫斯基走了进来，他拿着一把大伞和一张折叠椅。

"戴莫夫！"奥莉加·伊凡诺夫娜扬声叫道，高兴得涨红了脸，"戴莫夫！"她又叫一声，把头和两个胳膊扑在他的胸脯上，"这是你吗！你为什么这么久都不来？为什么？为什么？"

"我哪儿有空啊，亲爱的？我都是很忙，等我有空了，可是火车的班次又常常不合适。"

"不过看到你我是多么高兴啊！我每天每天夜里都梦见你！我真担心你生病了。哎呀，你不会知道你是多么可爱，你来得正是时候！你是我的救星！只有你才能救我！明天这儿要举行一个顶顶别致的婚礼，"她继续说，笑嘻嘻地为丈夫系好领带，"火车站上的电报员奇克里杰耶夫明天就要结婚了。他是个很英俊的小伙子，人也不蠢，你知道吗，他的脸上有一股倔强的、像熊一样的神气……可以拿他当模特画一幅年轻的瓦兰人。我们全体住在别墅里消夏的游客都对他很感兴趣，已经答应他一定参加他的婚礼……他这个人没有钱，孤孤单单的，还胆小怕事，所以呢，不用说，不同情他那就是罪过。你想想吧，做完弥撒就举行结婚仪式，然后大伙从教堂里一直走到新娘家……你知道吗，在葱翠的小树林里，听着小鸟叽叽喳喳，阳光斑斑驳驳落在草地上，在这片明朗鲜绿的背景衬托下，我们都成了五颜六色的斑点——这幅画多么别致，有着法国印象派的韵味哩。可是，戴莫夫，叫我穿什么衣服进教堂呀？"奥莉加·伊凡诺夫娜说着，她那模样仿佛要哭出来似的，"我这儿什么也没有，简直是什么也没有！没有衣服，没有花，没有手套……你一定要救救我。既然你来了，那么，这就是说，是命运托付你来救我的。我亲爱的，你拿着这串钥匙，回家去，把衣柜里我那件粉红色连衣裙拿来。你知道它，它就挂在最前面……然后在储藏室的右边地板上，你会看到两个硬纸盒。你打开上面的盒子，里面尽是花边，花边，花边，还有各种各样的零头碎料子，这些东西下面就是花。你拿花的时候，千万要小心，可别把它弄皱了，亲爱的。把那些花统统都拿来，我要在里面挑一挑……另外，再买一副手套。"

"好的，"戴莫夫说，"我明天去取，叫人送来。"

"明天怎么行？"奥莉加·伊凡诺夫娜问，吃惊地望着他，"明天可就来不及了？明天头班火车早上九点钟开，婚礼在11点钟举行。不，亲爱的，要今天去取才成，务必得今天回去！如果你明天来不了，那就找个人送来。好了，你得赶紧……待会儿有趟客车要经过这里。别误了火车，亲爱的。"

"好吧。"

"唉，我真舍不得放你走哟，"奥莉加·伊凡诺夫娜说，泪水涌上她的眼眶，"唉，我这个傻瓜，何苦答应那个电报员呢？"

戴莫夫匆匆忙忙喝了一杯茶，拿了一个面包圈，温和地微笑着，上车站去了，那些鱼子酱、奶酪和鲑鱼，都让那两个黑发男子和胖演员享用了。

四

六月里，一个风平浪静的夜晚，奥莉加·伊凡诺夫娜站在伏尔加河上一条游轮的甲板上，时而望着水面，时而望着像图画那么美丽的河岸。在她身旁站着里亚博夫斯基，他对她说，水上黑魆魆的阴影不是阴影，而是梦，又说，这仙境般的河水闪着和它奇幻的光的美景中，这无边无际的天空，以及伤感沉思的河岸，都在诉说着我们生活的空虚，述说着冥冥中存在的一种崇高而又永恒的幸福；在这样迷人的月夜，人若能忘掉自己，死去，变成回忆，那该多么动人啊！过去的岁月庸俗而无聊，未来也平平淡淡，这个美妙的夜一生中只有一次，它也很快就要消逝，化作永恒——那么何必再活下去呢？

奥莉加·伊凡诺夫娜时而听着里亚博夫斯基的呓语，时而聆听夜的宁静，心里却想着：她是永生的，永远不会死去。这绿宝石般的水——她还从未见过这种颜色——这天空，河岸，黑影和充溢她心田的不由自主的喜悦，都在告诉她：有朝一日她会成为一位伟大的艺术家；在那遥远的地方，在月光照不着的那一边，在无边无际的天地里，等待她的将是成功。荣誉和人们的爱戴……她久久地注目凝视着远方，似乎看到了蜂拥的人群，辉煌的灯火，似乎听到了庆典上昂扬的乐曲和热烈的喝彩，还看到了她穿一袭白色长裙，鲜花从四面八方撒到她身上。她想起，跟她并排站着、伏在船侧栏杆上的这个男人，是个真正伟大的人，天才，上帝的宠儿……迄今为止，他所创作的全部作品都是那么出色、新颖、不同凡响，一旦他那绝世才华完全成熟，他的创作将无限高超，惊天动地令世人倾倒。这一点，只凭他的脸，只凭他说话时的那种神态，只凭他对大自然的态度就看得出来。关于阴影和黄昏的情调，关于月光，他都说得与众不同，用的是他自己的语言和他所独有的方式，这一切使人不由得感受到他那种驾驭大自然的力量是多么摄人心魂。他本人十分英俊，有独特的才能。他的生活无牵无挂，自由自在，超凡脱俗。他过着小鸟一样的生活。

"天凉了，"奥莉加·伊凡诺夫娜说着，不由得打了个冷战。

里亚博夫斯基把自己的大衣披在她身上，悲伤地说：

"我觉得我落在您的掌心里了。我成了奴隶。为什么你今天这样迷人呢？"

他一直目不转睛地瞧着她。他的眼神很可怕，她都不敢抬眼看他了。

"我疯狂地爱您……"他凑近她的耳朵说，呼出的气哈到她的脸颊上，"只要您对我说一个'不'字，我就不愿意再活下去了，我要抛弃艺术……"他激动万分地喃喃着说，"您爱我吧，爱我吧……"

"别说这样的话，"奥莉加·伊凡诺夫娜说时闭上了眼睛，"这真可怕。再说戴莫夫怎么办呢？"

"什么戴莫夫？为什么提戴莫夫？我跟戴莫夫有什么相干？这儿有伏尔加，月亮，美景，我的爱情，我的痴迷，这儿压根就没有什么戴莫夫！……唉，我什么也不知道……我不管过去，只求您给我片刻的……一瞬间的欢乐吧！"

奥莉加·伊凡诺夫娜的心剧烈地跳动起来。她极力想一想丈夫，可是她又觉得过去的一切，包括婚姻、戴莫夫和家庭晚会，都微不足道，没有意义，毫无必要，平淡乏味，而且离她已经很远很远了……真的，戴莫夫算什么？为什么提戴莫夫，她跟戴莫夫有什么相干，再说，他究竟是确有其人呢，还是只不过是一个梦？

"其实，拿他这样一个普通而又平凡的人来说，他已经得到的那份幸福就够多的了。"她双手掩面想道，"不管别人怎样谴责，怎样诅咒去吧，我却偏要这样，情愿走向灭亡。偏要这样，宁愿走向灭亡……生活中的一切都应当有所体验才对。我的天哪，这是多么可怕又多么美妙啊！"

"怎么样？怎么样？"画家喃喃地说，搂着她，贪婪地吻着她的手，她则有气无力地想推开他，"你爱我吗？是吗？是吗？啊，多静的夜！美妙的夜啊！"

"是的，多静的夜！"她悄悄地说，瞧着他那双因含着泪水而发亮的眼睛。然后她很快地回转身来，伸出胳膊去搂住他，热烈地吻他的嘴唇。

"船快到基涅什玛了！"有人在甲板的另一侧喊道。

他们听到沉重的脚步声。那是饮食部的堂伯从旁边经过。

"听着，"奥莉加·伊凡诺夫娜说，她高兴得又笑又哭，"给我们拿点儿葡萄酒来。"

画家激动得脸色发白，坐到椅子上，用爱慕的、感激的眼神呆呆地望着奥莉加·伊凡诺夫娜。然后他闭上眼睛，懒洋洋地微笑着，说：

"我累了。"

他把头倚在栏杆上睡着了。

五

九月二日，天气温暖又没有风，可是天色阴沉。一大早，伏尔加河上升起一层薄雾，九点钟以后又开始连绵不断地下起雨来。转晴的希望不是很大。喝早茶的时候，里亚博夫斯基对奥莉加·伊凡诺夫娜说，绘画是一门最难见成效又最枯燥无味的艺术，说他算不得画家，说除了傻瓜以外谁也不认为他有什么才能。说着说着突然间，无缘无故，他抓起一把刀子，把他的一幅最好的素描划破了。喝完茶后，他满腔愁容地坐在窗前，默默地望着伏尔加河。现在伏尔加河已经暗淡无光了，通体一个颜色，看上去冷冰冰的，没有折射出一点亮光来。所有的一切都使人想到，阴雨绵绵、令人无味的秋天即将来临。似乎是，伏尔加河两岸一块块美丽的绿毯，河上一串串宝石般的反光，透明的蓝色远方，以及大自然所有别致而华丽的服饰，此刻都已让造物主统统收了起来，留到来年春天再拿出来用似的。群鸦在伏尔加上空飞，嘲骂地叫道："光啦！光啦！"。

里亚博夫斯基听着它们的聒噪，默默想道：他的才华已经枯竭；这世上的一切都是有条件的、相对的、愚蠢的；还想到他不该让这个女人束缚住自己……总之，他情绪混乱，苦闷极了。

在隔板后面的床上，奥莉加·伊凡诺夫娜正坐在那儿，她用手指梳理着自己美丽的亚麻色头发，时而幻想自己在客厅里，时而在卧室里，时而又在丈夫的书房里。她的想象又把她带到剧院里，带到女裁缝那里，带到那些有名气的朋友家里。不知这些时候他们都在干些什么？他们还想起她吗？演出季节已经开始，到了该筹划她的晚会的事了。戴莫夫呢？啊，可爱的戴莫夫！他在每封信里都多么温存地、像孩子般苦苦央求她快些回家！每月他都给她寄来 75 卢布。有一次她写信告诉他，她欠了画家们一百卢布，不久他真的把这笔钱汇来了。多么善良、慷慨的人啊！旅行使得奥莉加·伊凡诺夫娜厌倦了，她觉得无聊极了，恨不得马上离开这些农民，躲开河上的潮气，甩掉那种浑身不干净的感觉，这种不干不净是她从一个村子搬到另一个村子，住在农家小屋里时时刻刻都感觉到的。要不是里亚博夫斯基已经对那些艺术家们保证，他要跟那些画家在此地一直盘桓到 9 月 20 日，她本可以今天就离开这里。要真能离开这儿，那是多好啊！

"天哪！"里亚博夫斯基唉声叹气地埋怨道，"到底什么时候才能出太阳呢？没有太阳，我那幅阳光普照的风景画怎么画得下去！"

"可是你还有一幅画稿画的是阴云的天空呀，"奥莉加·伊凡诺夫娜从隔间走出来，说，"你记得吗，在前景的右侧是树林，左侧是一群母牛和鹅。不妨趁现在把它画完。"

"哼！"画家绷着脸，"把它画完！难道您以为我这人就那么笨，竟不知道自己该做什么！"

"你对我的态度转变得好厉害呀！"奥莉加·伊凡诺夫娜叹了一口气。

"哼，好得很。"

奥莉加·伊凡诺夫娜的脸上一阵抽搐，她走到炉子旁边，呜咽起来。

"对，现在只有哭了——这是最后的办法。算了吧！我有成千上万种理由掉眼泪，可我就是不哭。"

"成千上万种理由！"奥莉加·伊凡诺夫娜呜咽着叫道，"最根本的理由就是您已经讨厌我了。是的！"她说完，放声大哭起来，"实话实说，我知道您现在已经为我们的爱情感到害臊了。您千方百计阻止，并担心着那几个画家发现我们的恋爱，其实要想瞒着他们是不可能的，他们很早以前就知道了。"

"奥莉加，我只求您一件事，"画家用恳求的声调说，一手按着胸口，"只求一件事：别惹我！除此之外，我不再向你要求任何东西！"

"但您得起誓，说您仍旧爱我！"

"真是要命！"画家咬着牙一字一顿地说，他跳了起来，"我只好去跳伏尔加河，要不然就发疯了事！你躲开我吧！"

"好啊，您打死我吧，打死我吧！"奥莉加·伊凡诺夫娜嚷起来，"打呀！"

她哭着，跑回隔间去了。雨哗哗地落在农舍的干草顶上。里亚博夫斯基抱着头，在小屋里大步地来回走动。忽然他一脸果断的神色，仿佛要向谁证明什么事似的，戴上帽子，把猎枪往背上一搭，走出小屋去了。

　　奥莉加·伊凡诺夫娜在他走了以后躺在床上哭了很久。起初她心想，服毒自尽倒也不错，等里亚博夫斯基回来时发现她已经死了。后来又想象回到自家的客厅，回到丈夫的书房。她想象着自己纹丝不动地坐在戴莫夫身旁，享受着生活的宁静与平和，到了晚间坐在剧院里，听马西尼演唱。她渴望文明，渴望城市的繁华，渴望看见那些名人，这些想法弄得她心都痛了。有个农妇走进屋来，懒懒散散地生炉子做饭。烟熏火燎，满屋子都是焦煳味。画家们回来了，穿着泥泞的高筒靴，脸上隐约挂着雨水。他们分析各自的素描，聊以自慰地说："伏尔加河不管遇上如何恶劣的天气，都丝毫不减它的魅力。那只不值钱的挂钟在墙上滴答走着……冻僵的苍蝇聚在放圣像的屋角里嗡嗡地叫，人们可以听到长凳底下那些厚纸板中间有蟑螂爬来爬去……"

　　太阳下山的时候里亚博夫斯基才回到农舍。他把帽子丢在桌子上，也没有脱下他那双脏靴子，脸色苍白、筋疲力尽地落座在长凳上，立即闭上眼睛。

　　"我累了……"他说，他拧紧眉头，竭力想抬起眼皮。

　　奥莉加·伊凡诺夫娜为了对他表示亲热，表明她没有怄气，就坐到他面前，默默地吻了他一下，把小木梳插进他的浅色头发里。想给他梳一梳头。

　　"你这是干什么？"他问，吃了一惊，好像有个冰凉的东西碰到他的身体似的，他睁开眼睛，"你这是干什么？您让我安静一会儿，求您了！"

他推开她走掉了。她觉得他的脸上显出憎恶和厌恼的神情。这时候，农妇小心翼翼地捧着一碗菜汤给他送来，奥莉加·伊凡诺夫娜看到，她那两个胖胖的大拇指浸在汤里了。那肮脏的农妇站在那儿，身子往前探着，里亚博夫斯基津津有味地喝着菜汤，那小屋以及这整个生活，此刻都让她觉得太可怕了，虽说刚来的时候她很喜欢这种生活的简朴和颇有艺术趣味的杂乱。现在呢，她突然感到受了很大的侮辱，就冷冷地说：

"我看我们最好还是分开一段时间，要不然由于生活无聊我们会当真吵翻的，我讨厌这种情形。今天我就走。"

"怎么走？骑着扫帚柄吗？"

"今天星期四，所以九点半钟有一班轮船经过这里。"

"是吗？对，对……好吧，你走吧……"里亚博夫斯基温和地说，他用毛巾代替餐巾擦了擦嘴，"你在这里烦闷得很，又无事可做，谁要是有心留你，必定是个十足自私的家伙。你回家去吧，20号以后我们又会见面的。"

奥莉加·伊凡诺夫娜兴高采烈地收拾东西，红红的脸上显出快活的神情。"难道这是真的。"

她暗自问自己，"难道很快就能在客厅里画画，在卧室里睡觉，在铺着桌布的餐桌上吃饭？"她心上的一个沉重的包袱卸掉了，她已经不生画家的气了。

"我把颜料和画笔统统留给你用，里亚布沙，"她说，"凡是我留下的东西，将来你都给我带回去……注意了，我走以后你别犯懒，别心事重重一副不开心的样子，你要工作。你是个挺好的人，里亚布沙。"

九点钟，里亚博夫斯基给了她临别的一吻，她立即想到，他这样做是为了避免当着画家们的面在轮船上吻她，这之后他把她送到码头。轮船不久就来了，把她带走了。

　　两天半之后她回到了家里。来不及脱掉帽子和雨衣，她兴奋得喘着粗气跑进了客厅，又从那儿来到了餐室。戴莫夫没穿上衣，只穿着敞开的坎肩，坐在餐桌旁边，正在叉子上磨刀子。他面前的盘子上摆着一只松鸡。当奥莉加·伊凡诺夫娜走进住宅的一刹那，她确信，所有的一切必须瞒住她丈夫才成，对此她有足够的能力和本事。可是现在，当她看到他那开朗、温和、幸福的微笑和那双亮晶晶的、快活的眼睛时，她立即感到，要欺骗这个善良的人是卑鄙丑恶的，同时也是不可能的，她做不到，诚如要她去诽谤、偷东西、杀人一样的歹毒、可恶。刹那间，她决定把发生的一切事情原原本本讲给他听。她让他吻她，拥抱她，随后她跪在他面前，双手蒙住了脸。

　　"你这是怎么啦？怎么啦，亲爱的。"他温存地问道，"是想家了吧？"

　　她抬起羞得通红的脸，带着恳求的目光望着他，但是恐惧和羞耻又阻止她说出实情来。

　　"没什么，"她说，"没什么……"

　　"我们坐下来吧，"他说着把她搀起来，扶她坐到餐桌旁边，"这就好了……吃松鸡吧。可怜的小乖乖，你一定饿坏了。"

　　她贪婪地呼吸着家里温馨的空气，吃着松鸡；他呢，温存地瞧着她，开怀地笑着。

六

冬季已经过了一半的时候，戴莫夫这才开始怀疑自己受骗了。仿佛良心不安宁似的，不敢正视他妻子的眼睛，脸上再也没有愉快的笑容了。为了避免单独跟她在一块，他常常把他的同事科罗斯捷列夫带回家吃午饭。这个身材矮小的人留着短发，满脸皱纹，为人腼腆，每当他跟奥莉加·伊凡诺夫娜谈话的时候，总是窘得把自己坎肩上的全部纽扣一忽儿解开，一忽儿扣上，然后用右手去捻左侧的唇髭。吃饭的时候，两位医生谈的都是医学问题，如横隔膜一旦升高有可能引起心脏病，或者最近一个时期经常遇到许多神经炎患者。有一次戴莫夫谈到，他昨天解剖了一具尸体，诊断书上写着"恶性贫血"，他却在胰腺上发现了癌变。两人一个劲儿地这样谈医学，似乎只是为了给奥莉加·伊凡诺夫娜一个沉默机会，也就是可以不必撒谎的机会。饭后，科罗斯捷列夫坐到钢琴旁，戴莫夫叹口气，对他说：

"唉，老兄！算了吧，这有什么！你给我弹首忧伤的曲子吧。"

他耸起肩膀，伸开十指，科罗斯捷列夫在钢琴上弹出几个和音，然后用男高音唱起来："请你告诉我，在什么地方俄罗斯的农民不呻吟？"戴莫夫又长叹一口气，用拳头支着头，思索起来。

近来，奥莉加·伊凡诺夫娜的行为举止放肆极了。每天早晨她醒来后情绪总是很坏。她想到，她已经不再喜欢里亚博夫斯基，谢天谢地，这事总算已经完全过去了。可是喝完咖啡的时候，她又想到，里亚博夫斯基害得她失去了自己的丈夫，现在她既失去了丈夫，又失去了里亚博夫斯基。后来她回想起一些熟人的谈话，说里亚博夫斯基正准备在画展上展出一幅惊人之作，是风景画和风俗画的混合体，带有波列诺夫的风格。据说，凡是去过他的画室的人，没有一个不为之倾倒的。不过她又想，他是在她的影响下才创作出来的，总之，多亏她的影响他才变得愈来愈好，达到艺术的高峰。她的影响那么有益，那么重要，一旦她丢下他不管，他也许会毁了前程。她又回想起，上次他来看她的时候，穿一件带小花点的灰上衣，系着新领带，懒洋洋地问她："我漂亮吗？"是的，凭他那种潇洒，长长的鬈发和蓝蓝的眼睛，他的确很漂亮（也许，这是最初的印象），而且他对她挺热情。

　　奥莉加·伊凡诺夫娜在脑子里这样胡思乱想着，迟迟才穿上衣服，随后十分激动地去画室找里亚博夫斯基。她来到那儿时，发现他正兴高采烈，自我陶醉于那幅真正出色的画。他蹦蹦跳跳，做出顽皮的样子，对严肃的问题总是用笑话打发了。奥莉加·伊凡诺夫娜嫉妒里亚博夫斯基，又痛恨他的那幅画。不过出于礼貌，还是在画前默默站了五分钟，最后，她像人们在圣物前叹息那样，叹了一口气，小声说：

　　"是的，以前你还从来没有画过这样优秀的画。你知道这画，简直太惊人了！"

　　然后，她开始苦苦哀求，要他爱她，别丢开她，要他怜悯她这个可怜而不幸的人。她流泪，吻他的手，硬逼着他对她起誓，说他爱她，而且一再向他表明：如果离开她的良好影响，他就会走上歪路，毁了前程。等到她败坏了画家的好兴致，心里感到深深的屈辱，就坐上车到她的女裁缝那儿去，或者找熟悉的女演员弄几张戏票。

有时她在他的画室里找不到他，她就会给他留下一封信，信上赌咒说：要是他当天不来看她，她准保服毒自尽。他害怕极了，就来找她，还留下来吃饭。他并不避讳她的丈夫在场，对她说些粗鲁无礼的话，她也照样粗暴地回敬他。两人都感到对方拖累了自己，都觉得对方是暴君和敌人。他们大发雷霆，在气愤中全然没有注意到，他们的举动有多么不成体统，连剪短头发的科罗斯捷列夫也全看明白了。饭后，里亚博夫斯基匆匆忙忙告辞，走了。

"您上哪儿去？"奥莉加·伊凡诺夫娜在前室问他，那目光是仇恨的。

他绷紧了脸，眯着眼，随口说出一个女人的名字——这人她也认识。显然他这是讪笑她的醋意，有意惹她生气。她回到自己的卧室，倒在床上。由于嫉妒、愤怒、屈辱和羞耻，她咬着枕头，放声大哭起来。戴莫夫撇下客厅里的科罗斯捷列夫，走进卧室，局促不安地、心慌意乱地轻轻说：

"别哭得这么响，亲爱的……何苦呢？这种事你务必要……要不露声色才好……你知道，过去的事已经过去了，无法挽回了。"

她不知道怎样才能减轻嫉妒的重压，猜忌折磨着她，她甚至感到太阳穴跳得发痛。她转而又想，事情还能挽回，于是她洗过脸，朝哭肿的脸上扑点粉，飞一般去找那个熟悉的女人。她在那个女人家没有找到里亚博夫斯基，就坐上车找第二家，然后找第三家……起先她还觉得这样乱找一气有点难为情，可是后来她跑习惯了，常常是，一个晚上她就跑遍了她认得的所有女人的家，为的是找到里亚博夫斯基。大家心里也都明白。

有一天，她对里亚博夫斯基讲起她的丈夫：

"这个人拿他的宽宏大量来压我。"

她挺满意这句话，所以每逢遇到别的画家时，只要对方知道她和里亚博夫斯基的风流韵事，每次她总是把手用力一摇，这样说她的丈夫：

"这个人拿他的宽宏大量来压我。"

他们的生活方式依旧跟一年前一样。每逢星期三总要举行晚会。演员朗诵，画家作画，大提琴手演奏，歌唱家唱歌，而且照例刚到 11 点半，通往餐厅的门就打开了，戴莫夫面带微笑地说：

"请吧，先生们，来吃晚饭吧。"

奥莉加·伊凡诺夫娜还是跟从前一样寻找伟人，找到了随后又不满意，再找新的。跟往常一样，她每天深夜才回家，这时候戴莫夫却不像去年那样已经睡觉，而是坐在他的书房里，在写什么东西。他要到三点才躺下睡觉，八点钟就起床了。

一天傍晚，她正准备去剧院，站在卧室的穿衣镜前，这时戴莫夫穿着礼服系着白领带走进她的寝室来。他温和地微笑着，而且像过去一样，他快活地瞧着妻子的眼睛，脸上放光。

"我刚才通过了我的学位论文答辩。"他说着，坐下来揉他的膝盖。

"通过了？"奥莉加·伊凡诺夫娜问。

"啊哈！"他笑了，伸长脖子想看看镜子里妻子的脸，因为她始终背对着他，站在那里梳理头发，"啊哈！"他又说了一遍，"你知道吗，他们很可能给我一个病理学概论方面的编外副教授职称。看样子有这方面的征兆。"

他那张脸显得神采飞扬，快乐无比，此刻只要奥莉加·伊凡诺夫娜能跟他一块儿高兴，一块儿得意地分享他的喜悦和成功，那他会原谅她所做的一切，包括现在的和将来的，他会忘掉一切，可是她不懂什么叫编外副教授，什么叫病理学概论，再说她正担心看戏迟到了，所以什么话也没有说。

他在那儿又坐了两分钟，抱歉地笑了笑，走了出去。

七

这天是个最不平静的日子。

戴莫夫的头痛得很厉害。早上，他没有吃早饭，也没去医院，始终躺在书房里的一张土耳其式长沙发上。奥莉加·伊凡诺夫娜像平时一样12点多钟又去找里亚博夫斯基，想让他看看自己的静物写生，再问问他为什么昨天不来看她。她觉得这幅画毫无价值，她之所以画它只是为了找个无谓的借口可以到画家那儿去罢了。

她进去时没有拉门铃。当她在前室脱套鞋时，好像听到画室里有人轻轻地跑过去，带着女人衣裙的沙沙声。她赶紧往画室里张望，只看到棕色的裙角一闪而过，消失在一幅大画后面。这幅画连同画架，从顶端一直到地板，都蒙着黑布。毫无疑问，有个女人躲在那儿。想当初，奥莉加·伊凡诺夫娜也常常在这幅画后面避难呢！里亚博夫斯基显然很窘迫，他对她的到来显得很尴尬，向她伸出两只手，不自然地赔着笑脸说：

"哎呀哎呀！看见您真高兴。有什么好消息告诉我吗？"

奥莉加·伊凡诺夫娜的眼睛里充满了泪水。她感到羞愤，感到心酸。哪怕给她一百万，她也不愿在这个不相干的女人、情敌、虚伪的人在场的情况下说上一句话。那女人现在站在画布后面，多半在恶毒地窃笑吧。

"我给您带来一幅画稿……"她用极细的声音怯生生地说，她的嘴唇颤抖着，"一幅静物写生。"

"啊？……一幅素描吗？"

画家接过画稿，边看边走，似乎是不经意地进了隔壁一个房间。

奥莉加·伊凡诺夫娜顺从地跟着他。

"静物写生……一流的，"他嘟哝着，随后信口哼起韵词来了，"库罗尔特，乔尔特，波尔特……"

这时有匆忙的脚步声和衣裙的沙沙声从画室传来。这样看来，她已经走了。奥莉加·伊凡诺夫娜恨不得大喝一声，抓起什么重东西朝画家头上砸去，然后转身跑掉。但是她泪眼模糊，什么也看不见，沉重的羞辱感压在心头，她觉得自己已经不是奥莉加·伊凡诺夫娜，也不是女画家，而是一条小小的虫子。

"我累了……"画家懒洋洋地说，瞧着那幅画，不住地甩着头驱赶瞌睡，"当然啦，画得挺不错，不过今天一幅画稿，明天一幅画稿，下个月还是一幅画稿……您居然画不腻呢？换了我是您的话，早就把画笔扔了，不如认真搞点音乐什么的。要知道，您算不得画家，您是音乐家。不过，您再也想不出来，我有多累啊！我这就去叫他们送茶来……好吗？"

他走出房间，奥莉加·伊凡诺夫娜听到，他对听差吩咐了几句话。为了避免告辞，避免解释，尤其是免得放声痛哭，她没等他回来，赶紧跑到前室，穿上套鞋，到了街上。她这时才算呼吸畅快了，感到自己跟里亚博夫斯基、跟绘画、跟刚才在画室里压在她心头的那种沉重的羞辱感，从此一刀两断了。一切都结束了。

她坐上车子先去找了一趟女裁缝，随后去拜访昨天刚到此地的巴尔奈，从巴尔奈那儿出来又去了一家乐谱店。一路上她都在琢磨着，她怎样给里亚博夫斯基写一封冷酷无情的充满个人尊严的信，怎样在春天或夏天和戴莫夫一道去克里米亚度假，从此跟过去的生活彻底决裂，开始过一种新的生活。

这天夜里，她很晚才回家，她没有换衣服就在客厅里坐下开始写信。里亚博夫斯基对她说什么她算不得画家，为了回敬他几句，现在写信告诉他：他每年画的都是老一套东西，他每天说的也是老一套话，他已经停滞不前了，他此后休想超过自己以往的成绩了。她还想告诉他：他在许多方面得益于她的良好影响，如果说他从此走下坡路，那只是因为各式各样的暧昧人物取代了她的影响，今天躲在画布后面的那个女人就是其中之一。

"亲爱的，"戴莫夫在书房里叫她，并没有开门，"亲爱的！"

"什么事？""亲爱的，你别进我的房间，站在门口就行了。是这么回事……前天我在医院里被传染了白喉，现在……我不舒服。你赶快去请科罗斯捷列夫。"

奥莉加·伊凡诺夫娜对丈夫，就像对她所有熟悉的男人一样，素来只称呼姓，不叫名字。她不喜欢他的名字奥西普，因为它让人联想到果戈理的奥西普与这名字相关的俏皮话："奥西普，哑嗓子；阿尔希普，爱媳妇。"现在她却喊道：

"奥西普，这不可能！"

"快去吧！我不舒服……"戴莫夫在门里面说。可以听到他走回沙发那里，又躺下了。

"快去吧！"传来他低沉的声音。

"这是怎么回事？"奥莉加·伊凡诺夫娜想，她吓得手脚冰凉，"这病可危险着呢！"

不知什么缘故，她举着蜡烛走进卧室，在那里盘算着她该怎么办，无意间看了一下穿衣镜：一张苍白的惊慌失措的脸，高袖口的短大衣前有一大堆黄色的皱边，裙子上乱七八糟的条纹，她觉得自己这副模样既可怕又丑陋。她突然痛心地感到她对不起戴莫夫，对不起他对她的那份深厚无边的爱情，对不起他年轻的生命，甚至对不起他的这张好久没来睡过的寂寞的床。她不时想起他平日那张温和、依顺的笑脸。她伤心得放声大哭起来，立刻给科罗斯捷列夫写了一封求助的信。这时已是午夜两点钟了。

八

早晨将近七点钟，奥莉加·伊凡诺夫娜因夜间失眠而脑袋昏沉，没有梳洗，模样很不好看，一脸悔愧的神情，从卧室里走出来。这时一位黑胡子先生从她身旁走过，进了前室，看来大概是医生。空气里有一股药水味。科罗斯捷列夫站在书房门口，右手捻着左侧的唇髭。

"对不起，我不能放你进去看他，"他一脸深沉地对奥莉加·伊凡诺夫娜说，"这病会传染的。况且说实在的，进去也没什么用。他已经发高烧说胡话了。"

"他真是得了白喉吗？"奥莉加·伊凡诺夫娜问，声音非常轻。

"那些明知危险却偏要去冒险的人，真应该送交法庭审判，"科罗斯捷列夫嘟嘟哝哝地说，没有回答奥莉加·伊凡诺夫娜的问话。"您知道他是怎么传染上这病的吗？星期二那天，他用吸管吸一个病儿的白喉黏液。这是干什么？愚蠢……纯粹是胡闹……"

"这病重吗？很危险吗？"奥莉加·伊凡诺夫娜问。

"是的，最厉害的白喉就是这种了。说实在的，应当把施列克请来才对。"

之后又来了一个身材矮小的红发男子，鼻子很长，说话带

105

犹太人口音；随后又来了一个高个子，伛偻的、头发蓬松的人，看上去像个大辅祭；最后来了一个年轻人，他很胖，脸色红润，戴一副眼镜。这是医生们来为自己的同事轮流值班。科罗斯捷列夫值完班后没有回家，仍旧待在这儿，像个幽灵似的在各个房间里走来走去。女仆不断地给值班的医生们送茶，不断跑药房，根本没人收拾房间。这宅子里有一种阴沉的肃静。

奥莉加·伊凡诺夫娜独自坐在卧室里，暗想到这是上帝因为她欺骗她丈夫而来惩罚她了，这个沉默寡言、从不诉苦、不可理解的人，这个温顺得失去个性、由于过分的善良显得没有主见、显得软弱的人，此刻正躺在他冷冷清清的书房的长沙发上，默默地忍受着痛苦，连一句抱怨的话也没有。如果他吐出一句怨言，哪怕是高烧中说出抱怨的话，那么值班的医生就会了解到，白喉并不是他的痛苦的唯一原因。他们就会去问科罗斯捷列夫：他什么都知道。这就难怪他看着朋友的妻子时，那眼神仿佛在说：她才是真正罪魁祸首，白喉不过是她的帮凶罢了。现在她已经不记得伏尔加河上那个月夜，不记得那番爱情的表白和农舍里的那段富有诗意的生活。她只在想，由于无聊的苛求，由于任性胡为，她整个人从头到脚都沾上了一层又脏又黏的污秽，从此再也洗不净了……

"哎呀，我不该骗得他这样了，"她想道，记起了她跟里亚博夫斯基的那段乱糟糟的爱情史，"真该死！……"

她跟科罗斯捷列夫在下午四点钟时一起吃午饭。他闷声不响，光是拉着长脸喝葡萄酒，一点儿东西也没吃。她也什么都没吃。有时她暗自祷告，向上帝起誓，一旦戴莫夫病好了，她一定再爱他，永远做他忠实的妻子。有时她精神恍惚，望着科罗斯捷列夫，想道："做一个庸庸碌碌默默无闻的普通人，没有一点出众的地方，再加上面容憔悴，举止粗鲁，难道不厌烦吗？"有时她又觉得上帝会立即来处死她，因为她担心传染，竟一次也没进过丈夫的书房。总之，她的情绪低沉而沮丧，相信她的生活已经全毁了，再怎么样努力也无法挽救了……

午饭时天色暗下来。当奥莉加·伊凡诺夫娜走进客厅时，科罗斯捷列夫已躺在沙发床上，枕着一个金线绣的绸垫子，在呼噜呼噜地打鼾。

值班的医生走进来守病人，然后又走出去，谁也不曾留意这种混乱状态。外人在客厅里呼呼大睡，墙上的那些画稿，别出心裁的陈设，头发蓬乱、衣衫不整的女主人——所有这一切现在已引不起一丁点儿兴趣。有位医生偶尔不知为什么笑了一声，这笑声显得那么古怪、胆怯，听了令人不无心酸。

当奥莉加·伊凡诺夫娜再次走进客厅时，科罗斯捷列夫已经醒了。他正坐在那里抽烟。

"他的白喉已经转移到了鼻腔，"他小声说，"现在心脏功能也不正常了。说实在的，情况很糟糕。"

"那您去请施列克吧！"奥莉加·伊凡诺夫娜说。

"他已经来过了。正是他发现的：白喉杆菌已经扩散到鼻腔，唉，施列克管什么用！说实在的，施列克也一点儿用没有。他是施列克，我是科罗斯捷列夫——如此而已。"

时间慢腾腾地拖下去。奥莉加·伊凡诺夫娜和衣躺在从早晨起就没有收拾的床上，迷迷糊糊地睡着了。她似乎觉得，整个宅子，从地板到天花板，都让庞大的铁块填满了，只要把这铁块搬出去，大家就都会感到轻松愉快了。等她醒过来，她才明白，压在她心上的不是铁块，而是戴莫夫的病。

"静物写生，港口……"想着想着，又陷入昏睡状态，"港口……疗养院……施列克怎么样？施列克，格列克，弗列克……克列克。现在我的朋友们在哪儿？他们是否知道我们家的不幸？主啊，救救我……饶恕我。施列克，施列克……"

又是那个铁块……时间一分一秒地过去，虽然楼下的挂钟不时敲响。有时听到门铃声：是医生们陆陆续续的来……一名女仆端着托盘上的空杯子走了进来，问道：

"太太，床铺要我收拾一下吗？"

她见没有答复，又走了出去。楼下的钟敲响了。她梦见伏尔加河上的细雨，又有人走进卧室来，她觉得好像是个外人。奥莉加·伊凡诺夫娜猛地跳起来，认出那人原来是科罗斯捷列夫。

"现在是什么时候啦？"她问。

"大概三点了。"

"哦，怎么样？"

"还能怎么样！我是来告诉您一声：他去世了……"

他忍不住地哭了，挨着她坐在床边，用袖子擦着眼泪。她一下子明白不过来，可是紧跟着就浑身冰冷，开始慢慢地在自己胸前画着十字。

"他去世了……"他用尖细的嗓子又重复了一遍，又一声抽泣，"他去世了，因为他牺牲了自己……对科学来说，这是多么重大的损失啊！"他沉痛地说，"要是拿我们全体同他相比的话，那么可以说，他是一个伟大的、不平凡的人！才华出众！他给了我们大家多大的希望！"科罗斯捷列夫绞着手，继续道，"慈悲的上帝啊，像他这样的学者现在打着灯笼也休想再找到。奥西卡·戴莫夫，奥西卡·戴莫夫，你是怎么搞的呀！哎呀呀，我的上帝啊！"

科罗斯捷列夫双手掩面，绝望地摇着头。

"他有着多大的道德力量！"他接着说，变得越来越怨恨什么人，"一颗善良、纯洁、仁爱的心灵——跟水晶一样透明！他为科学服务，他为科学献身。他日日夜夜像牛一样辛勤干活，谁也不怜惜他。凭他那么年轻，凭他那种学问却不得不私下行医，晚上搞翻译工作，好挣钱来买这堆……下贱的废物！"

科罗斯捷列夫用仇恨的目光看着奥莉加·伊凡诺夫娜，双手抓过床单，气冲冲地撕碎它，仿佛床单有罪似的。

"他不怜惜自己，别人也不怜惜他。唉，真是的，说这些有什么用！"

"是啊，他是一个世上少有的人！"在客厅里有个男人低声说。

奥莉加·伊凡诺夫娜回想起她和他一块儿度过的全部生活，从头到尾，包括所有的细节，这才突然间明白过来，他确实是世上少有的不平凡的人，跟她所认识的所有那些人相比，真要算是伟大的人。她又回想起去世的父亲和所有跟他共事的医生们对他的态度，她这才明白，他们的确都认定他是未来的名人。那墙、天花板、电灯和地毯，好像都在挤眉弄眼地嘲笑她，仿佛在说："你瞎了眼，瞎了眼！"她发出一声哀叫冲出卧室，在客厅里同一个不相识的男人擦肩而过，奔进了丈夫的书房。他一动不动地躺在那张土耳其式长沙发上，齐腰盖着一条被子。他的脸消瘦干瘪得可怕，脸色灰黄，这样的颜色活人脸上是绝不会有的。只有那脑门，那黑眉毛，还有那熟悉的微笑，才让她认得出这是戴莫夫。奥莉加·伊凡诺夫娜赶紧摸他的胸、额头和手。胸口还有余温，但额头和手已经凉得让人毛骨悚然。那双半睁半闭的眼睛不是望着奥莉加·伊凡诺夫娜，而是望着被子。

"戴莫夫！"她大声喊叫，"戴莫夫！"

她要对他说明：过去的一切其实是一个错误，事情还可以挽救，生活依旧可以美满幸福。她还要告诉他：他是一个不平凡的、伟大的人，她会一生一世的崇拜他，对他怀着神圣的敬畏和恭顺……

"戴莫夫！"她叫他，拍他的肩膀，不相信他从此就不会再醒来，"戴莫夫，戴莫夫呀！"

在客厅里，科罗斯捷列夫正对女仆发话：

"这有什么好问的？您去找教堂的看门人，跟他打听一下，那些靠养老院救济的老婆婆住在哪儿。她们自会给死者洁身、装殓，做好一切需要做的事。"

1892 年 1 月 5 日

出　事

　　哪，老爷，那件不幸的事就发生在山沟后面的那片小树林里，我那去世的爹——愿他老人家升天——有一天赶着大车给东家送一笔五百卢布的款子。那当儿，我们村和舍佩列沃村的农民都租那位老爷的地种，我爹送的钱正是大伙儿半年的田租。他是个敬畏上帝的人，常读圣书，说到要他去克扣别人，或者欺骗人家，或者比方说，诈骗人家钱财——这些上帝不允许做的事情，他是从来不干的，所以农民都很信赖他。遇到村里需要派人进城去见长官或者给地主送钱的时候，大家总是推举他去。他老人家人品出众，跟一般人不一样，可是我说这话请别见怪，他这人缺少点毅力，有个毛病，老人家贪杯。如果路过小酒馆不进去是办不到的：他一定得进去，喝上几盅，临了可就喝得不省人事了！他也知道这个毛病不好，所以每逢送公款的时候，总要把我或者我的小妹妹安纽特卡带上，免得自己睡着了，或者出点别的什么事把钱弄丢了。

　　其实，我们家里的人都喜欢喝点酒。我上过学，有点文化，在城里的一家烟草店里做过六年事，碰到形形色色有教养的老爷我都能攀谈几句，什么文雅的字眼我都能说出一些。我曾在一本小书里读到，说伏特加是魔鬼的血，这话可算是千真万确的，老爷。就因为老喝酒，我的脸色才变得发青，脑子里也常常晕晕乎乎，什么事都搞不清楚。以至于后来，这会儿您也看到了，现在我做了车夫，跟不认得字的农民、无知无识的粗人一样了。

我刚才跟您说过，我爹给东家送钱去，那回他把安纽特卡也带了去。那时候安纽特卡七八岁的样子，正经八百是个小傻瓜，个子矮矮的。到卡朗契克以前，他们一路上顺顺当当的，我爹没喝酒，脑子清醒得很。可是一到卡朗契克，路过莫谢卡，他老人家就走进了一家小酒馆，他那老毛病又犯了。喝了三杯酒，他就在众人面前说起大话来：

"别看我是个不起眼的小百姓，可我的口袋里揣着五百卢布哩。只要我高兴，这酒馆，这些坛坛罐罐，这莫谢卡，甚至连同镇上的所有犹太娘们和犹太崽子们，我都能买下来。统统全买了，全包了。"

当然，这是他在开玩笑。随即他又抱怨起来：

"教友们，当个财主或者商人，可烦死人了。没有钱，也就没有烦恼；可有了钱，你就得随时留神口袋，随时要提防坏人来偷。钱多的人活在世上总是活受罪。"

他的话被那些喝酒的人都听到了，并且记在心上了。当时，卡朗契克一带正在修铁路，各种各样的流浪汉和光脚汉像一群群蝗虫，一窝蜂都来了。我爹后来醒悟过来，但为时已晚。话就像麻雀——飞出去就捉不回来了。老爷，他们当时就走到这片小树林。猛然间，听到后面有人骑着马追上来。我爹可不是胆小怕事的人，不能这么评价他，但他还是起疑心了。小树林里的路，平时也就只有人拖点干草或木柴什么的，谁也没理由骑马来这里，特别是农忙的季节。骑马飞奔肯定不是为了什么好事。

"好像有人在追我们，"我父亲对安纽特卡说，"他们跑得这么急。刚才在酒馆里我本来应该不说话才对，我这该烂掉的舌头。唉，闺女啊，我心里预感到马上要出不吉利的事了！"

他把这种危险的处境考虑了一会儿，就对我妹妹安纽特卡说：

"事情很不妙，恐怕真是有人追上来了。不管怎么样，亲爱的安纽特卡，好孩子，你拿着这钱，揣进怀里，钻进树丛里躲起来。万一那些该死的人来抢劫，你就跑回去找你母亲，把钱交给她，再让她送到村长家。只是你一定要留神，千万别让他们看见你，顺着树林子、小山沟跑，免得被人家发现。使劲跑吧，求仁慈的上帝保佑你。愿基督与你同在！"

安纽特卡揣着父亲塞给她的那包钱。她找了一处密密的灌木丛钻了进去。过了不久，三名骑着马的人跑到我父亲这儿来了。其中一个人身强力壮，肥头大耳，穿一件红布衬衫和一双高筒靴子。另外两人衣衫破烂，脏兮兮的，看来是修铁路的。我父亲预感到的事，老爷，果然来了。那个穿红布衬衫的人，就是那个身强力壮、不同寻常的庄稼汉勒住马，随后三人一起动手对付我父亲。

"站住，你这家伙！钱放在哪儿？"

"什么钱？见你们的鬼去！"

"就是你给东家送的田租呀！快拿出来，你这脓包，秃子，要不然我们就干掉你，叫你来不及忏悔就咽气！"

他们开始动手对我父亲耍蛮，父亲没有向他们求饶，也没有哭哭啼啼，相反，他老人家勃然大怒，开始疾言厉色地痛骂他们。"你们这些魔鬼缠着我干什么？你们这群恶棍，你们不敬畏上帝，该遭瘟疫才对！你们本就不该拿到钱，你们该去挨鞭子抽，叫你们的肩背痛上三年才好！都给我滚开，你们这些混蛋，不然我可要动手了！我怀里揣着一把手枪，里边有六发子弹！"这些强盗一听这番话变得更凶了，他们随手抄起家伙就来打我父亲。他们把板车上的东西翻了个底朝天，又把我父亲浑身上下里里外外搜了一遍，甚至把他的靴子都拽了下来。他们见我爹挨了打反倒骂得更有劲，就千方百计地折磨他。这时候安纽特卡正躲在树丛里，可怜的小女孩什么都看见了。后来她看到父亲躺在地上，喘着粗气，就赶紧跳起来，飞快地穿过小树林，沿着小山沟，拼命往家里跑。她年纪太小，什么也不懂，又不识路，光是瞎跑。那地方离我家不过也就是八九里路。换了别人一个钟头就跑到了，可她是一个小孩子，不用说，常常是进一步退两步，再说也不是每个人都能光着脚板在荆棘丛生的树林里跑的。先得习惯走这种路才成，而我们那里的小姑娘都是整天蹲在炕头上的，要不就在院子里忙活，连走进树林子都害怕。

黄昏来临时，安纽特卡好歹跑到一户人家，她一看见有一幢木屋就跑了过去。那是苏霍卢科沃村外守林人的住家，他守着一片官家的林子，当时有商人租了这片林子烧炭用。她敲了敲门。有个女人出来开门，那是守林人的老婆。安纽特卡当即哭了起来。先是把事情经过讲给她听，毫不隐瞒，连钱的事也讲到了。守林人的老婆可怜她。"我可怜的孩子，宝贝儿！你才这么小，愿上帝保佑你！我的好闺女！快进屋吧，至少让我给你吃点东西！"

实际上，那女人正在竭力讨好安纽特卡，又给吃的，又给喝的，甚至陪着她哭。她待安纽特卡那么好，您猜怎么着，这小妞就把钱包都交给了她。

"我呀，小乖乖，先把它藏起来，到明天早上就还给你，再送你回家，小宝贝！"那女人拿了钱走了，安顿安纽特卡睡在炉台上，当时炉台上正烘着许多笤帚。守林人的女儿——跟我家安纽特卡一般大小——已经躺在炉台上的笤帚上睡着了。事后安纽特卡跟我们讲，那些笤帚香得很，有一股蜂蜜味！安纽特卡躺在那里却怎么也睡不着，一个人偷偷地哭：她想起可怜的爹爹，为他担心害怕。可是，老爷，才过了一两个小时，就有人进屋来了。她一看，哎哟，正是那三个折磨爹的强盗。那个穿红布衬衫的人走到女人跟前说："哎，老婆，今天我们是白白弄死人了。今天吃中饭时候，我们打死了一个人。打死倒打死了，可是连一个小钱也没有找着。"

原来，那个穿红布衬衫的人就是守林人，正是那个女人的丈夫。

"那家伙白白送了命，"他的两个破衣烂衫的同伙说，"我

115

们也是白白叫我们的灵魂背上了罪孽！”

守林人的老婆望着他们三个人，嘿嘿笑出声来。

“傻婆娘，你笑什么？”

“我觉得好笑哩。瞧我既没有打死人，灵魂也没有背上罪孽，可我却得到了钱。”

“什么钱？你胡说些什么？”

“那就叫你们看看，我是不是瞎扯。”

守林人的老婆把钱包打开，这该死的婆娘把钱拿出来给他们看，接着就原原本本地说起来：安纽特卡是怎么来找她，说了些什么，等等，等等。那些杀人凶手高兴极了，即刻开始分赃，差一点打起来，后来，没说的，他们就坐下吃喝起来。可怜的安纽特卡躺在炉台上，他们说的话她全听到了，吓得浑身发抖，就像热锅上的蚂蚁。怎么办呢？从他们的话里她知道爹爹已经死了，尸体横在路上，她这个傻孩子恍惚看到一群狼和狗在撕食可怜的爹，好像我们家的马跑进林子深处，也让狼吃了，又好像她自己被关进监牢，还有人要责打她，怪罪她没有照管好那笔钱。

那些强盗吃饱了，打发女人去打酒。他们给了她五卢布，叫她买伏特加和甜葡萄酒。他们花别人的钱取乐，又是喝又是唱。这些狗东西喝个没完没了，一个劲儿地叫女人去打酒，不用说，他们要没完没了地喝下去。

“索性喝到明天得了！”他们嚷嚷，“现在我们有很多钱，用不着节省了！喝吧。就是别喝昏了头就行！”

到午夜时分，三个人都喝得酩酊大醉，那婆娘第三次去打酒，守林人在屋里来回走了两趟，脚步已经踉踉跄跄。

"哎，弟兄们，"他说，"那个小丫头可留不得！我们要是放过她，她会第一个去告发我们。"

他们最后商量决定：不能让安纽特卡活着——该除了她。谁都知道，要对一个无辜的孩子下毒手，那可不是件容易的事，这种事只有醉鬼或疯子才下得了手。他们争论了大概有一个钟头，派谁去杀死她。三人你推我，我推你，差点儿就打了起来，结果谁也不愿意去。最后只得抓阄，守林人抓着了。他又喝下了满满一大杯酒，清清嗓子，到外屋取斧子去了。

别看安纽特卡傻呆呆的，真遇上事了还挺聪明的，这一回她倒想出主意来了，这么说吧，绝不是随便哪个有学问的人能想出来的。多半是上帝怜悯她，赐给她一点聪明吧，也可能是她被吓着了，急中生智。总之，在生死关头，她比谁都聪明。她悄悄地爬起来，向上帝求告一阵，拿起守林人老婆盖在她身上的羊皮袄。您知道，守林人的女儿跟她并排躺在炕上，她们两个年龄又相仿。安纽特卡把羊皮袄盖在她身上，把盖在小姑娘身上的那件婆娘的棉袄披在自己身上。这是说，她给调换了一下。她用衣服盖住头，穿过房间，从那些醉鬼身边走过，那些人以为她是守林人的女儿，看都没看她一眼。幸好，那婆娘不在屋里，出去打酒了。要不然，安纽特卡肯定躲不过那把斧子，那女的眼睛像鹰一样雪亮。那婆娘的眼睛可尖着呐。

一走出屋子，安纽特卡拔腿就跑。她迷了路，在林子里转悠了整整一夜，直到早晨才好不容易找到了林边空地，沿着大路跑。上帝保佑，她碰见了文书叶戈尔·丹尼雷奇——如今他也已去世，愿他升入天堂！——他拿着鱼竿正要去钓鱼。安纽特卡把事情经过从头到尾对他说了一遍。他就赶紧往回走——这种时刻哪儿还顾得上去钓鱼？回到村里，他马上召集了一帮农民，赶去守林人的草屋。

他们急急忙忙到了那儿，所有的杀人犯全醉倒在那儿，横七竖八地躺在地板上。那婆娘也醉倒了。头一件事是搜他们的身，把钱全找了回来。他们往炕上一看，哎哟——求上帝宽恕我们吧！守林人的女儿还睡在笆箅上，盖着羊皮袄，可是已经鲜血淋淋，那是让斧子给砍的。大伙儿把三男一女都叫醒了，反绑了他们的手，押到乡里去了。女人放声大哭着，守林人却只顾摇头，央求道：

"再给点儿酒喝吧，乡亲们，好让我醒醒酒！我的头好痛啊！"

后来他们的审判会是在城里开的，他们受到十分严厉的法律制裁。这件不幸的事，老爷，就发生在小山沟后面的那片树林里。这会儿林子已经看不大清楚，太阳落到树林后头去了。我只顾跟您说话，连这些马都站住了，倒好像它们也听着哩。嗨，宝贝，我的好马！跑得麻利点，坐车的可是位好老爷，会赏给咱们几个茶钱的！嗨，说的是你们哪，宝贝！

1887 年 5 月 4 日

118

外科手术

　　在县立医院，病人们暂由医士库里亚京看病，因为医师请假结婚去了。他是个 40 来岁的胖子，上身穿一件很旧的柞丝绸单排扣短上衣，下身穿一条破旧的带花纹的布料裤子。脸上现出责任感和愉快的神情。左手的食指和中指，总是夹着一支雪茄烟，浑身散发出一股恶臭的气味。

　　教堂庶务奉米格拉索夫走进诊所，他是一个又高又结实的老头，穿着窄腰肥袖的棕色长袍，拦腰束着一条宽皮带。他的右眼患有白内障，半睁半闭着，鼻子上还有一颗疣子，远远看去像一只很大的苍蝇。诵经士眼睛很快地搜寻圣像，没有找到便对着一个盛着碳酸溶液的长颈大玻璃瓶画了一个"十"字。随后又从红布中里取出一块圣饼，边鞠躬边把它放到医士面前。

　　"啊……谢谢啦！"医士打着哈欠说，"您有何贵干？"

　　"祝您礼拜天过得好，谢尔盖·库兹米奇……我有件事要求您……对不起，圣诗里说得真是千真万确：'我所饮的，掺着眼泪。'几天前，我坐下跟老婆子一块儿喝茶——哎哟，我

119

的上帝！我连一点一滴也喝不进去，就想着快躺下，真不如死掉的好……刚喝那么一小口——就痛得我一点儿力气也没有了！除了牙痛，整个这半边脸……好痛啊，好痛啊！这耳朵里也突然痛起来，实在受不了啊，就像里面有颗钉子，或者是别的什么东西：一阵阵刺痛，一阵阵刺痛！作孽呀！犯罪呀！……可耻的罪恶迷住了心窍，我终生在懒惰中……报应呀，谢尔盖·库兹米奇，报应呀！大司祭神父在做完弥撒后责备我说：'你呀，叶菲姆，口齿不清，鼻音又重。唱诗时，叫人一点也听不清你在唱什么。'请您来评评理：要是连嘴都张不开，还能唱什么诗呀！脸都肿起来了，实在受不了啊，夜里连觉也睡不着……"

"噢，好吧……请坐下……张开嘴！"

奉米格拉索夫坐下，张开嘴。

库里亚京皱起眉头，往嘴巴里瞧去，在一排由于年老和烟熏而变黄的牙齿之间，他看到一颗龋齿。

"助祭神父要我敷上辣子泡酒——可那根本不管用。格利克里娅·阿尼西莫夫娜——求上帝保佑她老人家身体健康吧——她给我一根从阿索斯圣山带回的细线，让我扎在胳膊上，还要我用牛奶漱口。我呢，说实话吧，线倒是扎上了，至于牛奶，我没有照办：我敬畏上帝，正是斋戒期呀……"

"迷信！……"医士稍作停顿后又说，"牙得拔掉，叶菲姆·米海伊奇！"

"您比我明白，谢尔盖·库兹米奇。您是上过学堂的人，所以您对这种事很内行，知道该怎么办：是拔了呢，还是上点药水，或是用点别的什么……所以才把您摆在这里，恩人哪，求上帝保佑您身体健康，好让我们为您，亲爹，日日夜夜做祷告……直到我们躺进坟墓……"

"那是小事一桩……"医士谦虚起来，他走到立柜前，开始翻寻拔牙器具，"外科手术——不值一提……这里靠得全是熟练，手有劲……这不费吹灰之力……前不久，地主亚历山大·伊凡内奇·叶吉佩茨基来到医院，就像您现在这样……他也是牙痛得厉害……这人很有学问，什么事都要问长问短，弄个明白：怎么回事，为什么。他跟我握手，称我的名字和父名……他在彼得堡住过七年，跟所有的教授都混熟了……我跟他接触了很久……他以耶稣上帝的名义央求我：'求您给我拔了它，谢尔盖·库兹米奇！'那有什么不行的？当然可以拔。不过，这得需要内行的人，不懂就不行……需要拔的牙齿有各种各样的。有的要用夹钳拔，有的得用专用牙钳，有的用螺旋钳就可以……这要因人而异。"

医士边说边拿起专用牙钳，犹豫地看了它一分钟，之后把它放下，拿起一把夹钳。

"好吧，先生，把嘴张大些……"他拿着夹钳走到诵经士跟前接着说，"我这就来把它……那个……这不费吹灰之力……只要扎破牙床……再顺着垂直轴心往外拽……这就成了……"他扎破牙床，"这就成了……"

"您是我们的救命恩人……我们这些愚蠢的人啥也不懂，是天主让你们的脑子开了窍……"

"既然你的嘴不得不张着，就别发什么议论啦……这牙很容易拔，可是弄不好的话，牙根常常拔不出来……这一颗——不费吹灰之力……"他把夹钳放上去，"等一等，别拉扯……坐好，别动……一眨眼的工夫……（用力拽）……关键在于，要往深里拔（使劲拽）……别把牙根弄断了……"

"我们的天父呀……圣母娘娘呀……哎哟哟……"

"不对头……不对头……怎么拔不了？你别用手乱抓！给我把手放下！"他使劲拔，"马上就好……快了，快了……事情么，要知道并不像想象的那么简单……"

"天父呀……爹娘呀……"他尖叫起来，"天使呀！哎哟哟……你倒是快拔呀，拔呀，你怎么拖拖拉拉想拔五年吗？"

"这事么，要知道……属于外科手术……一下子完不了……快了，快了……"

奉米格拉索夫痛得把双膝抬到胳膊肘上，十个指头乱抓乱舞，瞪大眼睛，上气不接下气……那张紫红的脸上冒出汗来，眼睛里涌出泪水，库里亚京站在诵经士面前累得呼呼直喘，一面跺着脚，继续用力拔……最折磨人的半分钟过去了——夹住牙齿的钳子脱落了。诵经士跳起来，把手指伸进嘴里。他摸到嘴里那颗龋齿还在老地方。

"瞧你拽的！"他用哭笑不得的腔调说，"把你送到阴间去才好！太感谢啦！既然你没有本事，就别来拔牙！简直痛得我生不如死……"

"那你干吗用手抓我？"医士也生气了，"我在拔牙，而你呢，老来碰我的手，还说了无数蠢话……混账！"

"你才混账！"

"你以为，乡巴佬，牙齿是好拔的吗？你来试试看！这可比不得你爬到钟楼上去撞撞钟！（戏弄地）'没有本事，没有本事！'你说，你怎么教训起我来了！真有你的……我给叶吉佩茨基老爷，也就是亚历山大·伊凡内奇拔过牙，人家什么事也没有，而且一句话也没说……人家比你高贵，也不用手乱抓……坐下！我跟你说：坐下！"

"我痛得七荤八素了……你让我喘口气吧……哎哟！"他坐下，又说，"就是别太久了，用力拔吧。你别拽，只要用力拔……一下子就拔出来！"

"你居然教训起行家来了！天哪，这么一个无知无识的乡巴佬！跟这种人生活在一起……你真是要发疯！张开嘴！"他放进夹钳，"外科手术，老兄，可不是闹着玩的……这比不得在唱诗班里唱唱诗……"他用力拽，"别发抖……看来，这牙已经老了，牙根太深……"他使劲拽，"别动……这就对了，这就对了……别动……好，好……"响起断裂声，"我早知道会这样！"

奉米格拉索夫呆呆地坐了片刻，似乎麻木了。他昏迷了……他的眼睛茫然地望着前方，煞白的脸上满是汗水。

"我要是用专用牙钳就好了……"医士嘟哝着，"真是没有料到！"

诵经士清醒过来后，立即把手指塞进嘴里，他摸到在病牙的地方有两个尖利冒出的碎茬。

"恶——恶鬼！……"他破口大骂，"让你们这些希律待在这里，是想要我的命呀！"

"你再骂人……"医士嘟哝着,把夹钳放回立柜,"无知无识的乡巴佬……你在神学校里鞭子挨少了……叶吉佩茨基老爷,也就是亚历山大·伊凡内奇,他在彼得堡住过七年……多有学问……他的一件外衣就值一百卢布……人家就不骂人……你有什么了不起? 不要紧,反正死不了!"

诵经士拿起桌上的圣饼,一手捂着脸颊,回家去了……

1884 年 8 月 11 日

小人物

"我那尊贵的先生，父亲，恩人！"文官涅维拉济莫夫正在起草一封复活节的贺信，"希望您在健康和平安中度过这个神圣的日子以及此后的许多岁月，希望您阖家安康……"

灯里的煤油快烧干了，冒着黑烟，发出一股焦臭的气味。桌子上，就在涅维拉济莫夫写字的那只手旁边，有一只迷途的蟑螂正在惊慌失措地奔跑。跟这值班室相隔两个房间，看门人巴拉蒙已经是在第三遍擦他那双节日才穿的皮靴。擦得那么起劲，所有的房间里都能听到他吐唾沫的声音和上过鞋油的刷子声。

"此外，对于那个混蛋我应该写些什么呢？"涅维拉济莫夫思索着，抬起眼睛瞧着熏黑的天花板。

他看到在天花板上一个发黑的圆圈：灯罩的影子。下面是落满灰尘的墙檐，再下面是墙壁——以前是刷成深褐色的。他觉得这间值班室像沙漠一样荒凉，他禁不住可怜起自己来，同时也可怜起那只蟑螂了……

"我下了班就离开这里，可这蟑螂却要一生一世守在这儿，"他伸着懒腰想道，"真是苦闷啊！要不我也把我的皮靴擦一擦？"

涅维拉济莫夫又伸了一个懒腰，这才懒洋洋地朝看门人房子走去。巴拉蒙已经停止擦皮靴了……他一手拿着鞋刷子，一手在胸前画着十字，站在通风小窗前仔细听着……

"敲钟了，先生！"他小声对涅维拉济莫夫说，睁大他那双呆滞的眼睛望着他，"已经敲钟了。"

涅维拉济莫夫把耳朵凑到通风窗前面去听。复活节的钟声随同春天的气息，一齐从窗口飘进室内。各处的教堂钟声齐鸣，大街上马车辘辘作响，在这乱糟糟的一片响声中，只有最近的教堂那活跃而高昂的钟声清晰可闻，不知谁还发出了一阵又响又尖的笑声。

"人真多啊！"涅维拉济莫夫望了望下面的街道，叹口气说。在那些亮着的街灯下面时不时闪过一个个人影。"大家都跑去做晨祷了……我们东正教的复活节一般在俄历3月22日——4月25日之间。恐怕人们现在喝足了酒，正在城里闲逛哩。有多少欢声笑语！只有我一个人倒霉，在这种日子还得坐在这里。而且我每年都是这样！"

"那是因为您拿了人家的钱呢？要知道今天本不该是您值班的日子，是扎斯杜波夫雇您当替身的。别人玩得高兴，您却在这里替人值班……您这是贪财啊！"

"见鬼，这怎么能叫贪财呢？根本没有什么财可贪哟。钱一共只有两个卢布，外加一条领带……这是穷，而不是贪财！

可是现在，你知道，要是能跟大伙儿一道去做礼拜，然后去开斋，那该多好啊……喝点儿酒，吃点冷荤菜，然后躺下睡他一觉……或者你在桌旁一坐，桌上摆着受过圣礼的库利契，茶炊在'嗞嗞'作响，身边还有那么一个迷人的小妖精……你喝上一小杯，再摸摸她的下巴，那东西还真能撩人心魄……这时你会感到自己是个人……唉……我这一辈子算是白活了！你瞧，有个骗子坐着四轮马车过去了，可你却只能待在这里，唯一可做的事就是想想心事。"

"人各有天命，伊凡·达尼雷奇。上帝保佑，您日后也会升官晋级，坐上四轮马车的。"

"我？嘿，得了吧，伙计，你别开玩笑。哪怕是拼了命的干，我这九品文官也上不去了……我没有受过什么教育。"

"我们的将军也没有受过什么教育，可是……"

"嘿，将军啊，他在还没有做将军之前，就偷盗了十万公款。他那副派头，伙计，我可比不上……看我这副模样也不会有什么出息了！连姓也招人恶心：涅维拉济莫夫！一句话，伙计，我的这种处境是没什么指望的。你愿意，就活下去；你不愿意——干脆上吊……"

涅维拉济莫夫从通风小窗边走开，懒散地在各个房间里转来转去。钟声就越来越响……用不着站在窗口就能听清楚了。可是，钟声越是清晰，马车声越是热闹，这深褐色的四壁和烟熏的墙檐就越发显得阴暗，煤油灯的黑烟显得越浓。

"要不要丢下值班的差事，一走了之？"涅维拉济莫夫这样想道。

不过，这种不负责任的一走了之结局是很糟的……即便离开了公署，在城里逛荡一阵，涅维拉济莫夫还是得回到自己的住所，他那个住所比值班室更阴暗、更糟糕……就算复活节这一天他过得很好，很舒服，可是往后又怎么样呢？依旧是阴暗的四壁，依旧是要替人值班，依旧是写这种贺信……

　　最后涅维拉济莫夫在值班室中央站着一动不动，沉思着。

　　美好的新生活是他内心一直非常渴望的，这种渴望弄得他满心痛苦，痛得他受不了。他热切地盼望着自己能突然出现在大街上，卷进活跃中的人群，参加节日的庆典——此时钟声齐鸣，马车轰响。他渴望着小时候所熟悉的种种现象：全家团聚，亲人们喜气洋洋的脸，白色桌布，室内亮堂而温暖……他想起了刚才一位贵妇人乘坐的四轮马车，想起了庶务官穿在身上的十分漂亮的大衣，想起了秘书佩在胸前的金表链……他想起了温暖的床铺，斯坦尼斯拉夫勋章，新靴子，袖子没有窟窿的文官制服……要知道他之所以想起这些，是因为所有这些东西他一样也没有……

　　"难道只有去偷？"他又想道，"其实偷东西并不难，可是要藏好可就不容易了……据说，很多人带着赃物都逃往美洲，不过鬼才知道这个美洲在什么地方！看来要想能偷会盗，还得受教育才成啊。"

　　这时钟声停了。此刻唯一能听到的只有远处的马车声和巴拉蒙的咳嗽声了。可是涅维拉济莫夫的满腔愁绪和愤恨，却变得越来越强烈，简直受不住了。值日室里的挂钟敲过 12 点半。

　　"也许写封告密信也不错？普罗什金很快高升就是因为干

过这种事，很快就高升了……"

坐在自己的书桌前，涅维拉济莫夫沉思着。灯里的煤油已经烧干，正冒着浓烟，眼看就要灭了。迷途的那只蟑螂还在桌上爬来爬去，找不着窝……

"告密倒也确实行，可是这告密信到底该怎么写呢？要写得模棱两可，还得耍点儿花招，像普罗什金那样……我哪能办得到！这种东西一旦写了，日后准把我牵连进去，我这个笨蛋只会见鬼去！"

涅维拉济莫夫左思右想，一边琢磨着摆脱困境的种种办法，一边呆呆地看着他起草的那封贺信。这信是写给一个他十分憎恨又很惧怕的人的，近十年来，他一直在向这个人请求把他从16卢布的职位提到18卢布的职位上……

"啊……看你住哪儿跑，鬼东西！"他恶狠狠的一巴掌拍在那只不幸被他看到的蟑螂身上，"可恶的东西！"

蟑螂仰面朝天，绝望地蹬着细腿……涅维拉济莫夫捏住它的一条腿，把它丢在灯罩里，灯罩里突然燃烧起来，发出噼噼啪啪的响声……

涅维拉济莫夫这才觉得好过了一点儿。

1885 年 3 月 23 日

小职员之死

　　庶务官伊凡·德米特里·切尔维亚科夫的心情很不错。在这样一个美妙的黄昏，他坐在剧院座椅第二排，正用望远镜观看轻歌剧《科尔涅维利的钟声》。他看着演出，感到自己置身于极乐世界。可是突然间……小说里经常出现"可是突然间"。作家们没有用错词儿：生活中确实充满了各种意料之外的事情。可是突然间，他的脸皱起来，眼珠往上翻，呼吸停住了……他放下望远镜，低下头，便……啊嚏一声！！！请注意他打了个喷嚏，无论何时何地，谁打喷嚏都是不能禁止的。庄稼汉会打喷嚏，警长会打喷嚏，就是达官贵人也在所难免。人人都打喷嚏。切尔维亚科夫丝毫不觉得有什么难为情的地方，他掏出小手绢擦擦脸，然后就像一位讲礼貌的人那样，举目看看四周：想知道他的喷嚏是否影响别人了？但这回他不由得慌张起来。他看到，坐在他前面第一排座椅上的那个小老头，正用手套使劲擦他的秃头和脖子，嘴里还嘟哝着什么。切尔维亚科夫认出这人是三品文官布里扎洛夫将军，他在交通部一个机关里任职。

"我的唾沫溅着他了！"切尔维亚科夫心想，"他虽说不是我的上司，是另一部门的，不过终归挺不好意思的。应当向他道个歉才对。"

切尔维亚科夫咳嗽一声，向前探出身去，贴近将军的耳朵悄声说：

"请原谅，大人，我的唾沫星子溅着您了……我这是无意的……"

"没关系，没关系……"

"看在上帝分儿上，请您原谅我。要知道我……这是事出意外……"

"哎，请您坐下吧！让人听戏嘛！"

切尔维亚科夫心乱如麻了，他傻笑一下，开始看戏。他看着演出，但已不再感到处身于极乐世界了。他开始局促不安起来。幕间休息时，他走到布里扎洛夫跟前，在他身旁徘徊片刻，终于鼓起勇气，嗫嚅道：

"我的唾沫溅着您了，大人……对不起……要知道我……我不是有意的……"

"哎，够了！……我已经不记得了，您怎么没完没了呢！"将军说完，不耐烦地撇了撇下嘴唇。

"他说忘了，可是他那眼神阴森森的！"切尔维亚科夫暗想，不放心地时时瞧他一眼。而且他连话都不想说。应当给他解释清楚，我压根就是无意的……而且这是自然规律……要不然他会认为我存心啐他。即使他现在不这么想，往后也肯定会这么想的！……"

看完戏回家后，切尔维亚科夫把自己的失态告诉了妻子。他觉得妻子对发生的这件事毫不在意。她先是受了点惊吓，但后来听说布里扎洛夫是"别的部门的"，也就不再担心了。

"不过你还是去一趟，去赔礼道歉的好，"她说，"不然他会认为你在公共场合有不检点行为！"

"就是这么回事！刚才我不止一次道过歉了，可是他有点儿古怪……一句中听的话也没说。再者当时也没有时间细谈。"

切尔维亚科夫穿上新制服，刮了脸，在第二天去找布里扎洛夫，想好好解释……走进将军的接待室，他看到里面有许多请求接见的人。将军本人被围在中间，已经开始接受他们的呈文。询问过几人后，将军抬眼望着切尔维亚科夫。

"昨天在'阿尔卡吉亚'剧场，要是大人还记得的话，"庶务官开始报告，"我打了一个喷嚏，不小心溅了您……务必请您原……"

"这是不值一提的小事嘛！……天知道你是怎么回事！"将军扭过脸，对下一名来访者说，"您有何贵干？"

"他不愿和我说话！"切尔维亚科夫脸色煞白，心里想道，"看来他生气了……不行，这事不能这样了结……我一定要跟他解释清楚……"

最后一名来访者走了之后，将军刚走向内室时，切尔维亚科夫一步跟上去，又开始嗫嚅道：

"大人！在下斗胆打搅大人，可以说，我只是出于一种悔过的心情……我不是有意的，请您一定要体察，大人！"

将军做出一副哭笑不得的样子，扬了扬手。

"您简直是在开玩笑，先生！"将军说完，进门不见了。

"这怎么是开玩笑？"切尔维亚科夫想，"压根儿没有一点儿开玩笑的意思！身为将军，却不明事理！事情已经到了这种地步，我再也不向这个装腔作势的人赔不是了！去他的！我写封信给他，再也不上这儿来了！真的，绝不再来了！"

切尔维亚科夫这么想着回到家里。可是给将军的信始终没有写成。他左思右想，怎么也想不出信的内容该怎么写。只好第二天又去向将军本人解释。

"我昨天来打搅了大人，"直到将军向他抬起疑问的目光，他才开始嗫嚅道，"我不是如您讲的来开玩笑的。我是来向您赔礼道歉，因为我打喷嚏时溅着您了，大人……说到开玩笑，我可从来没有想过。我怎么敢开玩笑？倘若我们学会了开玩笑，那么，就丝毫谈不上对大人的尊敬了……谈不上……"

"你给我滚出去！"将军突然大吼一声，脸色发青，浑身打战。

"什么，大人？"切尔维亚科夫小声问道，他简直吓傻了。

"你给我滚出去！！"将军跺着脚，又喊了一声。

切尔维亚科夫感到肚子里好像有什么东西离开了原位，破碎了。他什么也看不见，什么也听不着，一步一步退到门口。他蹒跚着来到街上，艰难地移动着双腿……他迷迷糊糊地回到家里，制服也没脱，就倒在长沙发上……咽了气。

1883 年 7 月 2 日

在流放地

老谢是一个外号叫"明白人"的小老头，此刻他正和一个谁也不知道姓名的年轻鞑靼人坐在岸边的篝火旁。另外三名摆渡工人待在小木屋里。谢苗是个 60 岁上下的老头子，瘦骨嶙峋，牙齿快掉没了，可是肩膀挺宽，看上去还挺硬朗，这时他已经喝得烂醉如泥了。他本来早该进屋去睡觉，但他口袋里还有半瓶伏特加，他担心屋里的伙计们跟他讨酒喝。鞑靼人生着病，没精神，他裹紧破衣衫，正在讲到他的家乡辛比尔斯克如何如何好，他撇在家里的妻子多么漂亮多么聪明。他最多也不过二十四五岁，此刻，在篝火的映照下，他脸色苍白，一副愁苦的病容，看上去像是个孩子。

"那当然，这儿不是天堂，"明白人说，"你自己也看到了，这地方只有水，光秃秃的河岸，到处都有的黏土，此外再没有别的东西……复活节早已过去了，可眼下河面上还有流冰，今天早上还下了一场雪。"

"不好，不好！"鞑靼人说着，战战兢兢地朝四下里张望。

在十步开外流着一条乌黑的寒气袭人的河流，河水"汩汩"有声，拍打着布满洞穴的黏土河岸，急匆匆地奔向不知何方的遥远的海洋。贴近这边河岸，有一条黑乎乎的大驳船，这里的船工管它叫"浮船"。河对岸遥远的地方，有几处火光忽儿亮起来，忽儿又熄灭了，像几条火蛇在游动：这是有人在烧去年的荒草。蛇样的火光之后又是一片黑暗。可以听到不大的冰块撞击驳船的声音从那边传来。四周潮湿而阴冷……

鞑靼人抬头眺望天空。满天星星，跟他在家乡看见的一样多，周围也是一片漆黑，可总觉得缺少点儿什么。在家乡，在辛比尔斯克，完全不是这样的星星，天空也不一样。

"不好，不好。"他反复说道。

"你慢慢就会习惯的！"明白人说，笑了起来，"现在你还年轻，傻，你嘴上的奶味还没干，凭你那股傻劲觉得，这世上没有比你更不幸的人，可是将来总有一天你会说：'求上帝保佑，但愿人人都能过上这种生活才好！'你瞧瞧我。再过一个星期，等水退下去，我们就要在这里安排好摆渡的事，你们就要离开这里，在西伯利亚到处游荡，我却可以留下来，继续在这两岸间摆过去渡过来。就这样，我白天晚上来来回回了20年。谢天谢地！我什么也不要。只求上帝保佑，但愿人人都能过上这种生活才好。"

鞑靼人往火堆上添些枯枝，挨近火堆躺下，说：

"我爹经常生病。等他死了，我娘和老婆要上这儿来。她们答应过的。"

"你要你娘和老婆来干什么，"明白人问，"简直糊涂，伙计。你这是让魔鬼迷了心窍，滚它的魔鬼！你千万别听它的话，这该死的东西！别让它得意。它用婆娘来勾引你，你就跟它作对，说：'我不稀罕！'它用自由来诱惑你，你就要咬牙顶住，说：'我不在乎！'我什么也不要！没有爹娘，没有老婆，没有自由，没有庄园，没有一根木橛子！什么也不要，见它的鬼去！"

谢苗抓起酒瓶，猛喝了一大口，接着说：

"我呀，伙计，可不是普通的庄稼汉，也不是粗人出身，我是教堂执事的儿子。当初我没被流放的时候是多么自由自在，住在库尔斯克，进进出出穿着礼服。可现在，我把自己磨炼到了这种地步：我能赤条条躺在地上睡觉，靠大吃青草过日子。只求上帝保佑，但愿人人都能过上这种生活。我什么也不要，什么人也不怕，在我看来，这世上没有比我更富有更自由的人。当年，我被发配到这里来的时候，从头一天起我就下定决心：我什么也不要！魔鬼拿妻子、拿亲人、拿自由来诱惑我，可我却对他说：我什么都不要！我打定了主意，坚持下来，所以你瞧，我过得很好，我没有怨言。谁要是对魔鬼让一让步，哪怕只听它一回，他就要完蛋，他就没救了；他会陷进泥潭，灭了顶，休想再爬出来。别说像老弟你这样糊涂的庄稼人，就连那些出身高贵、受过教育的老爷也照样完蛋。大约15年前，有位老爷发配到这里。据说他伪造了一份遗嘱，不跟自家兄弟平分财产。他还是公爵或男爵哩，也许只是一名文官——谁知道呢！好，他来到这里，头一件事就是在穆霍金斯克为自己买下一幢房子和一块地。他说：'今后我要靠我的劳动和汗水来过活。

因为，我现在已经不是老爷，而是一名移民了。'我对他说，'没什么，上帝会保佑你的，这是一件好事。'那时候他还是个青年，爱张罗，整天忙忙碌碌：他总是亲自割草，有时去捕鱼，还能骑着马跑个60俄里山路。不过只有一件事糟糕：从头一年起，他就三天两头跑格林诺，去邮政局取信。他站在我的渡船上，老是叹气：'唉，谢苗，家里很久没有给我寄钱来了，到底是什么缘故？'我说：'你用不着钱，瓦西里·谢尔盖伊奇，您要钱干什么？您把往事都抛开，忘了它，就当它从来没有发生过，就当它是一场梦，您从头开始生活好了！'我又说：'您可别听魔鬼的话，它不会把好处带来送给你，只会把你拉到绝路上去，您现在想钱，再过一阵子，瞧着吧，您又会想别的东西，之后想更多更多的东西。您若想让自己幸福，那么最重要的就是要记住您什么也不要。对了……'我对他说，'要是命运狠心地欺负了您和我，那么绝不要向它求饶，不向它屈膝下跪，而是要蔑视它，嘲笑它。要不然它就会嘲笑我们。'我就是这么对他说的……大约两年之后，我又把他渡到这边岸上来，他搓着手，笑嘻嘻的。他说：'我这是去格林诺接我的妻子。她可怜我，就来了。我妻子待我多好，心地善良。'他乐得气也透不出来了。于是过了一天，他和妻子一道坐车来了。太太年轻漂亮，戴着帽子，怀里还抱着个小女孩。各式各样的行李一大堆。我那瓦西里·谢尔盖伊奇乐得在她身边团团转，怎么看也看不够，怎么夸也夸不够。他说：'没错，谢苗老兄，哪怕在西伯利亚，人们也照样能生活得下去！幸福照样能出现在西伯利亚！'我心想：得了吧，用不了多久他就乐不出来了。打那时起，差不多每个星期他都要去一趟格林诺：打听莫斯科寄钱来了没有。花销大得很呀。他说：'她是为我才留在西伯利亚，为我毁掉了自己的青春和美貌，她愿意跟我同甘共苦，所以我应当想尽一切办法让她开心……'为了让太太高兴，他就跟那些长官和形形色色的坏蛋交往。不用说，他得供那帮人吃喝，家里还得有钢琴，沙发上还得有一条毛茸茸的巴儿狗——活见鬼！……总之，他摆阔气，娇宠她。可是太太也没跟他过太久。她怎么住得下去呢？这地方只有黏土、水、寒冷，要蔬菜没蔬菜，要水果没水果，没有任何交际，而她是京城里一位娇生惯养的太太……她当然闷得慌了，再说她丈夫吧，不管怎么说，已经不是老爷，而是个移民流刑犯——谈不上体面了。也就是过了三年吧，我记得在圣母升天节前夜，河对岸有人大声喊叫。我把渡船划到那里，我这一瞧不要紧，原来——是那位太太，她把脸遮得严严实实，身边站着一位年轻的老爷，一名文官。旁边还有一辆三套马车……我把他们渡到这边岸上，他们坐上雪橇一阵风似的走了，转眼就无影无踪了！不过他们还是让人发现了。一清早，瓦西里·谢尔盖伊奇赶着双套马车飞奔而来。他问：'谢苗，我妻子跟一个戴眼镜的老爷来过这里没有？'我说：'过河了，你去野地里追他们去吧！'他策马飞奔追他们去了，追了五天五夜。后来我又把他送到河对岸时，他扑倒在渡船上，拿头使劲撞船板，还号啕大哭。'事情是明摆着的'，我说，还笑他，点拨他：'哪怕在西伯利亚，人们也照样能生活得下去！'他撞得更厉害了……后来他就开始盼望自由。他妻子跑回俄国去了，所以他一心想回去找她，把她从情人手里夺回来。从此他就开始每天出去，我的小老弟，差不多天天骑着马飞跑，要么上邮局，要么进城找长官。他把呈文不断寄出去，递上去，请求他们怜悯他放他回家。他常提到，光是电报费他就花去了200多卢布。他把地卖了，把房子抵押给犹太人。他本人头发白了，背也驼了，脸色发黄，跟痨病鬼没什么两样。他跟人说话的时候，嘴里结结巴巴，老是嗯嗯嗯……还眼泪汪汪的。他就这么递呈文，足足折腾了8年。可是后来他又活过来了，又快活起来：他迷恋上了新的东西。你猜是怎么回事：她女儿长大了。他瞧着她，心疼她。她呢，说实在的，长得真不错：很漂亮，黑眉毛，性情活泼开朗。每个礼拜天父女俩总要一道去格林诺的教堂。两人总是并排站在渡船上，她笑容满面，他呢，眼睛一忽儿也不离开她。他说：'是啊，谢苗，哪怕在西伯利亚，人们也照样能生活下去。在西伯利亚也会有幸福。你瞧瞧，我的女儿有多好！你跑出1000俄里恐怕也找不出另一个这样的好姑娘。'我嘴上说：'你女儿是挺好，这没错，是实话……'心里却想：'等着瞧吧……这妞儿正年轻，她的血液正在沸腾，她想过好日子，可是这地方过的是什么样的生活？'后来，还没多久，她果然开始烦闷了……她蔫下去，蔫下去，整个人憔悴了，病了，现在连路都走不动了。害了痨病。这就叫西伯利亚的幸福！见他的鬼去！这就叫西伯利亚人过的日子……他开始到处找医生，把他们接回家来。只要听说300俄里开外有医生，或者有巫师，他就马上赶车去接他们。花在医生身上的钱呀，这就多了！要是依我说，不如把这些钱换酒喝的好……她早晚都是一死。等她一死，他可就完蛋了。

要么伤心得去上吊，要么逃回俄国——事情是明摆着的。他真要逃跑，人家就会抓他，审他，判他服苦役，到那时候他就要尝尝鞭子的滋味了……"

"好，好，"鞑靼人嘟哝着，冻得直发抖。

"好什么？"明白人问。

"妻子呀，女儿呀……苦役和苦恼算不了什么，他总算见到了妻子，见到了女儿……你说什么也不要。可是你什么也没有——不好！他妻子跟他一块儿过了三年,这是老天爷的恩典。什么也没有——不好；三年——好。你怎么就不懂呢？"

鞑靼人整个人战栗着，费劲地搜罗着他所知道的有限的俄语词汇，结结巴巴地说：求上帝保佑，千万别让人在外乡得病，死掉，埋进这片寒冷的铁锈般的土地里。又说，只要妻子能来到他身边，哪怕只待一天，只待一个小时，那么为了这种幸福，他都愿意承受任何什么样的苦难。而且他会感谢上帝，过上一天幸福生活，总比什么也没有强。

然后他又讲到，他的妻子是一个多么漂亮、多么聪明的女人。说着说着，他双手抱住头，痛哭起来。他一再向谢苗担保：他没有犯过丝毫罪，他受了冤屈。他的两个兄弟和一个叔叔抢走了农民家的几匹马，把那个老头打得半死，可是村社不凭良心办事，下了判决，把兄弟三个统统流放到西伯利亚来了，叔叔是有钱人，倒留在家里了。

"你会习惯的！"谢苗说。

鞑靼人沉默不语，用一双哭红的眼睛呆呆地望着篝火。他一脸的迷茫和惊恐，仿佛他至今仍旧没弄明白，他为什么会流落到这里，处在黑暗和潮湿中，处在陌生人中间，而不是在辛比尔斯克。谢苗挨着火躺下来，不知什么缘故冷笑一声，低声哼起一支曲子来。

"她跟她父亲在一起有什么快乐？"过了一会儿谢苗又说起来，"他爱她，他得到了安慰，这话没错；可是，伙计，你对他得加倍小心行事：他可是个严厉的老头子，固执。年轻的妞儿可不需要严厉……她们需要温柔，需要哈哈哈、嘀嘀咕咕，需要香水和化妆品。是这样……唉，事情啊事情！"谢苗叹口气，费劲地站起身来，"酒全喝光了，这下可以去睡了。怎么样？我走啦，伙计……"

鞑靼人独自一个人时，他又添些枯枝，侧身躺下，呆望着篝火，开始思念起家乡和妻子来。她若能来住上一个月，哪怕只住一天，那该多好啊！随后，要是她想回去，那就让她回去好了！来住上一个月，哪怕一天，也总比什么也没有强。可是万一妻子说到做到，真的来了，那他拿什么养活她呢？在这种地方她住到哪儿去呢？

"要是没吃没喝的，叫她怎么活得下去？"鞑靼人大声问。

他现在没日没夜都在划船，他们才给他十卢比。不错，过路人会给点茶钱和酒钱。可是那几个伙计把进款都私分了，一个小钱也不给鞑靼人，还一个劲儿地取笑他。他穷得挨饿，挨冻，成天担惊受怕……眼下他浑身酸痛，发抖，他本该进屋去躺下睡觉，可是他在那边没有被子盖，比这岸边还冷。这里虽说也没有东西可盖，好歹还能生堆火……

再过一个礼拜之后，等这里的水全退下去，他们安置好平底渡船的时候，所有的船工，除了谢苗之外，所有的那个村子里人都无事可干了。到那时鞑靼人只好走村串户去乞讨，去找活儿干。他妻子才 16 岁，长得漂亮，娇滴滴，羞答答——难道能要她不戴面纱也在这个村子讨饭吗？不行，这事想一想都可怕……

清晨。驳船、水中的柳丛和水上的波纹已经能看得清清楚楚了。要是回头看——那边是一片黏土高坡。坡底下有一间农舍，屋顶苫着褐色的干草，往上一些的地方，不少乡村木屋拥挤在一起。公鸡已在村子里"喔喔"啼叫了。

红土高坡、驳船、河流、坏心眼的异乡人、饥饿、寒冷、疾病——所有这一切或许实际上都并不存在，或许这一切仅仅是梦中所见——鞑靼人这样寻思。他觉得睡着了，甚至能听到自己的鼾声……当然，他现在是在家里，在辛比尔斯克，只要他叫一声妻子的名字，她准会答应；他母亲就在隔壁房间里……可是，天下竟有这么可怕的梦！干吗要做这种梦呢？鞑靼人微笑着睁开了眼睛，这是什么河？伏尔加吗？

天空飘着雪花。

"喂！"对岸有人在喊叫，"放渡船过来！"

鞑靼人一下子惊醒了，连忙跑去把他的同伴们叫醒，好把船划到对岸去。几个船工一边走到河岸上来，一边穿上他们的破皮袄，睡意未消地操着哑嗓子骂街，一个个冻得缩着脖子。他们刚从睡梦中醒过来，河上飘来的那股刺骨的寒气，显然让他们感到既可恶又可怕。他们慢吞吞地跳上驳船……鞑靼人和那三名船工拿起宽叶长桨，这些桨在黑暗中看上去像龙虾的脚，谢苗把肚子抵着长长的船舵。对岸的叫声仍旧没停，甚至放了两枪，大概以为船工多半睡着了，或者去村里下酒馆了。

"行了，急什么！"明白人说，那种口气仿佛他深信不疑：这世上什么事情都不必去着急，因为照他看来，一切事情到头来总是一场空。

笨重的驳船离开了岸，在柳丛中间漂浮而去。柳树慢慢往后退去，只能凭这一点才知道驳船在移动，而没有停在某个地方。几名船工行动一致地划着桨。谢苗用肚子压着船舵，身子不时地在空中划出一道弧线，从船帮的这一侧翻到另一侧。在黑暗中看去，这些人好像坐在某个洪荒年代、长着好些长爪的怪兽身上，它要把他们送到一个寒冷而荒凉的国度，这样的国度即使在噩梦中也难得见到。

他们艰难地穿过了柳树丛，驳船进入空旷的水面。对岸已经能听到船桨的嘎吱声和有节奏的溅水声。就又有人在喊："快点！快点！"又过了十来分钟，驳船沉重地撞到码头上。"天老下个没完，老下个没完！"谢苗嘟哝着，抹去脸上的雪，"这么多雪都是打哪儿来的，真是天才知道！"

等船的是个穿着一件狐皮短袄，戴一顶白羔皮帽子的瘦高个老头，站在离马不远的地方，一动也不动。他的神色忧郁而专注，仿佛正在极力回忆某件事情，对他自己的健忘感到很是生气。当谢苗走到他跟前，笑嘻嘻地摘下帽子时，那人就说：

"我到阿纳斯塔西耶夫卡去急着找医生。我女儿又病重了，听说那里新派来了一位医生。"

马车被拖上驳船，船又往回划去。谢苗叫他瓦西里·谢尔盖伊奇的那个人，在大家划船的时候，始终站着不动，咬紧厚嘴唇，

143

眼睛望着一处地方发呆，马车夫请求他允许在他面前抽烟，他也不答话，好像没听见似的。谢苗用肚子压着船舵，瞧着他挖苦说：

"哪怕在西伯利亚，人们也照样能生活下去。活得下去哟！"

明白人一副洋洋自得的神色，仿佛他证实了一件事情，仿佛他正高兴事情的结果当真不出他所料。身穿狐皮短袄的人的那副不幸而又无可奈何的样子，分明让他十分快活。

"现在出门，瓦西里·谢尔盖伊奇，路上尽是烂泥，"他看到车夫在岸上套马便说，"您应该再等上两个礼拜，到那时路就会干些。要不然索性别出门……要是您出门跑一趟真会有什么好处，倒也罢了，可是您自己也知道，人们一辈子东奔西跑，日日夜夜地跑，到头来总是毫无用处。这可是实实在在的！"

瓦西里·谢尔盖伊奇默默地赏了酒钱，坐上远程马车，赶路去了。

"瞧他，又跑去找医生去了！"谢苗说，冷得缩起脖子，"好，去找真正的医生吧，那就和去野地里追风、想抓住魔鬼的尾巴一样，见你的鬼去！好一个怪人，主啊，求您宽恕我这个罪人吧！"

鞑靼人带着痛恨、厌恶的神情走到谢苗跟前，浑身发抖，用夹着鞑靼话的蹩脚的俄语说：

"他好……好，你——坏！你坏！老爷是好人，他好；你是畜生，你坏！老爷是活人，你是死尸……上帝造人是让他活着，让他高兴，让他伤心，让他忧愁，可是你什么也不要，所以你不是活人，你是石头，是泥土！石头什么也不要，你什么也不要……你是石头——所以上帝不喜欢你，只喜欢老爷。"

大家哄堂大笑。鞑靼人轻蔑地皱起了眉头，一挥手，裹紧破衣衫，朝篝火走去。几个船工和谢苗拖着沉重的脚步走进了小木屋。

"好冷啊！"一个船工声音颤抖地说。他在潮湿的泥地上铺上麦秸秆，然后躺下去，伸直身子。

"是啊！真不暖和！"另一个人附和道，"这日子真是活受罪！……"

大家都躺下睡觉了。门被风吹开了，雪飘进屋子里。谁也懒得爬起来去关门：冷是冷，可是去关门又太麻烦。

"我挺好。"快要入睡的谢苗迷迷糊糊地说，"只求上帝保佑，但愿人人都能过上这种生活才好。"

"你呀，当然，服了一辈子苦役，连鬼都不愿意抓你。"外面传来狗吠似的呜呜声。

"这是什么声音？是谁在那儿？"

"是鞑靼人在哭。"

"瞧他……真是个怪人！"

"他早晚会习——习惯的！"谢苗迷迷糊糊说完，马上就酣然入睡了。

其他的人也很快进入了梦乡。那门就这样开着，始终没人去关。

1892 年 5 月 8 日

预谋犯

　　一个身材矮小、消瘦异常的庄稼汉站在法院审讯官面前。他穿着花粗布衬衫和打补丁的裤子，那张鬓须浓重、布满麻点的脸，以及藏在耷拉的浓眉里、让人不易看清的眼睛，神情阴沉而冷漠。一头蓬乱的浓发显然已很久没有梳理了，看上去像一顶帽子，使得他的面容越发显得似乌云般阴沉。他没有穿鞋。

　　"丹尼斯·格里戈里耶夫！"审讯官开始说，"你走近一点，回答我的问题。本月七日，也就是七月七日，铁路看守人伊凡·谢苗诺夫·阿金福夫沿线巡查时，发现你在一百四十俄里处正在拧铁轨上固定枕木的螺丝帽。瞧，就是这颗螺丝帽……他把你同这颗螺丝帽一齐扣下了。是这样吗？"

　　"啥？"

　　"阿金福夫说的事情经过没有失实吧？"

　　"没错，是这样。"

　　"好。那你为什么要拧螺丝帽？"

　　"啥？"

"你别'啥啥啥'的，回答我的问题：你为什么要拧螺丝帽？"

"俺去拧它当然是有用的了。"丹尼斯斜眼望着天花板，用沙哑的声音说。

"那你要这螺丝帽做什么用？"

"螺丝帽吗？俺们拿它做坠子……"

"俺们是谁？"

"俺们，老百姓呗……也就是克利莫夫斯克的庄稼人。"

"听着，老乡，你别在我面前装糊涂，说正经的！别撒谎，扯什么坠子不坠子的！"

"俺这辈子从来没有说过谎话，这会儿说俺瞎扯……"丹尼斯眨巴着眼睛，嘟哝着，"再说，老爷，没有坠子能行吗？你若把鱼饵或是蚯蚓装到钓钩上，不加上个坠子，它怎么能沉到水底？还说俺瞎扯哩……"丹尼斯冷笑道，"鱼饵这东西，若是浮在水面上，能顶个屁用！鲈鱼、梭鱼、江鳕，向来往深水里钻。鱼饵若漂在水上，只有赤梢鱼才来咬钩，再说那种事也少见……俺们那条河就没有赤梢鱼……这种鱼喜欢大河大水。"

"你跟我大讲赤梢鱼干什么？"

"啥？这可是您自己问的呀！俺们那儿，连地主老爷们也都这么钓鱼的。最不懂事的娃娃都知道没有坠子是钓不来鱼的。当然啦，也有一种人什么都弄不明白，嘿，没有坠子也去钓鱼。傻瓜蛋可不管章法不章法……"

"那么你是说,你拧下这颗螺丝帽是为了拿它做坠子的？"

"不为这个又为啥，总不能拿它当羊拐子^①玩！"

"可是，你要做坠子不一定非拧螺丝帽呀？你尽可以拿铅块、子弹壳……或者钉子什么的……"

"在大路上可找不着铅块，得花钱去买。说到钉子，那不管用。螺丝帽这东西最好不过了……又重，还有个小洞。"

"你装什么糊涂！像是昨天才出生的，或者从天上掉下来的。你难道不知道，笨蛋，拧掉螺丝帽会造成什么后果？要不是看守人及时发现，火车就要出轨，许多人就会因此丧命！你就成了杀人的罪魁祸首了！"

"上帝保佑，千万不要发生这种事，老爷！干啥要去害人？难道俺们不信教？俺们可不是坏人！谢天谢地，好老爷，别说俺一辈子没害死过一个人，就连这种念头也从来不敢有过……求圣母娘娘保佑，饶恕……瞧您说的，老爷！"

"那么你说，火车是怎么出事的？告诉你：你只要拧下两三颗螺丝帽，火车就要翻身！"丹尼斯嘿嘿冷笑，眯起眼睛怀疑地瞧着审讯官。

"得了吧！这些年来，俺们村的人拧下的螺丝帽可多了，上帝保佑，可从来没见翻车，这会儿说什么出事，害人……我若把铁轨搬了去，或是，比方说吧，扛一根大木头横在铁路上，噢，那样的话，火车倒可能要出轨，可是……呸！不就是少一颗螺丝帽吗！""你要明白：那些螺丝帽是用来固定铁轨和枕木的。"

"这个俺们也懂……俺们又没有把所有的螺丝帽都拧

_____

① 一种儿童游戏，用羊蹄腕骨向远处的另一块骨头扔去，中者为胜。

148

下……还留着许多呢……俺们办事也不是不动脑筋……俺们也懂……"

丹尼斯打了个哈欠，在嘴巴上画个十字。[①]

"去年这地方有一列火车出轨了，"审讯官说，"现在调查清楚了……"

"您说啥？"

"我是说，现在知道了，为什么去年有一列火车出轨……我弄明白了！"

"您念过书，当然应该明白事理，俺们的恩人……上帝知道，该让谁明白事理……您刚才说了一大通，是怎么回事，为什么，可那个看守人是庄稼汉，啥也不懂，就知道一把揪住俺的后脖领；拖着俺就走……你先说明白了，再拖人也不迟呀！俗话说得好，庄稼人有庄稼人的道理……您再记上一笔，老爷，他还扇了俺两个嘴巴子。往俺胸口上打了一拳。"

"搜你家的时候，又搜出另外一颗螺丝帽……那颗螺丝帽你是在什么地方什么时候拧下的？"

"您是说小红箱子底下的那一颗吧？"

"我怎么知道它放在哪儿。你什么时候拧下的？"

"不是俺拧的，那是伊格纳什卡给俺的，他么，就是独眼龙伊凡的儿子。俺说的是压在小箱子底下的那一颗，至于院子里雪橇上的那一颗是俺同米特罗凡一块儿拧的。"

"哪个米特罗凡？"

"就是米特罗凡·彼得罗夫呗……难道你没听说过？他在

_____

① 一种迷信说法，打哈欠后画十字可不让魔鬼进入口中。

俺们村编大渔网，卖给老爷们。他很需要这种螺丝帽。编一张网，大概需要十来颗……"

"你听着……刑法第 1081 条规定：凡蓄意破坏铁路，致使该路上行驶中的运输工具发生危险，且肇事者明知该行为的后果将造成不幸——听明白了吗？明知！而你明明知道，拧掉螺丝帽会发生什么后果——该肇事者当判处流放并服苦役。"

"当然，您知道的东西多……俺们是没有知识的人，这个俺们哪能弄懂？"

"你什么都懂！你净瞎扯，装糊涂！"

"干啥要瞎扯？您如果不相信，去问问村里人好了……不加坠子只能钓钓赤梢鱼，那是最下等的鱼了，不加坠子，就连它也不上钩的。"

"你再讲讲赤梢鱼呀！"审讯官微笑着说。

"俺那儿可没有赤梢鱼……俺有时用蛾子当饵，不加坠子，让钓丝漂在水面上，只有雅罗鱼来咬钩，再说那也少见。"

"行了，你住嘴吧……"

紧接着一片沉默。丹尼斯不知所措地倒换着脚站着，瞅着蒙上绿绒布的桌子，使劲眨巴眼睛，仿佛他眼前看到的不是绿绒布，而是红太阳。审讯官奋笔疾书。

"俺可以走了吧？"沉默半晌后丹尼斯问道。

"不行。我得把你押起来，再送进班房。"

丹尼斯不再眨眼，抬起浓眉，疑惑地望着审讯官。

"为什么要去班房？老爷！俺可没有那么多闲工夫，俺得去赶集。伊戈尔欠俺三卢布的腌猪油钱，俺得去讨回来……"

"住嘴，别妨碍我工作。"

"坐班房……要是真做了坏事，去也行啊，可是……活得好好的……犯什么罪啦？俺又没有偷东西，也没跟人打过架……您如果怀疑俺拖欠税款，老爷，那您千万别信村长的话……您一定得问问常任委员先生……他，那个村长，一点儿良心也没有……"

"住嘴！"

"俺没瞎说……"丹尼斯嘟哝着，"村长尽造假账，这个俺敢对天起誓……俺家三兄弟：老大库兹马·格里戈里耶夫，老二伊戈尔·格里戈里耶夫，再就是俺，丹尼斯·格里戈里耶夫……"

"你真捣乱……喂，谢苗！"审讯官叫道，"把他押下去！"

"俺家三兄弟，"丹尼斯继续嘟哝，这时两名壮实的士兵押着他走出审讯室，"亲兄弟也不替亲兄弟担当责任……库兹马没有纳税，那么你，丹尼斯，就得来承担……什么法官！俺东家是将军——可惜死了，但愿他上天堂——要不然他会给你们这些法官一点儿厉害瞧瞧……审案子也得有道理，不能胡来……你就算用树条抽我一顿，也得有凭有据，凭良心……"

1885 年 7 月 24 日

哀 伤

当年在加尔钦乡里无人不知的优秀旋匠格里戈里·彼得罗夫，同时又是出名已久的做事欠考虑的糊涂农民，此刻正赶着一辆雪橇把他生病的老伴送往地方自治局医院去。这段路有30多俄里，道况糟透了，连公家的邮差都很难对付，而像旋匠格里戈里这样的懒人走起来就是举步维艰了。刺骨的寒风迎面而来。空中，举目四看，到处都是密密层层飞旋着的雪花和雾气。雪大得叫你分不清这是从天上掉下来的，还是从地上刮起来的。除了茫茫大雪，田野、电线杆和树林一概都看不见。每当强劲的寒风袭来，弄得格里戈里连眼前的车轭都看不见。那匹瘦弱的老马艰难地一步一步向前移动。它的全部精力在从深雪里困难地拔出腿来、头不时地摆动中消耗完了。旋匠急着赶路。他常常在赶车人的座位上焦急地上下跳动，不时挥鞭抽打马背。

"你呀，玛特廖娜，别哭了……"他小声嘟哝，"再忍耐一下。上帝保佑，我们会赶到医院的。然后，只要一会儿工夫，你的那个病……巴维尔·伊凡内奇会给你喝一些药水，或者让人给你放血。或者说不定他会发善心，用酒精给你擦身，你那个腰痛病说好就好了。巴维尔·伊凡内奇会尽力的……他会责骂一通，跺跺脚，但他一定会尽量帮你治病的……多好的老爷，待人又和气，求上帝保佑他身体健康……等我们一到，他会立即从他的诊室里跳出来，跟着就数落个没完：'怎么回事？'他会嚷嚷，'为什么现在才到？为什么不按时来？难道我是一条狗，该成天在你们这些鬼东西身边忙得团团转？为什么不在上午来？滚，给我滚回去！明天再来！'那我就求他：'医生老爷！巴维尔·伊凡内奇！尊贵的好老爷'哎，你倒是走开呀，我叫你发呆，见鬼！驾！"

旋匠用鞭子抽他的瘦马，也没有看他老伴一眼，继续小声地自言自语：

"'老爷！我说的是实话，我敢当着上帝的面说……我凭十字架起誓：天还没亮，我们就赶车上路了。可哪能按时赶到呀？既然老天爷……圣母娘娘……发了火，送来了这么大的一场暴风雪。您老人家也能看见，即便是再好的马也赶不来的，何况我那匹老马。您老人家也看到了：那根本不能算是马，简直是丢人现眼！'可是巴维尔·伊凡内奇会皱起眉头，大声嚷嚷：'你们这些人我知道。总能找出理由来为自己辩护！特别是你，格里戈里！我早知道你的为人！一路上恐怕又进了五六家小酒馆吧！'我就对他说：'难道我是恶棍，或是异教徒？老太婆快要归天了，要咽气了，我怎么还有心思一趟趟跑小酒馆！您这是什么话呀，您饶恕我吧！叫那些小酒馆见鬼去！'

于是巴维尔·伊凡内奇就吩咐人把你抬进医院去。我就给他跪下……对他说：'巴维尔·伊凡内奇！老爷！我们对您千恩万谢啦！请您原谅我们这些傻瓜，大逆不道的人，不要生我们庄稼人的气！您按理该把我们连打带骂轰出去，可您老人家还是为我们操心，瞧您的脚都沾上雪了！'巴维尔·伊凡内奇会瞪我一眼，像要揍我一顿似的，说：'你与其给我扑通一声下跪，傻瓜，不如平时少灌几杯白酒，再可怜可怜你的老太婆。真该揍你一顿才是！''说得对，真该揍，巴维尔·伊凡内奇，您就揍我一顿吧！既然您是我们的恩人，亲爹，我们干吗不能给您下跪呢？老爷，我说的是老实话……如同站在上帝的面前一样……要是我撒谎，您就啐我的眼睛。只要我的玛特廖娜，也就是这个老太婆，病治好了，还跟从前一样又能操持家务了，那么不论您老人家吩咐我做什么，我都会给您做好！小烟盒，要是您想要的话，我可以用卡累利阿棒木做……还有糙球，还有九柱戏的木柱，我都能旋得跟外国货一样好……为了您我什么都能做！一分钱也不收您的！若在莫斯科，这种小烟盒人家会卖您四个卢布，可我一分钱也不要您的。'医生就会笑着说：'好，行啊，行啊……我心领了！只可惜你是个酒鬼……'我，老伴儿，我知道该怎样跟那些老爷们打交道，没有我搭不上话的老爷，只求上帝保佑，别让我们迷路才好。瞧这暴风雪刮得！把我的眼睛都刮得睁不开了。"

旋匠就这样嘟哝着一刻都没停过。他随口东拉西扯，只求能稍稍减轻一点自己那沉重的心情。他嘴上的话很多，可是脑子里的想法和疑问却更多。哀伤猝不及防地向旋匠袭来，完全

154

出乎他的意料，弄得他现在怎么也不能清醒过来，平静下来，认真想一想。在此之前，他一直过着无忧无虑的生活，就像处在醉后那种昏昏沉沉的状态那样，既不知道哀伤，也不知道欢乐，可是现在却突然感到心情沉重，十分痛苦。这个无忧无虑的懒汉和酒鬼莫名其妙地变成了另一个人，居然忙碌起来，凡事都操心，心急火燎，甚至连下着这么大的暴风雪也不怕了。

他的哀伤是从昨天傍晚开始的。旋匠记得很清楚，昨晚他回到家里，按照早已形成的习惯喝得醉醺醺的，像往常一样，又开始骂人，挥舞拳头。老太婆瞧了一眼她的冤家，那眼神却是他从来没有见过的。往日，她那双老眼里布满了痛苦和温顺的眼神，就像那些经常挨打、吃不饱肚子的狗，而现在她却严厉而呆滞地瞧着他，就像是圣像上的圣徒或者快要死的人。哀伤正是从她那双奇怪的、不祥的眼睛开始的。吓傻了的旋匠赶紧向邻居借了一匹老马，立即把老太婆往医院里送，一心指望巴维尔·伊凡内奇能给些药粉或者油膏让老太婆恢复从前的眼神。

"你呀，玛特廖娜，那个……"他又小声嘟哝，"要是巴维尔·伊凡内奇问起我打过你没有，你就说：'绝对没有的事！'我呀！往后再也不打你了。我凭十字架向上帝起誓！再说，我过去打你并不是出于恶意！我就这么不假思索随手打了你。现在我心疼你哩。换了别人就不会这么伤心，可我现在急着送你去看病……我在尽力去做。瞧这风雪，好大呀！上帝啊，你发怒吧！只求你保佑我们别迷路……怎么样，腰痛吗？玛特廖娜，你干吗老不出声啊？我问你呢：腰还痛吗？"

155

他感到奇怪，为什么老太婆脸上的雪怎么老也不化。奇怪，那张脸不知怎么显得那么消瘦，灰白里透着蜡黄，面容庄重而又严肃。

"唉，蠢婆娘！"旋匠嘟哝道，"我跟你说着掏心窝的话，上帝作证……可是你，那个……咳，真是蠢婆娘！再这样，我索性不把你送医院了！"

旋匠放下缰绳，踌躇起来。他不敢回头看一眼老太婆：因为他害怕！向她问话得不到回答，同样叫人害怕。最后，为了探个明白，他没有回头看老太婆，只是去摸她的手。手冰冷，拉起后像鞭子一样落下去。

"这么说她死了。这下可麻烦啦！"

于是旋匠哭了。他不只可怜老太婆，更感到懊丧。他想：这世上的一切事都变得太快！他的哀伤刚刚开始，怎么立即就要收场了。他还没来得及跟老太婆好好过日子，对她表表心意，疼爱她，怎么她就死了。他跟她共同生活了四十年，但这四十年像活在梦里一样。酗酒、打架、受穷，没有感觉出来是在过日子。而且，正当他感悟到要疼爱老太婆，离了她就没法生活，而且自己实在对不起她的时候，老太婆却死了。老天爷分明在跟他作对。

"是啊，她还常常去讨饭来着！"他回想往事，"是我自己打发她去向人家讨面包的，这麻烦事！这个，蠢婆娘，再活上十年就好了，要不然，要不然她说不定当真以为我是那种人。圣母娘娘啊，我这是往什么鬼地方赶呀？现在不用去看病了，现在该下葬了。掉头吧！"

旋匠掉转马头，使出全身力气抽他的马。道路变得越来越难走了。现在，连车辙都根本看不见了。雪橇有时撞到小杉树上，有个黑乎乎的东西擦伤他的手，在眼前一闪而过。于是视野之内又变得白茫茫一片，风雪飞旋。

"要是能再从头活一次就好了……"旋匠想道。

他回忆起大约40年前玛特廖娜还是个年轻、漂亮、快活的姑娘，出身于富裕人家。父母把女儿嫁给他，仅仅是因为喜欢他有一手好手艺。本来完全可以过上好日子，但不幸的是，婚后他开始酗酒，整天烂醉如泥，每天一头倒在暖炕上，从此就迷迷糊糊，仿佛直到今天都还没有清醒过来。婚礼他倒记得，可是婚礼之后日子是怎么过来的——哪怕你把他打死，除了喝酒、睡觉、打老婆，此外就什么也记不起来了。40个年头就这样过去了。

黄昏来临，密密层层的大雪渐渐变得灰暗了。

"我这是往哪儿赶车呀？"旋匠猛然清醒过来，该往墓场赶，我却去医院……像变傻了！"

旋匠重又掉转雪橇，又抽打起马来。老马鼓足全身的劲，打着响鼻，开始小跑起来。旋匠接二连三地抽它的背……身后传来某种东西的撞击声，他就是不回头看，也知道那是故去的老太婆的头撞着雪橇发出的声音。天色变得越来越黑，风变得越来越冷，越来越刺骨……

"再从头活一次就好了……"旋匠想道，"我要添置一套新工具，接受新的订单……把钱都交给老太婆管……就这样！"

后来他不小心把缰绳弄脱了。他找到缰绳，想把缰绳捡起来，却怎么也不行。他的手不听使唤……

"算了……"他心想，"反正马认路，它会把我拉回家的。这会儿能小睡一下也挺好……趁下葬以前，安魂祭以前，最好歇一歇。"

旋匠把眼睛闭上，打起盹来。不久他听到马停步不前。他睁眼一看，见自己面前有一堆黑乎乎的东西，像是小木屋，又像大草垛……

他真想从雪橇上爬下来，弄清楚出了什么事，可是他全身懒得什么也不想干，宁愿冻死，也不想动弹了……于是他安静地睡着了。他醒来时，发现自己躺在一间四壁粉刷过的大房间里。窗外射进明亮温暖的阳光。旋匠看到面前站着有好些人，第一件事他就想表明自己是个稳重而懂事的人。

"请来参加老太婆的安魂祭，乡亲们！"他说，"还要告诉东家一声……"

"唉，算了，算了！你只管躺着吧！"有人打断他。

"天哪，是巴维尔·伊凡内奇！"旋匠看到身边的医生便惊叫道，"老爷哪！恩人哪！"

他想跳下床，扑通一声给医生跪下，但感到手脚都不听他的使唤。

"老爷！我的腿哪儿去了？胳膊呢？"

"你跟胳膊和腿告别吧……你把它们冻坏了！好了，好了，你哭什么呀，你已经活了一辈子，感谢上帝吧！恐怕活了60年了吧——你也活够了！"

"悲伤呀，老爷，我伤心呀！请您宽宏大量饶恕我！要再

158

活上那么五六年就好了……"

"干什么呢？"

"马是借来的，得还人家……要给老太婆下葬……这世上的事怎么变得那么快！老爷！巴维尔·伊凡内奇！卡累利阿棒木烟盒还没有做好，槌球还没有做出来……"

医生摆了摆手，从病房里走了出去。这个旋匠——算是完了。

1885 年 11 月 25 日

打　赌

一

　　秋天，一个黑暗的夜晚。老银行家在书房里走来走去，想起 15 年前也是在秋天他举行过的一次晚会。在那个晚会上，许多有识之士光临了，谈了很多有趣的话题。他们无意中谈到了死刑。其中有不少学者和新闻记者，大多数人都不赞成死刑。他们认为这种刑罚的方式已经过时，跟信奉基督教的国家不相称，而且不合乎道德观。按照这些人的看法，死刑应当一律改为无期徒刑才对。

　　"我不这么认为，"主人、银行家说，"我没有尝试过死刑的滋味，也没有体验过无期徒刑的磨难，不过如果可以主观评定的话，死刑比无期徒刑更合乎道德，更人道。死刑让人一下子便结束了生命，而无期徒刑却慢慢地把人折磨死。究竟哪一个刽子手更人道？是那个在几分钟内处死您的人，还是在漫长的岁月中耗尽您的生命的人？"

"两种都同样不道德，"有一个客人说，"因为它们只有
一个共同的目的——夺去人的生命。国家不是上帝。它没有权
力夺去即使将来有心也无法使它恢复原状的东西。"

这些客人当中有一个 25 岁的年轻律师。人家问他的看法
时，他说：

"死刑和无期徒刑都是不道德的，不过倘若要我在死刑和
无期徒刑中任选一项的话，我一定选择第二种。活着总比死
了强。"

此话引起了一番热烈的争论。银行家当时还比较年轻，一
时性起，用拳头捶着桌子，对着年轻的律师嚷道：

"不对！我敢打 200 万的赌，在囚室里您连 5 年都坐
不了！"

"要是你这话是经过认真考虑而说的，"律师回答说，"那
我就跟您打这个赌，我不是坐 5 年，而是 15 年。"

"15 年？行！"银行家叫道，"诸位先生，我赌 200 万。"

"可以！您拿 200 万做赌注，我用我的自由做赌注！"律
师说。

就这样，他们打了如此一个野蛮而荒唐的赌！银行家当时
到底有几百万家财，连他自己也算不清，他志得必满，不免轻
狂，打完赌也兴高采烈。吃晚饭的时候，他打趣律师说："年
轻人，好好想一下吧，现在反悔还为时不晚。对我来说 200 万
是小事一桩，而您却在冒险，会丧失一生中最美好的三四年时
光。我说三四年，因为我相信您不可能坐得超过三四年。您这

个不幸的人，也不要忘记：自愿受监禁比强迫坐牢要难熬得多。即使您有权利随时出去享受自由——这种想法会使您在囚室中的生活苦不堪言。我替您可惜！"

此刻银行家在书房里走来走去，想起这些，不禁问自己：

"打这种赌究竟是为了什么呢？那个律师失去 15 年的自由美好生活，我损失了 200 万，这有什么好处呢？难道这只是为了向人们证明，死刑比无期徒刑好或是坏吗？不能，不能。这简直是胡闹，毫无意义罢了！在我这方面，完全是因为饱食终日，任意胡闹，而律师，则纯粹是贪钱罢了……"

然后银行家回想起那次晚会后发生的事。双方当时就协商好，律师必须搬到银行家后花园里的一间小屋里住，在最严格的监视下度过监禁的岁月。规定在十五年间他不能跨出门槛，不能看见人影，不能听见人声，不能收受信件和报纸。允许他有一个乐器，可以读书、写信、喝酒和抽烟。依照商妥的条件跟外界的联系只能通过一个为此特设的小窗口进行，而且不准开口说话。他需要的东西，例如书籍、乐谱、酒等等，可以写在纸条上，要多少给多少，可是只能通过窗口。契约规定了种种条款和细节，保证监禁做到严格地与世隔绝，而且规定律师必须坐满十五年，即从 1870 年 11 月 14 日 12 时起至 1885 年 11 月 14 日 12 时止。律师一方只要有一点儿违反契约的行为，哪怕离规定期限只差两分钟，银行家也有权利拒绝支付他 200 万的义务。

第一年的监禁生活是，根据律师的简短便条看来，他感到十分寂寞和苦闷。他的小屋里不分昼夜地传出钢琴的声音！他拒绝喝酒抽烟。他写道：酒能激起欲望，而欲望是囚徒的最大敌人。况且，没有比喝着美酒却见不着人更烦闷的事了。他房间里经常弥漫着烟味，要阅读的都是内容轻松的那一类：情节十分复杂的爱情小说、侦探小说、神话故事、喜剧，等等。

第二年当中，小屋里的钢琴声沉寂了，律师的纸条上只要求古典小说了。第五年小屋里又传出乐曲声，囚徒要喝酒了。那些在窗外监视他的人说，整整这一年他光是吃饭、喝酒、躺在床上、哈欠连天、愤愤地自言自语。他不读书。晚上有时爬起来写东西，写很久，一到清晨又把写出来的东西撕得粉碎。他们听见他哭了不止一次。

到第六年的下半年，囚徒开始热衷于研究语言、哲学和历史。他如饥似渴地研究这些学问，弄得银行家都来不及供应他要的书。在后来的四年间，依他的要求，总计买了大约600本书。在律师疯狂迷恋书籍的时期，银行家除了接到别的信以外还收到他的这样一封信：

　　亲爱的狱长：我用六种语言给您写这封信。请您将信交有关专家们过目。如果他们找不出一个错误，那么我请求您吩咐人在花园里放一枪。枪声可以表明，我的努力没有白费。各国历代的天才是说不同的语言的，然而他们的心中都燃烧着同一种火焰。啊，但愿您能知道如今我能够真正了解他们的时候，我感到了什么样的人间所没有的快乐！

囚徒的愿望实现了。银行家吩咐人在花园里放了两枪。

后来，在十年之后。律师静静地坐在桌旁，只读一本《福音书》。银行家觉得奇怪，六百本深奥的著作他都读过了，这么一本通俗易懂的、不厚的书怎么要读上一年工夫呢？读完《福音书》，他跟着就看神学和宗教的书了。

在最后两年的监禁当中，囚徒完全不加选择，读了各种各样的书。有时他研究自然科学，有时又要拜伦和莎士比亚的作品。他的一些纸条上往往要求同时给他送化学书、医学书、长篇小说、哲学或神学论。看书时，他好像是一块干燥的海绵，努力吸取知识海洋中的水。

二

"明天 12 点钟他就要恢复自由了。按契约我应当付给他 200 万。但要是我真给了他，我就倾家荡产了，一切都完了……"老银行家回忆着那些往事，又想道。

他也不知道 15 年前到底有多少个 100 万，如今却害怕问自己：他的债务是否多过他的财产？交易所里全凭侥幸的赌博，冒险的投机买卖，直到老年急躁的脾气都改不了，渐渐把他的事业送上了下坡路。这个无所畏惧、过分自信的、骄傲的富翁现在变成一个平常的银行家，证券的一起一落都会使他发抖了。

"该死的打赌！"老人嘟哝着，绝望地抱住头，"为什么这个人不死呢？他才只有40岁。不久我最后的钱将归他所有，然后他会结婚，享受生活的乐趣，搞证券投机。我呢，像个乞丐似的嫉妒地瞧他，每天听他那句表白：'多亏您，我的生活才幸福，让我来帮助您。'不，这可叫人受不了！摆脱破产和耻辱的唯一办法就是要这个人死掉！"

3点钟，银行家听了听：这所房子里的人都睡了，只听见窗外的树木冻得吱吱作响。他竭力不发出一点儿声音，从保险柜里取出15年来从未用过的囚室钥匙，穿上大衣，走出了房间。

花园里又黑又冷。天在下雨。潮湿而刺骨的寒风呼啸着刮过花园，不容树木有一刻的消停。银行家集中注意力，可看不见土地、白色雕像、那座小屋、树木。他摸到小屋附近，叫了两次看守人。没有人答话。显然，看守人躲风雨去了，此刻正睡在厨房里或者花房里。

"如果我有足够的勇气实现我的计划，"老人想，"那么人们会首先怀疑看门人。"

他在黑暗中摸索着台阶和门，进了小屋的前室，随后摸黑进了狭窄的过道，划着了一根火柴。没有任何人在这里。有一张床，但床上没有被子，角落里有个黑乎乎的铁炉。囚徒房门上的封条是完整的。

火柴灭了，老人兴奋得发抖，摸到小窗口往里张望。

昏暗的囚徒房间里只有一支蜡烛闪着微光。他坐在桌前。从这里只能看到他的背、头发和胳膊。在桌子上，在两个圈椅里，在桌子旁的地毯上，到处放着翻开的书。

5分钟过去了，囚徒巍然未动。15年的监禁教会了他静坐不动。银行家曲起一个手指敲敲小窗，囚徒对此毫无反应。这时银行家才小心翼翼地撕去门上的封条，把钥匙插进锁孔里。生锈的锁发出一声闷响，房门嘎吱一声开了。银行家预料会立即听见惊奇的叫声和脚步声，可是两三分钟过去了，门里照旧很安静。他决意走进去。

　　一个面目全非的人坐在桌子后面一动不动。这是一具皮包骨头的骷髅，长长的鬈发像是女人，胡子乱蓬蓬的。他的脸发黄，脸颊凹陷，背部又长又窄，胳膊又细又瘦，一只手托着长发蓬乱的头，那模样看上去令人害怕。他的头发早已花白，瞧他那张像老人般枯瘦的脸，谁也不会相信他只40岁。他已经睡着了……桌子上，在他垂下的头前有一张纸，上面写着密密麻麻的字。

　　"可怜的人！"银行家想道，"他睡着了，大概正梦见那200万呢！只要我抱起这个形如死尸的人，往床上一扔，用枕头闷住他的头，稍稍压一下，那么事后连最仔细的医检也找不出猝死的原因了。不过，让我先来看看他写了什么……"

　　银行家拿起桌上的纸，看到下面这段话：

　　　　明天12点我将获得自由，获得正常地跟人交往的权利。不过，在我离开这个房间、见到太阳之前，我认为有必要告诉一下您我的想法。带着清白的良心，面对注视我的上帝，我向您声明：我蔑视自由、生命、健康，以及你们那些书里叫作人间幸福的种种东西。

15年来，我专心研究人间的生活。不错，我看不见一切人们习以为常的东西，但在你们的书里我喝着香醇的美酒，唱着歌，在树林里追逐鹿群和野猪，爱过女人……由你们天才的诗人凭借神来之笔创造出的无数美女，轻盈得犹如白云，夜里常常来探望我，对我小声讲述着美妙的故事，听得我神迷心醉。我在你们的书里，攀登上艾尔布鲁士和勃朗峰的顶巅，从那里观看日出，观看如血的晚霞如何染红了天空、海洋和林立的山峰。我站在那里，看到在我的上空雷电如何劈开乌云，像蛇般游弋；我看到绿色的森林、原野、河流、湖泊、城市，听到塞壬的歌唱和牧笛的吹奏；我甚至触摸过美丽的魔鬼的翅膀，它们居然飞来跟我谈论上帝……在你们的书里我也坠入过无底的深渊，我创造过奇迹，我行凶杀人，我烧毁城市，我宣扬新的宗教，我征服了无数王国……

你们那些书给了我智慧。不倦的人类思想千百年来所创造的一切，如今浓缩成一团，藏在我的头脑里。我知道你们所有人的智慧都比不上我。

我也蔑视你们那些书，蔑视人间的一切幸福和智慧。一切都空洞、脆弱、虚幻、诈伪，像海市蜃楼一样。虽然你们骄傲、聪明而美丽，然而死亡会把你们彻底消灭，就像消灭地窖里的耗子一样，而你们的后代、你们的历史、你们的天才，都会连同地球一齐烧毁或者凝结。

你们丧失了理智，误入歧途。你们把谎言当成真理，把丑恶看作美丽，如果由于某种特殊原因，苹果树和橙树上不结果实，却忽然长出蛤蟆和蜥蜴，或者像玫瑰花发出马的汗味，你们就会感到诧异；同样，我对你们这些拿天国来换取人间的人也是这样的奇怪。我不想了解你们。

我蔑视你们赖以生活的一切，我用行动向你们表明我蔑视你们的所有，我不要那两百万，虽说我曾经对它像对天堂一样梦寐以求，可是现在我蔑视它。为了解除我接受这笔钱的权利，我决定在规定期限之前五个小时走出这个地方，从而违反契约……

银行家读到这里，把它轻轻地重新放在桌子上，吻了吻这个怪人的头，流着泪走出小屋。他一生中任何时候都没有像现在这样蔑视过自己，哪怕在交易所输光之后。回到自己的屋里，他倒在床上，然而这一切使他异常激动，以致一夜无眠……

第二大一大早，吓白了脸的看守人惊慌失措地跑来告诉他，说他们看到被监禁的人爬出窗子，进了花园，走到门口，不见了。银行家带领仆人立即赶到小屋，证实囚徒确实跑掉了。为了避免无中生有的流言蜚语，他把桌上那份放弃权利的字条收了起来，回到屋里，把它锁在保险柜里了。

1889 年 1 月 1 日

168

美妙的结局

有一天，斯特奇金列车长不当班，柳博芙·格里戈里耶夫娜在他家里坐着，她是一个 40 岁左右、容貌漂亮，身体壮实的女人。她的工作是给人家说媒，另外还干许多通常只能背地里悄悄说的事情。斯特奇金不免有点尴尬，不过她像平时一样严肃、认真、稳重。他在房间里走来走去，抽着雪茄，说：

"非常高兴能够认识您。谢苗·伊凡诺维奇向我推荐您，他认为，您将在一件很微妙的事情上对我有所帮助。这件事对于我来说非常重要，涉及我一生的幸福。柳博芙·格里戈里耶夫娜，我，已经 52 岁了，照理说，在我这样的年龄，本该儿女成群了。我有稳定的职业。财产虽然不算丰厚，但要养活心爱的女人和孩子们是根本不成问题的。我私下里告诉您，除了薪水，我在银行里还有一些存款，这些钱是按我的生活方式一分一厘辛苦节省下来的。我为人正派，不喝一滴酒，过着严谨而合理的生活，可以这么说，在这方面我能做许多人的楷模。可是话又说回来，我还是有所欠缺——没有一个温暖的家庭，没有生活的伴侣，我像个四处漂泊的匈牙利人，居无定所，没有什么娱乐，也没有人可以与我商量，即使生病，也没有人会照顾我一下，等等。除了这些，柳博芙·格里戈里耶夫娜，在社会上有了家室的人总要比单身汉更有威信……我是个受过教育的人，又有钱，可是如果从某种观点来看我，我又算个什么样的人呢？一个孤苦伶仃的人，跟某个出家人同出一辙。因此，我十分希望您能来牵线——也就是说，和一位般配的女士缔结良缘。"

"这当然是好事！"媒婆嘘了一口气。

"我孑身一人，我不认识这个城市里的任何人。既然我不认识任何人，叫我去哪儿找这么一位女士呢？所以，谢苗·伊凡诺维奇才劝我找一个这方面的行家，她的职业就是促成人们的幸福。所以我才万分诚恳地请求您，柳博芙·格里戈里耶夫娜，请您竭力帮助、安排好我将来的命运。您认识所有城里的未婚小姐，您要促成我的好事是轻而易举的。"

"这是小事一桩……"

"您请喝呀，别客气……"

媒婆熟练地把酒杯送到嘴边，一饮而尽，连眉头都不皱一下。"这是不成问题的，"她接着说，"那么您，尼古拉·尼古拉伊奇，您对新娘有什么要求呢？"

"我吗？一切随缘吧！"

"讲到缘分，当然无可非议。不过，每个人的口味都不一样。有人喜欢黑头发的，有人却喜欢金发女郎。"

"您知道吗，柳博芙·格里戈里耶夫娜，"斯特奇金郑重地叹息道，"我为人正派，性格比较刚强。美貌以及一般的外表在我看来是不重要的，因为，您是知道的，人的容颜是会老的，况且娶个漂亮老婆并不省心。我是这样认为的：一个好女人的评定标准不在于外表，而在于内里，也就是说，她要有一颗善良的心灵，各方面的品性都好。请喝呀，别客气……不用说，如果老婆长得富态，看着当然舒服，不过，这对双方的幸福并不重要，重要的是智慧。可是话又说回来，其实女人也用不着智慧，因为有了智慧她就会自命不凡，就会异想天开。现在这年头不受教育是不行的，这不用说，可是教育也是各不相同。如果老婆能说一口流利的法语或德语，甚至精通各种语言，那当然好，甚至好极了；可是如果她给你，譬如说吧，连个扣子都钉不上，能说外语又管什么用呢？我是个受过教育的人，即使跟卡尼杰林公爵我照样能说得头头是道，就像现在跟您说话一样。我需要朴实一些的女人。最主要的是，她得敬重我，她得明白，她的幸福是我给予的。"

"那是当然。"

"好吧，现在来谈谈实际问题……富贵人家的小姐我不要。我不能如此看轻自己，居然为了金钱去结婚，希望我不至于吃女人的面包，而是要她吃我的面包，还要让她心里明白这一点。可是穷苦人家的姑娘我也不能要。我这人虽然有点钱财，我结婚也并不是出于钱财，而是出于爱情，但是，我也不能娶个穷女人，因为，您是知道的，现在物价比较昂贵，再说将来还要生儿育女。"

"可以找个有陪嫁的。"媒婆说。

171

"请喝呀，别客气……"

两人沉默了五分钟。媒婆叹了一口气，看了列车长一眼，问道："那么，老爷，那种……单身女人您要吗？有好货哩。有个法国女人，还有个希腊女人。都挺抢手的。"

列车长考虑一下，说：

"不，谢谢您。承您好心关照，我心领了。现在容我冒昧问一下：您给人介绍一个新娘要收多少钱？"

"要的不多。您按老规矩给 25 卢布外加一件衣料，我就多谢了……至于找有陪嫁的女人，那价码就不一样了。"

斯特奇金在胸前交叉抱着胳膊，沉思了一会儿，叹口气说：

"价钱太贵了……"

"一点儿也不贵，尼古拉·尼古拉伊奇！在以前，因为婚事比较容易做成，所以收费也就相对低廉一些，现在这年头，我们挣不了几个钱。如果在不持斋的月份，能挣上两张 25 卢布，那就得谢天谢地了，跟您说实话，老爷，仅仅凭说媒我们是发不了财的。"

斯特奇金再次疑惑地望着媒婆，耸了耸肩膀。

"哼！难道 50 卢布还少吗？"他问。

"那当然！过去我常常拿 100 多呢。"

"哼！真没想到，干那种事居然能挣大钱。50 卢布！那可不是每个男人都能挣到的数目！请喝呀，别客气……"

媒婆又干了一杯，眉头一下都不皱。斯特奇金默默地把她从上到下打量一番，说：

"50 卢布……这么说，一年就是 600 哪……请喝呀，别客气……有这么多红利，您可知道，柳博芙·格里戈里耶夫娜，您应该很容易就能给自己找个新郎……"

"我吗？"媒婆笑了，"我老啦……"

"一点儿也不……您的身段那么好，脸蛋又白又胖，其余的，都很优秀。"

媒婆和斯特奇金都觉得不好意思了，他挨着她坐下。

"您还挺讨人喜欢的，"他说，"要是您再找一个作风正派，又能省吃俭用的当家人，那么有他的薪水，再加上您的收入，您就更讨人喜欢了，夫妇俩会恩恩爱爱过日子……"

"天知道您在说什么，尼古拉·尼古拉伊奇……"

"说说又怎么样？我没有恶意……"

沉默了一会儿后，斯特奇金开始擦鼻涕，媒婆则羞红了脸，难为情地望着他，问：

"那么您，尼古拉·尼古拉伊奇，一月有多少收入呢？"

"我吗？ 75卢布，不算奖金……另外，我们在硬脂蜡烛和兔子上也有些进账。"

"您打猎吗？"

"不，我们把逃票乘客叫作兔子。"

彼此又沉默了一分钟。斯特奇金站了起来，开始在房间里兴奋地走来走去。

"我不找年轻姑娘，"他说，"我是上了年纪的人，我需要那种……像您那样……中年以上，稳重、身段好的女人……"

"天知道您在说什么……"媒婆傻傻地笑起来，用手绢把涨红的脸遮住。

"还有什么好考虑的？我觉得您的那些品性正符合我的择偶要求。我这人作风正派，不喝一滴酒，如果您也同意，那……那就真是天作之合了！请允许我向您求婚！"

媒婆激动得掉下了眼泪，随即又傻傻地笑起来。为了表示同意，她马上和斯特奇金碰杯。

"好了，"神采奕奕的列车长说，"现在容我来向您说明，我希望您怎样待人接物，怎样持家过日子……我这人向来严肃、认真、稳重，做人做事光明磊落，希望我的妻子也跟我一样要求严格，她得明白，她的恩人是我，她一生中最重要的人就是我。"

他深吸一口气，然后坐下来，开始向未来的新娘阐述他对家庭生活、对妻子责任等的观点。

1887 年 7 月 25 日

未婚夫和爸爸

"我在别墅舞会上听说，您快要结婚啦！"有个熟人问彼得·彼得罗维奇·米尔金，"什么时候举行少年告别晚会呢？"

"您是怎么知道我快要结婚了？"米尔金听了非常气愤，"这是哪个混蛋告诉您的？""大家都这么说，何况种种迹象也看得出来……别保密啦，老兄……您以为我们毫不知情，其实我们已经看透你了，我们都知道！……哈哈哈……凭种种迹象看得出来……您整天待在康德拉什金的家里，在那里吃午饭，吃晚饭，唱抒情歌曲……您跟娜斯坚卡·康德拉什金娜单独出去散步，只给她一个人送花，把她拖进……我们全都看见了，先生！前几天我遇见了康德拉什金，他亲口告诉的，你们的事全安排好了，只等从别墅搬回城里，立即就举行婚礼……怎么样？愿上帝保佑！真高兴！更为康德拉什金高兴……要知道可怜的人有七个女儿！七个哪！这可不是闹着玩的，有机会弄出去一个也好啊……"

"活见鬼……"米尔金想道，"他是第十个对我提起这件婚事的人了。他们无中生有，叫他们统统去死吧！就因为我天天在康德拉什金家吃饭，同娜斯坚卡散步……不——行，该制止这种流言秽语了，到时候了，弄不好这帮该死的真把我的婚事给包办了……我明天就去跟这个蠢货康德拉什金说清楚，叫他别痴人说梦，我呢，趁早——溜之大吉！"

第二天，米尔金来到七品文官康德拉什金别墅里的书房，他感到既害怕又很尴尬。

"欢迎，彼得·彼得罗维奇！"主人迎接他说，"日子过得怎么样，可以吧？是不是很烦闷，亲爱的？嘿嘿嘿……娜斯坚卡马上就来……她去了古谢夫家，一会儿就回来……"

"我，说句实在话，不是来找娜斯塔西娅·基里洛夫娜的，"米尔金结结巴巴地说，尴尬得直用手揉眼睛，"而是来找您的……我需要跟您谈一件事……哎呀，我眼睛里好像进了什么东西……"

"那么您打算谈什么事呢？"康德拉什金挤了挤眼睛，"嘿嘿嘿……您干吗这么腼腆，亲爱的？咳，男子汉呀，男子汉！真拿你们这些年轻人没有办法！我知道您想说什么！嘿嘿嘿……早该……"

"说句实在话，由于某种原因……事情嘛，您瞧，是这样的，我……是来向您告别的……明天我就要走了……"

"您要走，这是什么意思？"康德拉什金疑惑地瞪着眼睛问。

"很简单……我要离开这里，就这么回事……请允许我感谢您全家的热情款待……您的女儿一个个都很可爱……我一辈

176

子也不会忘记这段美好时光……"

"对不起，先生……"康德拉什金的脸涨得通红，"我不太懂您的意思……当然，每个人都有权利离开这里……您有自己的自由，可是，先生，您……想溜……您不老实，先生！"

"我……我……我不明白，我怎么想溜？"

"你在整个夏季天天来这里，又吃又喝，我们都对你抱着希望，你跟丫头们从早到晚待在一起，可是突然间却说：'我要走了！'"

"我……我从来没让人抱什么希望……"

"当然，您没有求婚，可是您的言行举止说明了什么，难道不是很清楚吗？每天来吃饭，每天夜里跟娜斯佳手挽着手……难道这一切都是毫无用心的？只有未婚夫才天天在别人家吃饭，要是您不是未婚夫，我还能供您吃喝吗？是的，您不老实！我不想听您的话！您必须求婚，否则我就……那个了……"

"娜斯塔西娅·基里洛夫娜很可爱……是位好姑娘……我尊敬她，而且……我认为找不到比她更好的妻子了，可是……我们的信念和观点有冲突。"

"就因为这？"康德拉什金展开笑容，"是吗？哎呀，我的宝贝，找一个跟丈夫观点完全一致的妻子是不可能的，咳，年轻人啊，年轻人！幼稚，幼稚！只要一谈起什么观点，真是的，嘿嘿嘿……就激动得了不得……现在你们意见不合，没关系，只要小两口经过一段日子的相处，所有这些疙里疙瘩都会磨平的……新的马路还不好走哩，经过车辆压，那会多平坦啊！"

"您这话也在理，可是……我配不上娜斯塔西娅·基里洛夫娜……"

"般配，般配！你是个很好的年轻人！"

"您还不了解我的种种欠缺……我穷……"

"这没有关系！您月月领薪水呢，谢天谢地……"

"我……是个酒鬼……"

"不不不！我也没见您喝醉过！"康德拉什金用力摆着双手，"年轻人怎么会不贪杯呢……我也年轻过，酒喝多了点儿。这无可厚非……"

"可是我酗酒成性。我这毛病是遗传的。"

"我不相信！这么一个容貌英俊的小伙子，突然间——酗酒成性！我不相信！"

"这老鬼，你骗不了他！"米尔金心想，"不过，他可真是一心想把女儿推销出去呀！"他便大声说："除了酗酒成性之外，我还有另外一些毛病。我受贿……"

"好孩子，有谁不收受贿赂呢？嘿嘿嘿。瞧你大惊小怪的！"

"再说，在未得知我的判决前，我没有权利结婚……有一件事我一直瞒着您，现在您应该知道全部真相……我……我因为盗用公款在吃官司……"

"吃官司？"康德拉什金惊呆了，"是吗！这可是新闻……我不知道会有这种事。的确，在判决之前你不能结婚……那么您盗用的公款很多吗？"

"144000。"

178

"是吗，这可是一笔大数目！没错，这事确实有点西伯利亚的味道……这样一来，我的女儿的锦绣前程都断送了。既然是这样，那就没话可说了，上帝保佑您吧……"

米尔金松了一口气，便去拿帽子。

"不过嘛，"康德拉什金考虑了一会儿接着说，"如果娜斯坚卡真心爱您，那你走到哪她肯定就会跟到哪。如果她害怕牺牲，那还叫什么爱情？另外托木斯克省很富饶。西伯利亚的生活，老弟，那儿比这里好。要不是有一家老小要照顾，我早就去了。您可以求婚！"

"这老鬼冥顽不灵！"米尔金心想，"只要能脱手，把女儿嫁给魔鬼他也同意。"他又大声说："可是我还没有说完……我吃官司不只因为我盗用公款，我还伪造证据。"

"反正一个样！只判一次刑！"

"呸！"

"您为什么这么大声啐唾沫？"

"没什么……您听我说，我还没有向您全部坦白……别逼我说出我生活中的隐私……可怕的隐私！"

"我才不想知道您的那些隐私！琐琐碎碎，不值一提！"

"不是琐琐碎碎！您要是听说了……了解到我是怎样的一个人，您肯定会跟我绝交……我……我是在逃的苦役犯！！"

康德拉什金像被黄蜂蜇了一下，迅速地从米尔金跟前跳开，简直吓呆了。足足有一分钟他张口结舌、一动不动地站着，恐怖地望着米尔金，随后他倒进圈椅里，不住地呻吟。

"真没想到……"他嘟哝着说，"我用胸口捂暖了谁呀！

走！看在上帝分儿上，你走吧！别让我再见着你！哎呀！"

米尔金拿起帽子，得意扬扬地朝门口走去……

"慢着！"康德拉什金叫住他，"你是怎么逃出来的？"

"现在我改名换姓了……逮住我可不容易……"

"您也许活了一辈子都没人知道您是谁……等一等！要知道您现在改邪归正了，您早已悔过了……上帝保佑您，就这样，您结婚吧！"

米尔金直冒冷汗……他实在编不出比在逃的苦役犯更可怕的故事，眼下只有一个办法：什么理由也不说，可耻地逃跑……他正准备夺门而去，这时脑子里又闪过一个念头……

"请听我说，您还不了解全部情况，"他说，"我……我是疯子，而正常人和丧失理智的疯子是禁止结婚的……"

"我可不相信！疯子不可能有如此有条理的思维……"

"您说这话可见您没有明白疯子的真正含意！难道您不知道，许多疯子只在犯病的时候发疯，其余的时间跟正常人一样吗？"

"我不相信！您不要再说了！"

"既然如此，我给您弄一份医生证明！"

"证明我信，可是您没有……好一个疯子！"

"过半小时我就把证明给您拿来……一会儿见！"

米尔金抓起帽子，赶紧跑了出去。他在五分钟后已经走进他的朋友菲秋耶夫医生家，可是倒霉的是，他正赶上医生在整理自己的发型，因为他刚跟妻子吵了一架。

"我的朋友，请帮我一个忙！"他对医生说，"事情是这样的……有人非要我娶她女儿不可，为了摆脱这场灾难，我想出了装疯的主意……从某种意义上讲，这是哈姆雷特方式……你知道，疯子是被禁止结婚的……看在我们是朋友的情分上，给我开一张疯子证明！"

"你不想结婚？"医生问。

"绝对不想！"

"事情如果是这样的话，那我不能给你开证明，"医生一面抚平自己的头发，一面说，"不想结婚的人绝对不是疯子，相反，倒是最聪明的人……什么时候你想结婚了，你再来，我一定给你开证明……只有到那时才说明你确实发疯了……"

1885 年 7 月 31 日

牡　蛎

在我记忆中有一件往事，不必冥思苦想我就能想起它的所有细节。那是一个阴雨绵绵的秋天的傍晚，当时我和父亲站在莫斯科的一条热闹的大街上，我觉得自己正在害一种奇怪的病。我没有任何痛苦的感觉，但两条腿却不由得往下弯，要说的话卡在喉咙口说不出来，头无力地往一边耷拉着……显然，我马上就会倒下去，不省人事。

我如果这时被送进医院，医生们一定会在我的病历卡上写上"饥饿"这个词——这种病在任何医学教科书里是找不到记载的。

在人行道上挨着我站的是我的亲爹。他穿着一身破旧的夏季大衣，戴着一顶露出一团棉花的花条呢帽。他的脚上穿一双又大又重的胶皮雨鞋。这个世俗的人生怕别人看出他光脚穿雨鞋，便在小腿上再套一副旧皮靴筒。

我对这位贫穷而又有点糊涂的怪人的爱，随着他那件雅致的夏季大衣变得越来越破旧和肮脏而逐渐加深，他在五个月前来到京城，想谋求一个文书工作的职位。整整五个月来他一直在城里东奔西跑，寻找工作，直到今天他才终于拿定主意到大街上来乞讨……正对着我们的是幢高大的三层楼房，上面挂着蓝色招牌："旅店"。我的头软弱无力地往后仰，朝两边歪，情不自禁地朝上方看，瞧见旅店那透出灯火辉煌的窗子。窗内闪动着的一个个人影。看得见一架轻便管风琴的右侧有两幅粗劣的彩画和挂着的电灯……我盯住一扇窗子，便看到一块发白的东西。那东西一动不动，它的长方形轮廓，在四周深褐色的背景上十分醒目地凸现出来。我瞪着眼睛细看，认出那是挂在墙上的一块白色招贴。招贴上面有字，但究竟是什么字，我就看不清了……

我目不转睛地看着这块牌子。足足有半个小时，那片白色一直吸引着我的视线，似乎在对我的脑子施催眠术。我竭力想读出上面写的字，可是我的力气显然是白费的。

最后，那奇怪的病逞起威风来。

马车的辘辘声在我听来像是隆隆的响雷，在大街上的臭气中我能分辨出上千种气味，在我的眼里，那旅店的灯光和街灯成了令人目眩的闪电。我的五种感官全调动起来，有了异常的反应。我开始看到从未看到过的东西。

"牡蛎……"我终于看清了牌子上的字。

好怪异的字！我在这世上活了整整八年零三个月，可是从来也没有听说过这个词。这个词是什么意思？不会是旅店老板的姓吧，可是一般的姓氏招牌都是挂在大门口，而不是挂在墙上呀！

"爸爸，牡蛎是什么？"我费劲地把脸转向父亲，声音嘶哑地问道。

父亲正在专心地注视着人群的活动，他没有听见我的问话，他注视着每一个路过他身边的人……根据他的眼神我看出，他想对行人说点什么，但那句重如秤砣的要命的话，却始终挂在他不停抖动的嘴唇上，怎么也吐不出来。他甚至跟在一个行人身后迈出一大步，而且碰了碰他的衣袖，但当那人回过头来时，父亲却连忙说声"对不起"，一脸尴尬地倒退回来。

"爸爸，牡蛎是什么？"我又问一遍。

"这是一种动物……生活在海洋里……"

我立即在脑子里想象这种从未见过的海洋动物是什么模样。它应当是介于鱼虾之间的某种东西。既然它是产自海洋里，那么用它再加上胡椒和月桂叶就自然能做出一盆十分鲜美的热汤，或是做一盆带脆骨的酸辣汤，或是做成虾酱似的浇汁，或是加上洋姜做成凉菜……我发挥丰富的想象力生动地想着，人们怎样从市场上带回这种动物，麻利地把它收拾干净，赶快下锅……快，快，因为大家都饿了……饿极了！厨房里飘出煎鱼和虾汤的香味。

我感到这股气味刺激着我，使我的上颚和鼻孔发痒，而且这种感觉渐渐地遍及全身……旅店、父亲、白牌子、我的袖子，全都冒出这股诱人的香味。香味浓极了，我的嘴居然开始咀嚼起来。我又嚼又咽，好像我的嘴里当真有一块牡蛎肉似的。

我感到一种极大的满足，腿却不由得弯下去了，为了不致跌倒，我便抓住父亲的袖子，身子紧紧贴着他那湿漉漉的夏季大衣。父亲蜷曲着身子，直打哆嗦。他发冷……

"爸爸，牡蛎是素菜，还是荤菜？"我问道。

"这东西要生吃……"父亲说，"它像乌龟一样有壳，不过……它有两片壳。"

刹那间，鲜美的香味不再刺激我的身体，幻想破灭了……现在我全明白了！

"真恶心，"我小声说，"真恶心！"

原来牡蛎是这样的形状！我在脑子里把它想象成青蛙那样的动物，现在这只青蛙缩在壳里，瞪着一对大的发亮的眼睛朝外看，不断摆动它那让人讨厌的下颌。我想象着，人们怎样从市场上买回这种有壳、有螯、眼睛闪亮、皮肤黏糊糊的动物……孩子们见了都躲起来，只有厨娘带着厌恶的表情皱起眉头，抓住一只大螯，把它放在盘子里，便端到饭桌上。大人们抓起来就吃……生吃下去，连同它的眼睛、牙齿、爪子都一起吃进去！可它吱吱直叫，拼命想咬人的嘴唇……

我深锁眉头，不过……不过为什么我的牙齿却开始咀嚼了？这牡蛎令人恶心，令人讨厌，令人作呕，可我却在吃它，吃得狼吞虎咽，生怕尝出它的味道，闻出它的气味。吃完一只，我又看到第二只、第三只的亮闪闪的眼睛……我把它们都吃了……最后我就吃餐巾，吃盘子，吃父亲的胶皮雨鞋，吃那块白牌子……我把视线所及的一切，统统吃下去，因为我觉得，只有吃，才能让我的病消失。那些牡蛎睁着眼睛，丑陋无比，我一想到它们就浑身哆嗦，但我还是想吃！吃！

"请给我几个牡蛎吧！给我几个牡蛎！"这呼喊从我的胸

膛迸发出来，我朝前伸出双手。

"请帮帮我们，先生们！"这时我听到父亲那低沉而沙哑的声音，"我羞于求人，可是，我的上帝，这孩子已经饿得顶不住了！"

"给我牡蛎！"我揪住父亲的大衣后襟一边高声叫着。

"小小年纪，难道你会吃牡蛎？"我听见身边有人发笑。

我们的面前站着两个戴圆筒礼帽的先生，他们哈哈笑着瞧着我的脸。

"你这个小家伙会吃牡蛎？当真？这太有意思了！你怎么吃它呢？"

我记得，这时不知是谁的有力的手把我拖进了灯火通明的旅店。一会儿工夫周围就聚起了一大群人，他们哄笑着好奇地瞅着我。我在一张桌旁坐下，开始吃某种滑溜溜的东西，那东西很咸，冒着一股潮气和霉味。我狼吞虎咽般吃起来，不嚼、不看也不打听我吃的究竟是什么。我觉得，如果我睁开眼睛，那我一定会看到一对发亮的眼睛、螯和尖利的牙齿。突然间我开始嚼到一样硬东西。并且嘎巴一声咬碎了。

"哈哈哈！他在吃壳！"人们在哄堂大笑，"小傻瓜，难道这壳也能吃吗？"

此后我记得渴得要命。我躺在自己的床上，却睡不着觉，因为我全身疼痛，发烫的嘴里有一股怪味。我的父亲从一个屋角走到另一个屋角，不停地用手比画着手势。

"我恐怕是着凉了，"他嘟哝道，"脑袋里有一种说不清的感觉……好像里面有个人……或许是因为我今天没有……那个……没有吃过东西……我这人，真的，是有点儿古怪，糊涂……我明明看到那些先生为牡蛎付了十卢布，干吗我没有走过去，向他们讨几个……借几个钱呢？他们多半会给的。"

到第二天清晨时候，我睡着了，我梦见了一只有鳌、有壳、眼珠子老转动的青蛙。中午我渴得醒过来，睁开眼睛寻找父亲：他仍旧来回踱步，不停地挥着手比画着做手势……

1884 年 12 月 1 日

醋　栗

　　一大早，乌云就布满了整个天空。没有风，不算热，但空气很沉闷。每逢大地上空乌云低垂，等着下雨雨却不下的阴晦天气，就常是这种情形。兽医伊凡·伊凡内奇和中学教员布尔金已经走得很累，他们觉得眼前的这片田野像是永远走不到头。遥远的前方，依稀可见米罗诺西茨村的风车。右边，起伏的山丘绵延开去，消失在村外的远方。他俩都知道那是河岸，那边有草场、绿色的柳树和不少庄园。如果登上一处山冈，放眼望去，从那里可以看到同样辽阔的一片田野，电线杆，以及远方像条毛毛虫一样爬着的火车。天气晴朗时，从那里甚至可以看到城市的远景。现在，在这平静无风的天气，整个大自然显得温馨而沉静。伊凡·伊凡内奇和布尔金对这片田野充满爱意，两人都在想，这方水土是多么辽阔、多么壮丽啊！

　　"上一次，我们同在村长普罗科菲的堆房里过夜，"布尔金说，"当时您想讲一个什么故事来着。"

　　"是的，当时我是想讲讲我弟弟的事。"

伊凡·伊凡内奇缓慢而悠长地叹一口气，点上烟斗，打算开始讲故事，可是雨忽然下了起来。四五分钟后，雨下大了，漫天遍野，很难预料它什么时候才能停。伊凡·伊凡内奇和布尔金迟疑地站住了。他们的狗已经淋湿，夹起尾巴站在那里，温驯地望着他们。

"我们该找个地方避避雨，"布尔金说，"我们到阿列兴那儿去吧。他家住得离这儿比较近。"

"那我们走吧。"

他们立即拐弯，穿过已收割完的庄稼地。时而照直走，时而偏向右边，最后上了大路。不久就出现一排杨树林，果园，然后是谷仓的红屋顶。有条河波光粼粼，一段深水湾、磨场和座白色浴棚呈现在眼前。这就是阿列兴居住的索菲诺村。

磨坊还在工作，发出的隆隆声盖过了雨声，水坝在发抖。几匹湿淋淋的马奔拉着脑袋站在那边的大车旁，人们披着麻袋奔来跑去。四下里潮湿、泥泞、憋闷。看上去水面的样子冰冷而狰狞。伊凡·伊凡内奇和布尔金已经感到浑身湿透，不干净，不舒服，双脚因沾满烂泥而变得沉重。当他们越过堤坝，爬坡登上地主的谷仓时，一直都闷声不响，好像互相在发脾气。

在一座簸谷的风车轰隆作响的谷仓里。大门敞开着，一股股灰尘从里面飞扬而出。阿列兴本人刚好站在门口，这是一个40岁上下的男子，又高又胖，头发很长，那模样很像教授或者画家，却没有一点地主的样子。他穿着一件很久未洗过的白衬衫，腰间扎一根绳子，一条长衬裤衩当外裤，靴子上也沾着烂泥和干草。他的鼻子和眼睛被粉尘抹得黑黑的。他认出了伊凡·伊凡内奇和布尔金，显然非常高兴。

"快请屋里坐，两位先生，"他微笑说，"我这就来。"

这是一座两层楼的大房子。阿列兴住在楼下，两间屋子都带拱形屋顶、窗子很小，原先管家们就住在这里。屋里的陈设简单，混杂着黑麦面包、廉价的伏特加和马具的气味。楼上的几间正房他一般很少去，除非来了客人他才上去。在房子里，伊凡·伊凡内奇和布尔金受到一名女仆的接待，她又年轻又漂亮，两人不由得同时驻足，互相看了一眼。

"你们想象不出我有多么高兴见到你们，两位先生，"阿列兴在他们之后进了门厅，说，"真没有想到！佩拉吉娅，"他转身对女仆说，"快去给客人们找两身衣服换一换。顺便我也得换换衣服。不过先得去洗个澡，我好像开春以来就没洗过澡。两位先生，你们想不想去浴棚里？趁这工夫好让他们把这里收拾一下为好。"

美丽的佩拉吉娅举止十分端庄有礼，模样儿给人很温柔的感觉。她给他们送来了浴巾和肥皂。于是客人们被阿列兴领着到浴棚里洗澡去了。

"是啊，我已经很长时间没有洗澡了，"他脱衣服时说，"我这浴棚，你们也看到了，挺不错，还是我父亲盖的呢，可是为什么我老是没有时间洗澡。"

他坐在台阶上，长头发和脖子上涂满了肥皂，他周围的水变成了褐色。"是啊，我坦率地说一句，是这样……"伊凡·伊凡内奇极富表情地看着他的头，说道。

"我已经很长时间没有洗澡了……"阿列兴不好意思地又

说了一遍，再次在身上抹上许多肥皂擦洗，他周围的水变成墨水一般的深蓝色。

伊凡·伊凡内奇来到外面，"扑通"一声跃进水中，使劲抡动胳膊，冒雨游起泳来。于是水中形成波浪，白色的睡莲便随波漂荡。他游到深水湾中央，一个猛子扎下去，过一会儿又从另一个地方钻出水面，他继续往前游，不断潜入水中，想摸到河底。"哎呀，我的老天爷……"他十分畅快地重复着，"哎呀，我的老天爷……"他一直游到磨坊那儿，跟几个农民说了一阵话，然后往回游，到了深水湾中央，便仰面躺在水上，让雨涮着他的脸。布尔金和阿列兴这时已经穿好衣服，准备回去，而他还在一个劲地游泳，扎着猛子。

"您也游够了！"布尔金对他喊道。

他们重又回到房子里。在楼上的大客厅里点上了灯，布尔金和伊凡·伊凡内奇都穿上了绸长袍和暖乎乎的便鞋，坐在圈椅里。阿列兴本人洗完澡、梳了头，显得很清爽，换上新的常礼服，在客厅里走来走去，显然因为换上干衣服和轻便鞋而心满意足地感受着这份温暖和洁净带来的快意。漂亮的佩拉吉娅悄无声息地在地毯上走着，面带温柔的微笑，端着托盘送来了茶和果酱。直到这个时候，伊凡·伊凡内奇才开始讲起他的故事。而且仿佛听故事的不只是布尔金和阿列兴，还有那些老老少少的太太和将军们也从墙上的金边画框里平静而严厉地瞧着他们，似乎也在听着哩。

"我们一共兄弟两人，"他开口说，"我叫伊凡·伊凡内奇，还有一个弟弟叫尼古拉·伊凡内奇，比我小两岁。我完成学业，当了兽医，尼古拉从 19 岁起就在省税务局里当差。我们的父亲奇木沙—喜马拉雅斯基曾经是世袭兵，但后来因功获得军官官衔，给我们留下了世袭的贵族身份和一份小小的田产。他死后，那份小田产被判定拿去抵了债，不过无论怎么样，我们的童年是在乡间无忧无虑地度过的。我们完全跟农民的孩子一样，白天夜晚都在田野上、树林里度过，看守马匹，剥树的内皮，捞鱼，以及诸如此类的事情……你们也知道，人的一生中哪怕只钓到过一条鲈鱼，或者在秋天只见过一次鸫鸟南飞，看它们在晴朗凉爽的日子怎样成群飞过村子，那么他已经不再是城里人，他会一直到死都十分向往这种自由。我的弟弟身在省税务局，心里却老惦记着乡下。一年年过去了，而他仍然待在原来的位子上，写着老一套的公文，想着同一件事情：能回乡间去就好了。他的这种思念逐渐凝成一种明确的愿望、一种理想——要在什么地方的河边或湖畔给自己购置一座小小的田庄。

　　"我弟弟是个善良温和的人，我爱他，可是对他的这种想一辈子把自己关在自家小庄园的愿望，我向来没有同情过，人们常说：一个人只需要三俄尺土地就够了。可是要知道，需要三俄尺地的，是死尸，而不是活人。现在也有人说，如果我们的知识分子都向往土地，盼望有庄园，那是一件好事。

　　"我弟弟尼古拉坐在自己的办公室里，每天都幻想着将来有一天喝上自家种的菜、香得满院子都闻得见的汤，在绿油油的草地上吃饭，在温暖的阳光下睡觉，一连几个小时坐在大门外的长凳上遥望着田野和树林。农艺书籍和各种日历上的这类建议，带给他欢乐，成了他心爱的精神食粮。他喜欢看报，但只读其中的广告栏，如某地出售若干俄亩的耕地和草场，连同庄园、果园、磨坊和若干活水池塘。于是他脑海里就浮现出果园里的小径、花丛、水果、棕鸟笼、池塘里的鲫鱼的形象，以及你们所知道的，诸如此类的东西。当然这些想象中的画面每次都是各不相同的，这要随着他所看到的广告内容而更换。可是不知为什么所有的画面上必定有醋栗。他不能想象一座庄园，一处富有浪漫诗意的地方，居然会没有醋栗。

　　"'乡间生活自有它的乐趣，'他常常这样说，'你可以坐在阳台上喝茶，而水塘里有你自家的小鸭子游来游去，鸟语花香，而且……而且醋栗树不断在长高，成熟了。'

　　"他常勾勒出自己田庄的草图，但每一次图上都会有同样的东西：一、主人的正房，二、仆人的下房，三、菜园，四、醋栗。他省吃俭用：经常忍饥挨饿，不多饮茶水，天知道他穿得多么破烂，真像叫花子，同时拼命不断攒钱，存到银行里。他成了吝啬鬼，贪财得厉害！我看见他就痛心，常常给他点钱，过节前也给他寄点，可是他连这个也存起来。一个人要是拿定了主意，那你就对他毫无办法了。

　　"很多年过去之后，他被调到另一个省工作，他当时已年过 40，依然不断地读各家报上的各种广告，同时存钱。后来我听说他结婚了。出于同样的目的，即买一座有醋栗的庄园，他娶了一个老而丑的寡妇，他对她没有丝毫感情，只因为她手里有几个臭钱。他俩一起生活，他照样很苛刻，经常让她半饥半饱，而她的钱却被他存进银行自己名下。她原先的丈夫是邮政支局局长，过惯了吃馅饼、喝果子酒的生活，现在却在第二个丈夫家里连黑面包也不能尽情吃饱。这种生活把她弄得憔悴不堪，不到三年就一命呜呼了。当然，我的弟弟从来没有内疚过也没有想过，她的死是由他的过错造成的。金钱如同伏特加一样，能把人变成怪物。我们城里曾经有个商人病得快死了。临终前他叫人端来一碟蜂蜜，然后他把自己所有的钱和彩票就着蜂蜜都吃进肚里，叫谁也得不着。还有一次我在火车站查看牲口，当时有一个牲口贩子不小心掉到机车底下被轧断一条腿。我们把他抬到急诊室里，血流如注——真吓人。而他却一个劲地求我们把他的断腿找回来，他一直焦虑不安，因为那条腿的靴子里有二十五卢布，但愿别弄丢了。"

"哎，您这话已经离题了。"布尔金说。

"妻子死后，"伊凡·伊凡内奇略想了想接着说，"我弟弟开始给自己仔细物色田庄。当然啦，即使花五年时间选择，到头来还有可能出错，买下的和想要的完全不是一码事。弟弟尼古拉通过代售人，用分期付款的方式购得一所占地 120 俄亩的田庄，有主人的正房，有仆人的下房，有花园，但没有果园，也没有醋栗，更没有活水池塘和小鸭子。倒有一条河，不过河水被严重污染了，颜色像咖啡，因为田庄一侧是砖瓦厂，另一侧是烧骨场，可是我的尼古拉·伊凡内奇并没有放弃他的想法，他立即订购了 20 丛醋栗，动手栽下去，于是便过起自己地主般的生活来了。

"我在去年去看望过他。我想，我倒要看看他那里是怎么样的情况，又有些什么东西。弟弟在来信里称呼自己的田庄叫'丘姆巴罗克洛夫荒园'，又叫'喜马拉雅村'。我是下午到达'喜马拉雅村'的。天气炎热。到处都是沟渠、篱笆和围墙，到处栽着成排的云杉——弄得你简直不知道怎样才能走进院子里，把马拴在哪儿。我朝一幢房子走去，迎面过来一条毛色红褐的狗，肥得像一头猪。它想叫几声，可是又懒得张嘴。厨房里走出来一个厨娘，光着脚，胖得也像一头猪。她说，老爷吃过饭正在休息。我进屋向兄弟走去，他坐在床上，膝头盖着被子。他不但苍老，而且胖多了，皮肉松弛。他的脸颊、鼻子和嘴唇往前突，眼看就要发出像猪一般的嚎叫声，钻进被窝里去了。

"我们彼此相互热烈拥抱，流下了又高兴又伤心的眼泪，凄凉地想道：曾几何时我们都很年轻，现在却白发苍苍，不久于人世了。他穿好衣服，领我去参观他的田庄。

"'哦，你在这儿过得怎么样？'我问他。

"'挺不错，感谢上帝，我过得挺好。'

"从前那个胆小怕事可怜巴巴的小职员不见了，他如今已是一个真正的地主老爷。他已经习惯这里的生活，而且觉得其乐无穷。他吃得很多，常在澡堂里洗澡，身体发福。已经跟村社和两个工厂都打过官司，遇到农民不叫他'老爷'时他就大为恼火。他相当关心自己灵魂的事，一副老爷气派，他做好事不是真心诚意，而是装模作样。那么他做的是些什么样的好事呢？他用苏打和蓖麻油给农民包治百病，当自己的命名日到来时他必定在村子里做感恩祈祷，然后摆出半桶白酒让大家喝，他认为他应当这样做。哎呀，多可怕的半桶白酒！今天这个胖地主，还拖着农民向地方行政长官控告农民的牲口糟蹋了他的庄稼，到了明天，在节庆日的时候，他又会摆出半桶酒请他们喝。他们喝了酒就高呼'乌拉'，喝得醉醺醺了便跪在他脚边。生活变富裕了，酒足饭饱，游手好闲，便养成了俄罗斯人的自以为是和厚颜无耻的毛病。尼古拉·伊凡内奇当初在税务局里不敢大声说话甚至不敢发表自己的看法，现在呢，说起话来都是至理名言，而且说话口气仿佛他是个大臣：'教育是必不可少的，但对平民百姓来说却言之过早。'又如'体罚一般来说是有害的，但在某种场合下又是有益的、不可替代的。'

"'我十分了解老百姓，也善于和他们打交道，'他说，'老百姓也喜欢我。我只消动一动手指头，老百姓就会替我办好我想做的一切事情。'

"这一切，请你们注意，他都是面带精明而善良的微笑说出来的。他不下20遍反反复复地说：'我们这些贵族'，'我，作为一名贵族……'他显然已经忘了我们的祖父曾经是个庄稼汉，父亲当过兵。就连我们的姓奇木沙—喜马拉雅斯基本实际上是个怪僻的姓，现在依他看来却响亮、显贵，十分悦耳动听。

"然而问题不在于他，而在我本人。我想告诉你们的是，我在他庄园里逗留的短短几个小时里我内心发生的多么巨大的变化。傍晚，我们喝茶的时候，厨娘端来满满一盘醋栗，放在桌子上。这些醋栗并非买来的，而是自家种的。自从栽下这种灌木以后，这还是头一回收摘果子。尼古拉·伊凡内奇眉开眼笑，激动得足有一分钟，泪汪汪地看着醋栗一言不发，随后他把一枚果子放进嘴里，得意地瞧着我，那副样子就像一个小孩子好不容易得到了自己心爱的玩具似的。

"'真好吃！'他说。

"他吃得津津有味，不断地重复道：

"'嘿，真好吃！你来尝一尝！'醋栗又硬又酸，不过正如普希金所说，'对我们来说，使我们变得高尚的谎言较之无数真理更为珍贵。'我看到了一个幸福的人，他梦寐以求的夙愿无疑已经实现，他的生活目标已经达到，他得到了他想要的一切，他对命运和自己本人都感到满意。我对人的幸福的看法，不知什么原因思想里常常夹杂着伤感的成分，可是现在，当我面对着这个幸福的人，我的内心充满了近乎绝望的沉重感觉。夜里这种沉重感更加明显。他们在我弟弟卧室的隔壁房间里为我铺了床，夜里我听到，他没有睡着，多次起身走到那盘醋栗跟前，每次拿一颗吃。我心里琢磨：实际上，心满意足的幸福的人是很多的！这是一种多么强大的令人压抑的力量！你们看一眼这种生活吧：强者骄横无礼，游手好闲，弱者愚昧无知，过着牛马不如的生活，到处是让人难以置信的贫穷、拥挤、堕落、酗酒、伪善、谎言……与此同时，在所有房子里和所有大街上，却一片安安静静，人们相安无事。在城里居住的五万居民中，绝对找不到一个人敢大声疾呼，公开表示自己对生活的愤慨。我们所看到的是人们上市场采购食品，白天吃饭，晚上睡觉，他们说着自己的生活琐事，结婚，衰老，平静地送死去的亲人入墓地。可是我们看不到那些受苦受难的人，听不见他们的声音，看不见在幕后发生的生活中的种种惨事。一切都平静而且相安无事，提出抗议的只有不会说话的统计数字：多少人发疯，多少桶白酒被喝光，多少儿童死于营养不良……这样一种秩序显然是必需的，显然，幸福的人之所以感到幸福只是因为不幸的人们在默默地承受着自己的重负，一旦没有了这种沉默，一些人的幸福便不可想象。这是普遍的催眠状态。住在城里的每一个心满意足的幸福的人的门背后，应该站上一个人，手拿小锤子，经常敲门提醒他：世上还有许多不幸的人，不管他现在多么幸福，生活迟早会向他伸出利爪，灾难就会发生——疾病、贫穷，种种损失。到那时将不会有人看见他，不会有人听见他，正如眼下他看不见别人，听不见别人一样。可是，拿锤子的人是没有的，幸福的人照样过他的幸福生活，只有日常生活的小小烦恼才使他感到有点焦虑，程度轻微得就像微风吹拂杨树一样。于是一切都幸福圆满。"

"我也是心满意足无所求的，这是在那天夜里我才明白的。"伊凡·伊凡内奇站起来，继续说，"我在饭桌上，在打猎时也开导过别人，告诉他们该怎样生活，怎样信仰，怎样管理平民百姓。我也常常说：学问就是光明，教育必不可少，不过对普通人来说目前只要能读会写就足够了。自由就是幸福，没有自由就像没有空气一样是不行的，但目前还得等待。是的，我经常这样说，不过我现在要问：为什么我们必须要等待？"伊凡·伊凡内奇生气地望着布尔金，问道，"我请问你们，为什么要等待？这是出于什么样原因？人们常对我说，凡事不能一蹴而就，任何理想在生活中总是逐步地、在适当的时候得到实现的。不过，这是谁说的？有什么证据说明这句话正确？你们会引证事物的自然法则和社会现象的规律。但是我请问：我，一个有思想的大活人，站在一道沟前，本来也许我可以跳过去，或者在上面架一座桥走过去，但我却偏要等着它自己合拢，或者等着淤泥把它填满，在这件事上也有什么规律和法则可言吗？再说一遍，为什么要等待，等到活不下去的时候吗？可是人需要生活，渴望生活啊！

"我在清晨就离开弟弟的庄园。从那时起，我就感到无法忍受住在城里。那份平静和相安无事令我压抑，我害怕看别人家的窗子，因为现在对我没有比围桌而坐一道喝茶的幸福家庭更让我感到难受的场景了。我已经老了，已经不适宜当一名斗士，我甚至不会憎恨了。我只有在思想上悲伤、气愤、懊丧，每到夜里各种思绪蜂拥而来，弄得我头发热，不能安睡……唉，要是我还年轻该多好啊！"

伊凡·伊凡内奇情绪激动得在两个屋角间不停地走来走去，反复说："我要是还年轻该多好啊！"

他突然走到阿列兴跟前，先握住他的一只手，之后又握他的另一只手。

"巴维尔·康斯坦丁内奇！"他用恳求的语气说，"请您永远不要高枕无忧，不要让自己麻木不仁！趁您年轻、强壮、朝气蓬勃，请您永不停息地做好事！幸福现在是根本不存在的；如果生活中有意义有目标，那它们也绝不是属于我们的幸福，我们的幸福在于更明智、更伟大的事业。请您常做好事吧！"

伊凡·伊凡内奇说这些话时是带着可怜巴巴的、央求的笑容说的，仿佛他是为私人向阿列兴请求似的。后来这三人在客厅里不同角落的圈椅里坐下，都默不作声了。伊凡·伊凡内奇的故事既没有让布尔金也没有让阿列兴感到满足。在昏黄的夜色中，金边画框里的将军和太太像活人似的瞧着他们，在这种时候听人讲一个爱吃醋栗的可怜的小职员的故事不免乏味。不知为什么他们非常希望听听文人雅士或女人的故事。他们坐着的这个客厅里的全部陈设，从蒙着套子的枝形吊灯架、圈椅，到脚下的地毯，在讲述这些此刻在画框里看着他们的人从前也经常在这里走动过，坐过，喝过茶。现在漂亮的佩拉吉娅在地毯上无声无息地来回走着——这比任何故事更美妙动人。

阿列兴实在困得很：他每天早上三点就起床操持家务，现在他的眼睛困得睁不开了。但他怕客人们在他不在时会讲什么有趣的故事，因此等着不肯离开。伊凡·伊凡内奇刚才讲的是否有道理，是否正确，他不去琢磨。客人们不谈麦种，不谈干草，不谈焦油，而是谈跟他的生活没有直接关系的什么事，这就让他很高兴，乐得希望继续谈下去……

"不过觉还是要睡的，"布尔金站起身来说，"祝各位晚安。"

阿列兴向他们道了晚安，回到楼下的住室去了，两位客人留在楼上。他们被带到一个大房间过夜，那里有两张旧式的雕花木床，墙角挂着耶稣受难的象牙十字架。床上的被褥又宽大又干净，由美丽的佩拉娅刚刚铺好，四处散发着一股好闻的清香味。

伊凡·伊凡内奇闷声不响地脱去衣服，躺下了。

"主啊，饶恕我们这些罪人吧！"他说完就蒙头睡了。

他的烟斗放在桌上散发出一股浓重的烟油子味道。因此，布尔金久久不能入睡，怎么也弄不明白，这股难闻的气味是从哪儿来的。

玻璃窗外的雨敲打了一夜。

1898 年 8 月

脖子上的安娜

一

　　婚礼在教堂里举行完以后，甚至就连清淡的酒菜也没吃，这对幸福的新婚夫妇各喝了一杯酒，便换上行装、坐上马车，去了火车站，他们没有举行欢乐的婚庆舞会和晚宴，取消了音乐和跳舞，他们要赶到二百俄里以外的一个圣地去朝圣。许多人称赞他们这种做法，说，莫杰斯特·阿列克谢伊奇是个官位很高，年纪也不算轻的人，举行热闹的婚礼看来显得不是很合适。再说一个 52 岁的文官，娶了一个只有 18 岁的姑娘，在这种场合下音乐倒可能叫人听着乏味。大家还说，莫杰斯特·阿列克谢伊奇是个循规蹈矩的人，他之所以想出去修道院朝圣的主意，其实是特意要让年轻的妻子明白：即使在婚姻问题上，他也把宗教和道德放在第一位。

　　为这对幸福的新婚夫妇送行到车站的是一群同事和亲戚。

他们端着酒杯站在那儿，专等着火车一开动时就欢呼"乌拉！"彼得·列翁季伊奇，新娘的父亲，头戴一顶高筒帽，身穿教员制服，已经喝醉，脸色煞白，举着杯子，不住地往窗口探过身去，恳求地说：

"安尼娅！安尼娅！安尼娅，我有一句话要跟你说！"

安尼娅从窗子里探出身来，他便凑近她的耳朵小声说着。她只觉得一股酒气笼罩着她，吹她的耳朵，她什么也没听清楚。他就在她脸上、胸前、手上不住地画十字。这时他连呼吸都在颤抖，泪珠在眼睛里颤动着。她的两个弟弟，那两个学生别佳和安德留沙，在他身后拉扯他的衣服，慌张的悄悄地说：

"爸爸，别说了……爸爸，别这样……"

安尼娅在火车开动时看见，她的父亲跟着火车跑了几步。脚步踉跄，酒也洒了。他那张带着愧色的脸是多么善良而又可怜啊！

"乌拉！"他嚷道。

现在只剩下这对新婚夫妇了。莫杰斯特·阿列克谢伊奇进了包间，查看一番，把东西放在行李架上，然后笑容可掬地在他年轻妻子的对面坐下。他是个中等身材的文官，非常胖，大腹便便，显得保养得十分好，脸上留着长长的络腮胡子，嘴上却不留唇髭。他那个刮得光光的、轮廓鲜明的圆下巴，看上去像是脚后跟。他脸上最特别的一点就是没有唇髭，这块新刮过的不毛之地，渐渐地过渡到肥胖的、像果冻一样的脸颊。他风度翩翩，动作从容，态度温和。

"现在我不由自主地想起一件事情来了，"他微笑着说，

"科索罗托夫在五年前得了一枚二级圣安娜勋章，到大人府上道谢的时候，大人是这样说的：'那么您现在有三个安娜了：一个在扣眼里，两个在脖子上。'这得说明一下，当时科索罗托夫的妻子也叫安娜，是一个爱吵嘴的轻佻女人，刚刚回到他家里来。我相信，当我拿到二级安娜勋章的时候，大人没有理由对我说这种话。"

他那双小眼睛微微地笑着。她也微微笑了。可是她一想到这个男人随时会用他那嚅湿的嘴唇来吻她，而她又没有权利拦阻他，心里就不免意乱如麻。他那大腹便便的身子只要一动，就会吓她一跳。她感到又是害怕又是厌恶。他站起身来，从脖子上不慌不忙地取下勋章，脱掉上衣和坎肩，穿上睡衣。

"这样就舒服多了。"他说着在安娜身边坐下。

她回想起参加的婚礼是多么令人痛苦难堪，那时候她总觉得神父、宾客和教堂里所有的人，都忧愁地望着她，似乎在问：像她这样一个漂亮可爱的姑娘，究竟为什么非要嫁给这个上了年纪的、没有趣味的老头儿？虽说今天早晨她还兴致高昂，认为一切都安排得很让人满意；可是后来在举行婚礼的时候，以及现在坐在车厢里，她却感到自己犯了错，受了骗，显得很荒唐可笑。她虽然嫁给了一个阔人，可是她却没有钱，连结婚礼服也是赊账买来的。今天父亲和两个弟弟来送她的时候，她从他们的脸上就看得出来，他们一个子儿也没有。今天他们有晚饭吃吗？明天呢？不知什么缘故，她觉得她走后现在父亲和弟弟只好坐在家里挨饿，就像安葬完母亲的那天晚上那样，她感到很悲凉。

"唉，我是个倒霉的人！"她想，"为什么我这么不幸呢？"

莫杰斯特·阿列克谢伊奇是个死板的人，不惯于向女人献殷勤，他别扭地搂一搂她的腰，拍一拍她的肩膀；她呢，仍旧想着钱，想着母亲和母亲的死。母亲去世以后，父亲彼得·列翁季伊奇，一名中学习字课和图画课教员，开始酗酒，紧跟着家境便越来越贫困。两个男孩子没有靴子和套鞋，父亲被人扭送去见民事法官，法警便来家把家具列了清单……多么丢脸！安尼娅要照看酗酒的父亲，给弟弟补袜子，跑市场……遇到有人夸她年轻漂亮、大方优雅时，她就觉得全世界的人都在嘲笑她那顶廉价的帽子和用黑面糊堵住的靴子上的窟窿。她经常在夜晚偷偷地哭，怎么也摆脱不掉不安的思绪：总是担心父亲因他的酒瘾不久就会被学校辞退，他会受不了这种打击，于是也跟母亲一样死掉。于是，一些相识的太太开始出面管这事了，要为安尼娅张罗一桩好亲事。不久就找到了这个莫杰斯特·阿列克谢伊奇，他既不年轻，也不英俊，可是有钱。他在银行里有十万存款，还有一座租给外人经营的祖上留下的田庄。这人循规蹈矩，颇得大人的好评。保住父亲的工作，对他来说是件很容易的事，他只消请大人给中学校长，甚至给督学写封信，叫校方不要辞退彼得·列翁季伊奇就行了……

她正回想着这些往事，突然被音乐声和嘈杂的人声打断了。原来火车在一个车站停住了。在月台对面的人群里，有人使劲地拉着手风琴，一把廉价的小提琴正发出刺耳的拉锯声。军乐声从一排高高的白桦和杨树后面，从沐浴在月光中的别墅区那边传来：那地方一定在举行舞会。在月台上，住别墅的消夏客和来这儿的城里人，只要天气晴朗的话，总要上这儿来呼吸新鲜空气。这其中就有一个是阿尔特诺夫，整个别墅区的业主，一个又高又胖的黑发男子，脸型像亚美尼亚人，眼球鼓出，穿一身古怪的衣服。他上身的衬衫没系扣子，露着胸口，一双带马刺的高筒靴，肩上披一件拖到地上的黑斗篷，像女人身后的拖地衣裙。两条猎狗跟在他后面，它们的尖鼻子抵着地面。

泪水依然在安尼娅的眼睛里打转，但她已经不想母亲，不想钱和自己的婚姻了。她正在跟她认识的中学生和军官们握手，开心地笑着，很快地问：

"您好！过得怎么样？"

她走出车厢来到小平台上，站到月光下，好让大家都能看到她华丽的新衣和漂亮的帽子。

"我们的车为什么会停在这里？"她问。

"这儿是个错车的地方，"有人回答，"他们在等一辆邮车。"

她发现阿尔特诺夫正目不转睛地瞧着她，就卖弄风情地眯起眼睛，大声说起法语来。忽然间，不知是因为她的声音那么美妙动听，因为周围乐声荡漾、一轮明月倒映在水池里，因为阿尔特诺夫，这个出了名的风流男子和幸运的宠儿，正痴迷地、好奇地瞧着她，还是因为大家的兴致都很好，安尼娅忽然觉着快活起来。当火车开动、她所认识的军官们纷纷行军礼向她告别时，她竟随着树林后面送来的军乐声，哼起了波尔卡舞曲。她回到包间时，觉得方才在火车站好像已经得到证明：尽管有种种不顺心的事，她将来肯定会幸福的。

在修道院盘桓了两天，这对新婚夫妇就回到了城里。他们住在一幢公家寓所里。每逢莫杰斯特·阿列克谢伊奇上班后，安尼娅就弹弹钢琴，或是郁闷地哭一阵，再不然就躺在软榻上看看小说，翻翻时装杂志。用午饭的时候，莫杰斯特·阿列克谢伊奇吃得很多，边吃边大谈政治，说些有关任命、调动和奖赏的消息，还谈到辛苦工作的必要，说家庭生活不是享乐，而是尽责，说一个个戈比都当心着用，卢布自然会多起来，他说世界上任何东西都没有宗教和道德重要。最后，他握着餐刀，像举着剑似的，说：

"每个人都应当尽到自己的责任！"

安尼娅非常害怕他讲的话，饭愣是吃不下去，常常饿着肚子离开餐桌。午饭后丈夫睡午觉，鼾声很响，她就回到自己的家去看望亲人。父亲和弟弟们瞧了她一阵，那眼神有点儿特别，好像她来之前他们刚刚责备过她，说她是为了金钱才嫁给一个她不爱的，既枯燥又讨厌的人。她那窸窣作响的衣裙，手镯，总之她的一身已婚女人的气派，使他们感到拘束和屈辱。在她面前他们有点儿不知所措，不知道跟她谈些什么好。但他们还像以前一样爱她，吃饭的时候要是她不在还觉得不习惯。她在他们旁边坐下来，跟他们一道喝菜场和粥，吃那种有蜡烛味的羊油煎的土豆。彼得·列翁季伊奇用颤抖的手拿起酒瓶，斟满自己的酒杯，然后带着憎恶的神情匆匆地很过瘾地喝干，接着倒第二杯、第三杯……别佳和安德留沙，两个消瘦、苍白、大眼睛的男孩夺过酒瓶来，着急地说：

"不要喝了，爸爸……够了，爸爸……"

安尼娅也觉得不安起来，央求他别再喝了，他却忽然冒火了，用拳头捶桌子。

"我不准人家管我的事儿！"他大声嚷着，"可恶的坏小子！坏丫头！看我把你们统统都赶出去！"不过他的声音里流露出软弱和善良的口气，所以大家也不怕他。他通常在午饭后常要穿上顶考究的衣服。他脸色苍白，下巴上因刮胡子不小心而留下一个口子，伸着细长的脖子，在镜子前一站就是半个小时。一会儿梳头，一会儿捻捻黑胡子，周身洒上香水，再打个蝴蝶领结，然后戴上手套和高礼帽，这才走出家门到一家教馆去了。或者如果那是节日，他就留在家里，有时画画水彩画，有时弹弹风琴。那台吱吱叫、隆隆响的小风琴，他偏要逼它奏出和谐悦耳的乐声来，还要边弹边唱，要不然就冲着两个孩子嚷叫：

"可恶的东西！饭桶孩子！你们把乐器都弄坏了！"

安尼娅的丈夫常常在黄昏时分跟住在同一幢公寓里的同事们打牌。那些文官的太太们也来了。这些太太是些丑陋的、服装难看的、举止粗鲁、跟厨娘一样粗俗的女人。她们在房间里说东道西搬弄是非，她们的话跟她们本人一样粗俗而无聊。有时莫杰斯特·阿列克谢伊奇也带安尼娅上剧院看戏。幕间休息的时候，他从不肯让她离开他身边半步，他要她挽着自己的胳膊一道在走廊里和休息室里踱来踱去。每逢他对某个人躬身致礼时，随即就悄悄对安尼娅说："五品文官……去拜望过大人……"或者，"这人家道殷实……自家有房子……"当他们经过小卖部的时候，安尼娅很想吃点甜食，她喜欢吃巧克力和苹果馅小蛋糕，可是她没有钱，也不想向丈夫要。他呢？拿起一个梨，用指头捏一捏，犹豫不定地问：

"多少钱？"

"25戈比。"

"好家伙！"他说着又放下了那个梨。不过什么也不买就走开实在很难为情，于是他就要了一瓶汽水，一个人把它全喝光，喝得眼泪涌到他的眼睛里。在这种时候安尼娅真恨他。或者，他忽地涨红了脸，很快地对她说：

"向那位老夫人鞠躬！"

"可是我不认识她。"

"没关系。她是本地税务局局长的太太！你倒是鞠躬呀，我跟你说呐！"他固执地埋怨道，"你的脑袋不会掉下来的。"

安尼娅便依言鞠躬致礼，她的脑袋也确实没有掉下来，可是心里却感到苦不堪言。丈夫要她做什么，她就做什么，她只能暗自生自己的气：她不该像个布娃娃似的由他摆布。她本来只是为了钱才跟他结婚的，不料现在她比结婚前更缺钱。原先父亲还常常给她20戈比，现在呢，她连一个戈比也没有。偷偷拿钱或者向他要钱她都办不到，她怕她丈夫，见着他就发抖。她总觉得她对这个人的恐惧感好像与生俱来。小时候，她总认为中学校长素来是世界上最威严最可怕的力量，这力量像头上的闷雷，像冲过来的火车头要把她轧死似的。另一种威严可怕的力量，就是家里经常提起、大家都对他诚惶诚恐的大人。其次还有十几种小一些的可怕力量，其中包括中学里那些胡子刮得干干净净、严厉、死板的教员。而最后，就是现在的莫杰斯特·阿列克谢伊奇，这个循规蹈矩的人跟中学校长长得很像。

在安尼娅的想象中，所有这一切力量化成一个力量，变成一头可怕的大白熊，正咆哮威胁着朝像她父亲那样一些弱小而有过失的人。她不敢说出顶撞她丈夫的话，每当她受到粗暴的爱抚，被对方的搂抱吓得心慌意乱、受到玷污的时候，她只能强颜欢笑，极力做出快乐的样子。

唯一一次，为了偿还一笔极讨厌的债务，彼得·列翁季伊奇乍起胆子向他借50卢布，可那是多么令人痛苦难堪啊！

"好吧，我给您这笔钱。"莫杰斯特·阿列克谢伊奇想了一想说，"可是我警告您：往后您不戒酒的话，我就不会再帮忙了。身为一个国家公职人员，有这种缺点应该感到难为情的。我得向您提一件大家都知道的事实：有许多有才干的人都被那种嗜好毁掉了，其实只要他们有所克制，这些人就可以升到很高的地位上去。"

随后便是长篇大论："根据……""鉴于刚才所说……""由于上述的种种……"，可怜的彼得·列翁季伊奇觉得十分难堪，反倒更想喝酒了。

有时两个弟弟到安尼娅家里来作客，他们总是穿着破裤子和破靴子，照样得听他的训导。

"每个人都应当尽到各自的责任！"莫杰斯特·阿列克谢伊奇对他们说。

他从来没给他们钱。但他送给安尼娅戒指、手镯和胸针，说是这些东西到了艰难日子自有用处。他经常拿钥匙打开她的抽屉的锁，查看这些东西还在不在。

二

冬天很快就到了。当地报纸还在圣诞节之前，就老早地发布消息：说一年一度的圣诞舞会将于 12 月 29 日在贵族俱乐部举行。每天晚上打完牌以后，莫杰斯特·阿列克谢伊奇总要焦虑不安地跟官太太们交头接耳，还不时心事重重地打量安尼娅一眼，随后长时间地在房间里来来去去地走着，想着什么心事。最后，有一天晚上，夜深了，他在安尼娅面前站定，说：

"你应当去做一件舞衣，听明白了没有？只是你必须先跟玛丽亚·格里戈里耶夫娜和娜塔利娅·库兹米尼什娜商量一下。"

他给了她一百卢布。她收下钱，可是她在定做舞衣的时候并没有找谁商量，只是在父亲面前提了提。她竭力回忆，母亲参加舞会穿什么样的衣服。她去世的母亲素来打扮得顶时髦，而且一向肯为安尼娅花工夫，把她打扮得像一个漂亮的洋娃娃似的，还教会她说法语，跳玛祖卡舞——而且跳得极好（她在结婚前做过五年的家庭教师）。安尼娅跟她母亲一样，会把旧衣裙翻改成新装，用汽油把手套洗干净，租用珠宝首饰，她跟母亲一样，会眯细眼睛，娇滴滴地说话，摆出种种迷人的姿态，遇到必要时可以装得神采飞扬，也可以变得一脸忧伤，叫人琢磨不透。她从父亲那里遗传了黑头发和眼睛、紧张的神经和随时注重打扮得很考究的习惯。

在尚未赴舞会的前半个小时，莫杰斯特·阿列克谢伊奇没穿礼服走进她的房间，想在她的穿衣镜前把勋章挂在脖子上。他一见到她，简直被她的美貌和那身新做的华丽夺目的薄纱舞衣迷的呆住了。他得意地摩挲着自己的络腮胡子，说：

"原来我的太太多漂亮……多漂亮！我的安尼娅！"忽然他换了严肃的口气说："我已经让你享受了荣华富贵，现在你也同样能使我得到幸福。我求你跟大人的夫人拉拢关系！看在上帝的份上！通过她我就可以谋到主任奏事官的职位了！"

他们坐车去参加舞会。贵族俱乐部的大门口站着侍卫。他们走进了前厅，只见衣帽架上挂了很多皮大衣，侍者川流不息，袒胸露背的仕女们用扇子遮在胸口挡风。空气里有煤气灯和军人的气味。安尼娅挽着丈夫的胳臂走上楼去，耳朵里听着音乐，眼睛瞧着大镜子里被辉煌亮光照着的影子，心中不由得涌上来一股快乐，就跟那次在月光下的小站上一样，她又一次感到幸福即将来临。她高傲自信地走着，第一次感到自己已经不是姑娘，而是一位夫人，就不由自主地模仿起已故母亲的步态和风度。这还是她平生第一次觉得自己是个阔绰的、自由的人。就连丈夫在身旁，她也不感到难堪。因为，在她踏进俱乐部门槛的那一刻，她已经本能地意识到，身边的年老丈夫丝毫不会使自己减色，相反，倒给她增添一种引得男人入迷的，搔得人心痒的神秘意味。大厅里乐声悠扬，舞会已经开始。乍从自己家简朴的公寓里出来，一下子置身于这片辉煌的灯火、缤纷的色彩、音乐和喧闹之中，深受感动的安尼娅向大厅里扫了一眼，暗自想道："啊，多么可爱！"她立刻在人群中认出了所有她的熟人，所有那些以前在晚会上或野餐时遇见过的军官、教员、律师、文官、地主、大官、阿尔特诺夫和那些地位高贵的太太小姐们。这些女士一个个都穿着盛装，袒胸露背，有的漂亮，有的长相丑陋。她们在义卖市场的小木屋和售货亭里已经占好位子，为穷人募捐举行义卖。一个佩戴带穗肩章的魁梧的军官（她是在上中学时在老基辅街上跟他相识的，可是现在已想不起他的名字了）好像从地底下钻出来一样，邀请她跳华尔兹舞。她从丈夫身边翩翩飞走，她觉得此刻她像在暴风雨中坐在一条小帆船上随波起伏，而丈夫已远远地留在岸上似的……她热烈奔放、动情地跳着，华尔兹、波尔卡、卡德里尔，一曲接一曲跳下去，一个舞伴刚刚放下她，另一个舞伴就来接替，音乐和喧闹使她头昏脑涨，她娇滴滴地说话，俄语里夹杂着几句法语，不住地笑，脑子里根本没有丈夫，或者别的东西的影子。她赢得了男人的欢心，这是明摆着的，而且实在也不可能不是这样。她兴奋得透不过气来，焦急不安地抓紧扇子，她觉着口渴。她的父亲彼得·列翁季伊奇穿一件皱巴巴的有汽油味的礼服，走到她跟前，递给她一盘红色的冰淇淋。

"今天你真迷人！"他快活地瞧着她说，"我还从来没有像今天这么懊悔过，你不该匆匆忙忙就结了婚……何必结婚呢？我知道，你是为了我的缘故才结婚的，可是……"他用发抖的手掏出一小沓钞票，说："今天我领到家教馆的薪水，我可还清欠你丈夫的那笔钱了。"

她刚把盘子还给他，就立即被人搂住腰，远远地把她带走了。她从舞伴的肩头望过去，看到丈夫在镶木地板上轻快地滑行，搂着一位太太在大厅里回旋。

"他没喝醉的时候多么可爱啊！"她想。

她还是跟原先那个魁伟的军官跳玛祖卡舞。他傲慢地、沉重地踏着舞步，活像一具穿着制服的死尸，他不时耸动肩膀、挺挺胸膛，脚跟很勉强地踩着拍子——好像不想跳舞了。她却在他身边像花蝴蝶一样轻盈地飞来飞去，用她的美貌和裸露的脖颈挑逗他，她的眼睛像火一般燃烧着，她的动作热情，而他却越来越冷淡，像国王恩赐似地向她伸出手去。

"好哇，好哇！"旁观的人群里有人喝彩。

可是，渐渐地连魁伟的军官也抵挡不住了，他活跃起来，激动起来，被她的妖媚迷住，变得无比狂热，现在他的动作变得轻快，充满了活力，而她光是扭动肩膀，调皮地望着他：仿佛她现在是皇后，而他是她的奴隶。这时她感觉到，整个大厅里的人都在看着他们，每个人都兴奋、嫉妒他们。魁伟的军官还没来得及向她道谢，人群突然分开，男人们不知为什么奇怪地挺直腰板，双手贴在裤边上……原来，礼服上佩戴着两枚星章的大人笔直向她走来。是的，大人正是照直冲她而来的，他正直勾勾地盯着她，脸上现出阿谀，同时舔着自己的嘴唇——他看见漂亮女人的时候总是这样舔嘴唇。

"我真高兴，真高兴……"他开口说，"我要下令把您丈夫关起来，因为他把这么一件宝贝一直藏起来瞒住我们。""我受太太之使命前来找您，"他接着说，向她伸出他的手去，"您得帮帮我们的忙……嗯，对了……应当照他们美国人的办法给您一笔美人奖金才对……嗯，是的……美国人……我太太等得您心焦呢。"

他把她领到小木屋里，给她引见一位中年妇人。这位太太的下半截脸大得出奇，看上去好像她的嘴里含着一块大石头似的。

"快来帮帮我们的忙，"她带点鼻音撒娇地说，"所有的漂亮女人都在我们的义卖市场上工作，只有您一个人在玩乐，您应该来帮帮我们的忙呢！"

安尼娅在她走后就接替她的位子守着一把银茶壶和几只杯子。这里的生意马上兴隆起来。喝一杯茶安尼娅至少收一个卢布，她硬逼着那个魁伟的军官喝了三杯。阿尔特诺夫也来了。这个富翁生着一双凸眼，害着哮喘病，身上穿的已不是安尼娅夏天看到的那身古怪衣服，而是跟大家一样的礼服。他眼睛一眨不眨地盯着安尼娅，喝了一杯香槟酒，付了 100 卢布，接着又喝一杯，又给了 100——始终没有开口说话，因为哮喘病犯了……安尼娅招来买主，收他们的钱，此刻她已经坚定地相信，她的笑容和漂亮的媚眼能给这些人带来很大的快乐。她这才明白，她生来就是为了享受这种有音乐、有舞蹈、有崇拜者的热闹、豪华、欢乐的生活。想到长期以来她所害怕的那股威压的力量，看来显得多可笑。现在她谁也不怕了。她只惋惜母亲去世了，否则她此刻会看到她的成功并为之骄傲。

彼得·列翁季伊奇现在脸色苍白，但两条腿勉强还站得稳，他走到小木屋前，要了一杯白兰地喝。安尼娅脸红了，等着他会说出什么不得体的话（她已经为自己有这样一个寒酸而普通的父亲感到难为情），可是他喝完酒，从一沓钞票中抽出 10 卢布，一句话没说就傲慢地走了。过了一会儿她看到他跟舞伴一道跳轮舞，这时他脚步已经站不稳了，不断地嚷着，弄得他的舞伴十分狼狈。安尼娅由此想起，三年前的一次舞会上，他也是这样脚步踉跄、吵吵嚷嚷，结果让警察分局长押着他回家睡觉，第二天校长就威胁要辞退他。这段往事是多么耻辱呀！

售货亭里的茶炊熄灭之后，累极了的女慈善家们把各自的收入都交给了那位嘴里像含着石头的中年妇人。这时阿尔特诺夫伸出胳膊来挽起安尼娅的胳臂把她领到餐厅，那里已经为全体参加义卖的人摆上酒宴。参加晚宴的不超过 20 个人，可是席间却很热闹。大人举杯提议："在这个堂皇的餐厅里，应当为本次义卖的宗旨——为廉价的慈善食堂的成功干杯。"一名陆军准将建议大家为"为那种连大炮也甘拜下风的力量"干杯，于是男士们探过身子纷纷跟女士们碰杯。那顿饭吃得快活极了！

当安尼娅被护送回家时，天已经大亮，厨娘们都上市场了。她高高兴兴、带着醉意、满腔的新感，同时又筋疲力尽，她脱去衣服便往床上一躺，立刻就睡着了……

直到下午一点多钟女仆才来叫醒她，禀报说，阿尔特诺夫先生登门拜访。她很快穿好衣服，来到客厅。大人在阿尔特诺夫刚走不久亲自前来感谢她协助工作。他色迷迷地瞧着她，努动着嘴巴，吻她的手，并且请求她允许他以后再来，然后告辞走了。她仍旧站在客厅中央，又惊又呆，不相信她的生活这么快就发生了如此美妙的变化。正在这时候她的丈夫莫杰斯特·阿列克谢伊奇走进来……他站在她面前，竟也现出一副讨好巴结、卑贱而恭敬的奴才相，这副模样她已经看得习以为常了；他在那些有权有势的大人物面前总是这个样子。她料定自己说什么话他也不敢惹她，于是又是快活、又是气愤、又是轻蔑地咬清每个字的字音说：

"滚出去，你这蠢货！"

舞会之后安尼娅就开始忙活起来，因为她有时参加野餐，有时参加郊游，有时参加演出。她每天都在夜半才回到家里，经常睡在客厅的地板上，事后又动人地告诉大家说，她如何睡在花丛底下。她需要用很多的钱，但她已经不再怕莫杰斯特·阿列克谢伊奇了，她花他的钱就跟花自己的钱一样。她不求他，也不向他张口，只是把账单给他送去，或者写张便条："交来人 200 卢布"或"立刻付 100 卢布"。

莫杰斯特·阿列克谢伊奇在复活节那天受了一枚二级安娜勋章。当他去道谢的时候，大人放下正在看的报纸，在圈椅里移动了一下，以便坐得更舒服一点。

"这么说，您现在有三个安娜了，"他说，一面查看着自己的白手和粉指甲，"一个在扣眼里，两个挂在脖子上。"

莫杰斯特·阿列克谢伊奇小心地举起两个手指，放在嘴唇上，免得笑出声来。他说：

"现在我只巴望着小弗拉季米尔出世了才好。我斗胆请求大人做他的教父。"

他这是暗示四级弗拉季米尔勋章，而且已经暗地里想象着，将来他怎样到处去宣扬他的这句妙语双关的俏皮话。他本想再说些类似的妙语，可是大人又埋头看报去了，只是朝他点一点头……

安尼娅依然坐着三套马车到处奔走，同阿尔特诺夫一块儿出去打猎，演独幕剧，在外面晚餐，回家看望父亲和弟弟的次数越来越少了。他们现在吃饭没有她来做伴了。彼得·列翁季伊奇的酒瘾比以前小多了，钱却没有，那架风琴早已卖掉抵债了。两个男孩子现在不敢放他独自上街，总是跟着他，生怕他跌倒。每逢他们在老基辅街上遇见安尼娅坐在双套马车上兜风，车旁还有一匹拉梢的马，阿尔特诺夫坐在车夫座位上代替车夫时，彼得·列翁季伊奇摘下他的高礼帽，想对她大嚷一声，可是别佳和安德留沙总是一人揪住他一条胳膊，恳求地说：

"别这样，爸爸……别说，爸爸……"

1895 年 10 月 22 日

彩　票

伊凡·德米特里奇是一个中产阶级的男子，每年靠1200卢布养活家人，他十分满意自己的命运。一天晚饭后，他在沙发上坐下来，开始看报。

"今天我忘了看报，"他的妻子边收拾着饭桌说，"你看看，中彩的号码登出来了？"

"哦，登出来了，"伊凡·德米特里奇说，"不过你的彩票没有失效吗？"

"没有，星期二我还去取过利息呢。"

"是几号？"

"第9499组，第26号。"

"好的，太太……让我来查一查……"

伊凡·德米特里奇向来不相信有中彩的运气，换了别的时间无论如何也不会去查看开彩的号码单，但此刻他没事可做，报纸恰好就在眼前，于是他伸出食指，顺着一串号码划下去。像是考验他的信心，就在上面数起的第二行，9499号赫然跳

218

入眼帘！他信不过自己的眼睛，连忙把报纸放在膝头上，也没有再核对一遍，而且，像肚子上被泼了冷水，他感到心里有一股令人愉悦的凉意：痒酥酥，战兢兢，甜蜜蜜！

"玛莎，有9499号！"他用有气无力的声音说。

妻子瞧着他那张吃惊的、吓呆的脸，明白他不是在开玩笑。

"9499？"她脸色发白地问，把折好的桌布又放到桌子上。

"是啊……真有！"

"那么票子的号码呢？"

"哦，对了！还有票号。不过先别急……等着。先不看，怎么样？反正我们的组号总算是对上了！反正，你明白……"

望着妻子的伊凡·德米特里奇，咧开嘴傻笑着，活像一个小孩子看见了什么花花绿绿的东西似的，妻子也是乐开了怀：看到他只读出组号，却不急于弄清票号，她跟他一样愉快。抱着能交上好运的希望，何不趁机承受折磨并刺激一下自己，那是多么甜美而又惊心动魄呀！

"这是我们的组号，"伊凡·德米特里奇沉默良久后才说，"那么，我们有可能中彩了。尽管只是可能！"

"行了，现在看看票号吧！"

"等一等，待会儿有让我们失望的时候！这号从上面数起的第二行，彩金有七万五千卢布。这不是钱，而是权力，是资本！等我一对号，果然有——26！啊！我说，要是我们真的中了彩，那会怎么样呢？"

夫妇二人喜笑颜开，默默地互相注视着。可能交上好运的想法使得他们神志混乱，他们说不出，也想不出，他们俩要这七万五千卢布做什么用，他们要买什么东西，去哪儿旅游。他们只想着两个数目：9499 和七万五千，在各自的想象中描绘它们，幸福的本身虽然是那么可能，他俩一时还想不到。

伊凡·德米特里奇手里拿着报纸，在两个屋角之间走了好几个来回，直到从最初的感受中平静下来，才开始有点幻想起来。

"要是我们中了彩，那会怎么样？"他说，"那就要过新生活啦，这可是时来运转！彩票是你的，不过如果是我的，那么我首先，当然啦，我要花上二万五千买下一份类似庄园的不动产；花一万做眼前的开销：添置新家具……旅游……还债，等等。剩余的四万五千全存进银行吃利息……"

"对了，买座庄园，这倒是个好主意。"妻子说，索性坐下来，把双手放在膝盖上。

"到图拉省或者奥尔洛夫省买座庄园……首先，就不必再置消夏别墅；其次，庄园永远有收益。"

于是他开始展开丰富的想象，那画面一幅比一幅优美，富有诗意。在所有这些画面中，他发现自己都大腹便便，心平气和，身宽体胖，他感到温暖，甚至嫌热了。瞧他，刚喝完一盘冰冷的杂拌浓汤，便挺着肚子躺在小河旁热沙地上，或者花园里的椴树下……天挺热……一双小儿女在他身边爬来爬去，挖着沙土，或者在草地里捉瓢虫。他惬意地打着盹，什么事都不去想，全身心都感觉到今天、明天、后天，他都不必去上班。等休息够了，他就去割割草，或者去林子里采蘑菇，或者去看渔夫们怎样用大渔网捞鱼。等到太阳下山，他就拿着浴巾和肥皂，溜溜达达地走进岸边的更衣房，在那里从容地脱掉衣服，用手掌长时间地揉搓着赤裸的胸膛，然后跳进水里。在水里，在那些肥皂波纹的附近，小鱼游来游去，绿色的水草晃来晃去。洗完澡就喝奶茶，吃奶油鸡蛋甜面包……到晚上，散散步，或者跟邻居们玩玩文特什么的。

"对了，买一座庄园也不错。"妻子说，她也在幻想着，从她的神情看来，她想得都入迷了。

伊凡·德米特里奇又暗自描画出多雨的秋天，那些阴冷的黄昏，以及温暖、晴朗的初秋景色。在那季节，他情愿到花园里、菜园里、河岸边多多散步，以便好好锻炼一下自己，然后喝上一大杯伏特加，吃一个腌松乳菇或者茴香油拌的小黄瓜，然后——再来一杯。孩子们从菜园子里跑来，带来了不少胡萝卜和青萝卜，这些新鲜的东西甚至都带着泥土味……然后，就往长沙发上一躺，消遣地翻阅一本画报，之后把画报往脸上一盖，解开坎肩的扣子，舒舒服服地打起盹来……

晴暖的初秋一过，便是细雨接连不断的天气。白天夜里都下着雨，光秃秃的树木在流泪，秋风潮湿而寒冷。那些狗、马、母鸡，全都淋湿了，没有一点儿精神，缩头缩脑。没地方可以散步了，这种天气不适宜出门，只好在房间里走来走去，不时愁苦地瞧瞧阴暗的窗子，真是凄凉呀！

伊凡·德米特里奇收住脚，望着妻子。

"玛莎，你知道，我该出国旅行才对。"他说，

于是他开始构想：深秋出国，到法国南部……到意大

利……到印度，那该多好啊！

"我也想出国，"妻子说，"可是，你快看看票号吧！"

"别着急！再等一等……"

他在房间里又来回地走着，接着想心事。脑子里突然冒出一个想法：万一妻子当真也要出国，那可怎么办呢？一个人出国旅游那才痛快；再不然找个轻佻的、只顾眼前的、满不在乎的女人结伴同行也还不错；就是千万不能跟那种一路上只惦记孩子、成天唉声叹气、花一个小钱也要心痛发抖的女人一道出门。伊凡·德米特里奇幻想着：妻子带着无数包裹和提篮进了车厢；她动辄就嫌这嫌那，抱怨一路上累得她头痛，抱怨出门一趟花去了那么些钱；每到一个停车站就得跑下去弄开水，买面包、牛油……她舍不得去餐厅用餐，因为她嫌那里东西太贵……

"她看见我花钱，一定会埋怨！"想到这里他看一眼妻子，"唉！彩票是她的，不是我的！可是她何必出国呢？她在那边能开什么眼界？肯定把自己关在旅馆里，也不让我离开她一步……我知道！"

他的脑子还是平生第一次注意到，妻子老了，丑了，浑身上下透着一股子厨房的气味。而他却还年轻、健康，还可以再结一次婚。

"当然，这全是胡想，"他又想道，"不过……她出国去又何必呢？她在那边能长什么见识？她要坚持非去不可……我能想象……其实对她那不勒斯和克林都是一样。她只会妨碍我。我只好受她的控制。我能想象，她一拿到钱，就会像正正经经的女人那样加上六道锁……把钱藏起来不让我知道。她会补贴娘家的亲戚，却一个子儿也不舍得给我。"

伊凡·德米特里奇立即想起她的那些亲戚和姐妹们的面孔。所有这些兄弟姐妹和叔伯姨婶，一听到消息说她中了彩，准会跑上门来，像叫花子那样千方百计地假装巴结他们，那些寒酸的、讨厌的人们！要是给他们钱，他们会争着多要；要是不给，他们就会咒骂、造谣，盼着你遭灾。

伊凡·德米特里奇又想起了自己的亲戚。以前他见到他们并没有什么感觉，现在却觉得他们又讨厌又可恶了。

"都是些孱头！"他想道。

现在他甚至觉得妻子也面目可憎，令人厌恶。他对她窝了一肚子火，于是他恶意地想道：

"她根本不懂得如何管理钱财，所以才那么吝啬。她要是真中了彩，顶多给我100卢布，把剩下的都锁起来，锁好。"

这时他的笑容不见了，而是憎恨地望着妻子。她也抬眼看他，同样也是又气又恨。她有自己的白日梦、计划和想法；她完全明白丈夫的梦是什么。她知道，第一个会来抢她的彩金的人是谁。

"拿别人的钱做自己的梦！"她的眼神分明这样说，"不，你休想瞎搅和！"

她的眼神被丈夫看清了，憎恨在他胸中搅动起来。他要气一气他的妻子，故意跟她作对，很快地翻到报纸的第四版看一眼，得意扬扬地叫道：

"9499组，46号！不是26号！"

希望与憎恨立刻一齐消失，伊凡·德米特里奇和他的妻子马上觉得：他们的住房如此阴暗、窄小、低矮，他们刚吃过的晚饭还没有填饱肚子，腹部却难受极了，而秋夜又长，令人烦闷无聊……

"这究竟是什么道理啊，"伊凡·德米特里奇说，开始挑三拣四起来，一走路，脚底下尽是些纸片，面包渣，瓜果壳。屋子里总是打扫不干净！弄得人一步不想靠近这个家，"气死我了！我得出去，碰到第一棵榆树就上吊。"

1887 年 3 月 9 日

带阁楼的房子

一

这是发生在六七年前的事了，当时我在 T 省某县地主别洛库罗夫的庄园里居住。别洛库罗夫年轻，经常黎明即起，穿一件紧腰细褶长外衣，每天傍晚要喝啤酒，他一直对我抱怨，说他在任何地方也没有得过什么人的同情。他住在花园里的厢房里，我则住在地主老宅的大厅里。这个大厅有许多圆柱，那里除了我睡觉用的一张宽大的长沙发和供我摆纸牌作卦的一张桌子外，再没有任何别的家具。这里的几个旧式的阿莫索夫壁炉里总是嗡嗡作响，任何时候，即使晴和的天气也是这样。遇上大雷雨，则整座房子便震颤起来，似乎会轰的一声土崩瓦解。特别在夜里，当所有十扇大窗霍地被闪电照亮时，那才真是可怕呢。

我这人生性懒散，这一回干脆什么事都不做。我常常一连几个小时，望着窗外的天空、飞鸟和林荫道，阅读从邮局给我寄来的一切邮件，要不就睡大觉。有时我会走出屋子，信步在什么地方徘徊游荡，直到深夜。

有一天，我在回家的路上，不经意地转到一处我没有到过的庄园。这时太阳已经落山，黄昏的阴影在扬花的黑麦地里四处撒开。两排又高又密的老云杉，有如两堵连绵不断的墙，营造出一条幽暗而美丽的林荫路。我不费力地越过一道栅栏，然后顺着这条林荫道走去，地上铺着一俄寸厚的针叶，走起来有点打滑。四周一片宁静幽暗，只有在高高的树梢上，不时有一片明亮的金光闪动，并在一些蜘蛛网上变幻出虹霓般的色彩，针叶的气味浓烈得让人透不过气来。后来我拐上一条长长的椴树林荫道。这里同样苍凉而古老。隔年的陈树叶在脚下发出悲伤的沙沙声，暮色中的树木之间隐藏着无数阴影。右边的一座古老的果园里，黄莺无精打采有气无力地哼哼着，想必它也上了年纪啦。后来，椴树林荫道总算到头了，我在一幢白色的带凉台和阁楼的房子旁边走过，眼前竟意外的现出一座庄园的院落和一个水面宽阔的池塘。池塘四周绿柳成荫，还有一座洗澡棚子。池塘对岸是一个村庄，还有一座高高的窄小的钟楼，映出落日的光辉，好像在燃烧。一时间，一种亲切而又熟悉的感觉让我心旷神怡，仿佛眼前这番景象我早已在儿时见过。

两扇白色的砖砌大门由院落通向田野，这大门古香古色而且结实，两侧有一对石狮子。门边站着两个姑娘。其中一个年长些，身材苗条，脸色苍白，十分漂亮，满头浓密的栗色头发，一张小嘴轮廓分明，神态严峻，对我似乎不屑一顾。另一个还十分年轻，顶多十七八岁，同样苗条而苍白，嘴巴稍大，一双大眼睛吃惊地看着我从一旁走过，说了一句英语，又不好意思起来。我有一种感觉，好像这两张可爱的脸儿也早已熟悉的。我兴致勃勃地回到住处，恍如做了一场好梦。

在这之后不久，有一天中午，我和别洛库罗夫在房子附近散步，忽听得草地上沙沙作响，想不到一辆带弹簧座的四轮马车驶进院子，车上坐着那位年长的姑娘。她是替遭受火灾的乡民募捐来的，随身带着认捐的单子。她眼睛也不看我们，极其严肃而详尽地告诉我们西亚诺沃村有多少家房子被烧毁，有多少男女和小孩无家可归，还讲明了救灾委员会初步打算采取的措施是什么——她现在就是这个委员会的成员。她让我们认捐签字，收好单子后便立即告辞。

"您已经把我们全忘了，彼得·彼得罗维奇，"她对别洛库罗夫说，一边把手递给他，"您来吧，如果某某先生（她说出我的姓）愿意光临舍下，看一看崇拜他天才的人是怎样生活的，那么妈妈和我都会十分荣幸。"

我鞠躬致谢。

她走之后，彼得·彼得罗维奇便开始讲起她家的情况。用他的话说，这个姑娘是尊贵家庭出身，叫莉季娅·沃尔恰尼诺夫娜，她和母亲、妹妹居住的庄园，和池塘对岸的村子同名，都叫舍尔科夫卡。早先她的父亲在莫斯科地位显赫，去世时已是三品文官。虽说家境宽裕，沃尔恰尼诺夫的家人却一直住在乡间，不论夏天还是冬天从不外出。莉季娅在舍尔科夫卡的地方自治局属下的小学任教，月薪25卢布。她自己的花销就只用这笔收入，她为能自食其力而感到骄傲。

"这是一个很有意思的家庭，"别洛库罗夫说，"好吧，我们抽空去看看她们。她们会欢迎您的。"

一个节日的午后，我们想起了沃尔恰尼诺夫一家人，便动身到舍尔科夫卡去看望她们。母亲和两个女儿都在家。母亲叶卡捷琳娜·帕夫洛夫娜当初肯定是个美人儿，不过现在身体虚胖，显得和实际年龄不相称，还得了哮喘病。她面带愁容，心神无法专注，为了引起我的兴趣，尽量谈些有关绘画的话题。她从女儿那里得知，我可能会到舍尔科夫卡来，于是仓促间想起了在莫斯科的展览会上曾见过我的两幅风景画。现在她就问我，我想在这些画里表现些什么。莉季娅，家里人都叫她丽达，大部分时间在跟别洛库罗夫交谈，很少跟我说话。她神态严肃，不苟言笑，一再问他为什么不到地方自治机关任职，为什么他至今为止也没有出席过一次地方自治会的会议。

"这样不好，彼得·彼得罗维奇，"她责备说，"不好。该惭愧啊。"

"说得对，丽达说得对，"母亲赞同道，"这样不好。"

"我们全县都让巴拉金控制了，"丽达转向我接着说，"他本人是县地方自治区执行委员会主席，他把县里的一切职位都分别授给他的侄儿和女婿，他总是一意孤行，为所欲为。应当斗争才是。青年人应当组成强有力的团体，可是您看，我们这儿的青年人是什么样子啊。真该惭愧，彼得·彼得罗维奇！"

大家谈论地方自治局的时候，妹妹任妮娅一直沉默不语。她没有参加过严肃的谈话。家里人还没有把她当作成年人看待，由于她小，大家叫她蜜修斯，因为童年时她称呼她的家庭女教师为蜜斯。她一直好奇地望着我，当我翻看照相册时，她就一一为我解说："这是叔叔……这是教父"，还用纤细的手指点着相片。这时她就像孩子般把肩头靠着我，于是我便在近处看到她那柔弱的尚未发育成熟的胸脯、消瘦的肩膀、发辫和紧束着腰带的苗条的身材。

我们玩槌球，打网球，在花园里散步、喝茶，然后又在晚餐时消磨了很长时间。在住惯了宽大而空落落的圆柱大厅之后，我在这幢不大却很舒适的房子里不知怎的感到很不自在。这里的墙上没有粗劣的石版画，这里对仆人讲话以"您"相称，这里因为有了丽达和蜜修斯所有的一切都显得年轻而纯洁，一切都呈现出高贵的派头。吃晚饭的时候，丽达又跟别洛库罗夫谈起县地方自治局、布拉金和学校图书馆的话题。这是一位富有朝气的、真诚的、有主见的姑娘，听她讲话很有兴味，尽管她说得太多，嗓门也高——这也许是她讲课养成的习惯。可是我的那位彼得·彼得罗维奇，早在上大学时，就有把一切谈话引向争论的习惯，现在讲起话来仍然枯燥无味、有气无力并且冗长，总想炫耀自己是个有头脑的进步人士。他不断比画手势的时候，袖子带翻了一碗调味汁，弄得桌布上一摊油渍，不过除了我，好像没有人看见。

我们动身回去的时候，天色已黑，四下里一片寂静。

"良好的教养不在于你会不会弄翻调味汁、弄脏桌布，而在于别的什么人弄翻调味汁时你只当没看见，"别洛库罗夫说完叹了一口气，"是啊，这是个极优秀的、有教养的家庭。我落在这些高尚的人的后面了，真是落后了很多！这全是因为成天忙忙碌碌！忙忙碌碌！"

他说，如果你想把农庄经营得极好，就必须付出许多辛劳。而我却想：他是一个办事拖拉、非常懒惰的人！每当谈起什么正经事，他就故意拖长声调，哎呀哎的，干起事来，也跟说话一样——慢慢腾腾，总是拖拖拉拉，延误或超过期限。我对他办事的认真精神已经不大信得过，因为我曾托他去邮局发几封信，谁知他竟把信揣在自己的口袋里一连几个星期。

"最难以忍受的是，"他跟我并排走着，嘟哝道，"最难以忍受的是，你在辛辛苦苦地工作，却得不到任何人的同情。一丝一毫的同情都得不到！"

二

从此我开始经常去沃尔恰尼诺夫家。通常我坐在凉台最下一级的台阶上。我心情深为苦闷，对自己不满，惋惜自己的日子匆匆流逝，并且还没有趣味。我总在想，如果能把我变得如此沉重的心，从胸腔里挖出来那该有多好。这时候凉台上有人说话，响起衣裙的窸窣声，翻动书的声。不久我就习惯了丽达的活动：白天她给病人看病，分发各种小册子，经常不戴帽子、打着伞到村子里去，晚上则大声谈论着地方自治局和各个学校的情况。这个苗条而漂亮、神态永远严谨、小嘴轮廓分明的姑娘，只要一谈起正经的话题，总是冷冷地对我说：

"您对这种事是不会感兴趣的。"

在开场时没好感。她之所以不喜欢我，是因为我是风景画家，在我的那些画里没有反映人民的疾苦，而且她觉得，我对她如此热衷的事业无动于衷。我不由得记起一件往事：一次我路过贝加尔湖畔，遇到一个骑在马上、穿一身蓝布裤褂的布里亚特族姑娘。我问她，可否把她的烟袋卖给我。我们说话的时候，她一直用轻蔑的眼光看着我这张欧洲人的脸和我的帽子，顿时不愿和我交谈。她一声叱喝，便策马而去。丽达也是这样蔑视我，似乎把我当成了异族人。当然，她在外表上绝不表露出不喜欢我的样子，但这种不悦的神态我能感觉出来，因此，每当我坐在凉台最下一级的台阶上，总是闷闷不乐，数落道：自己不是医生却给农民看病，和欺骗他们有什么不同，再者说一个拥有两千俄亩土地的人，做个慈善家那还不容易。

她的妹妹蜜修斯，没有任何需要操心的事，跟我一样，十分闲散地过着自己的日子。早上起床后，她立即拿上一本书，坐在凉台上深深的圈椅里读起来，两条腿刚刚能够着地。有时她带着书躲到树林荫路上，或者干脆跑出大门到田野里去。她整天看书，贪婪地阅读着。有时她的眼睛看累了，目光变得越来越疲乏，脸色十分苍白，凭着这些迹象才能猜得出，这种阅读使她多么伤神。每逢我上她家，她一看到我脸上就微微泛起红潮，放下书，两只大眼睛盯着我的脸，兴致勃勃地向我讲起家里出了什么事情，比如说厨房里的烟囱起火了，或是有个雇工在池塘里捉到一条大鱼。平日她一般穿浅色的上衣和深色的裙子。我们一道散步，摘樱桃回去做果酱吃，划船。每当她跳起来摘樱桃或划桨时，从她那宽大的袖口里就露出她细弱的胳膊。有时我写生，她则站在旁边，看得津津有味。

七月底的一个星期日，早上九点多钟我就来到沃尔恰尼诺夫家。我先在花园里散步。和房子保持较远的距离，寻找那年夏天长得很茂盛的白蘑菇，我在一旁插上标记，等着以后同任妮亚一道来采。和风习习，我看到任妮亚和她的母亲身穿浅色的节日盛装，从教堂里回来，任妮亚一手压着帽子，免得被风刮掉。后来我看到她们在凉台上喝茶。

我这个人无牵无挂，而且经常为自己的闲散生活找各种理由，所以夏天我们庄园里的节日早晨总是异常吸引人的。这时郁郁葱葱的花园里空气湿润，露珠晶莹，在晨曦的照耀下，万物都熠熠生辉，整个园子都显得喜气洋洋；房子附近弥漫着木樨花和夹竹桃的香味。年轻人刚从教堂里归来，在花园里喝着茶；这时人人都穿得漂漂亮亮，个个都兴高采烈；这时你才知道，所有这些健康、不愁温饱的、漂亮的人，在这漫长的夏日里可以一整天什么事都不干——每当这种时刻，你就会不由得热切盼望：但愿一辈子都能过上这种生活。此刻我心中想的正是这样的情景，我在花园里走来走去，准备照这样无所事事地、毫无目的地走上一整天，走上一个夏季。

任妮亚提着篮子走来。看她脸上的那副表情，仿佛她早就知道或者预感到可以在花园里找到我似的。我们一块儿采蘑菇，聊天。当她想问我什么时，总要朝前走几步，为的是好看清我的脸。

"昨天我们村里出了一个奇迹，"她说，"瘸腿的佩拉吉娅病了整整一年，无论什么样的医生和药都不管事，可是昨天有个老太婆小声说了一阵话，她病就好了。"

"这算不了什么，"我说，"不应当在病人和老太婆身上寻找奇迹。难道健康不是奇迹？难道生命本身不是奇迹？凡是让人不可理解的东西，都是奇迹。"

"可是，您对那些不可理解的现象，不觉得害怕吗？"

"不怕。对待那些我不理解的现象，我总是精神抖擞地迎上去，不向它们屈服。我比它们高明。人应当意识到，自己比狮子、老虎、猩猩更高明，比自然界的一切生灵和万事万物都要高明，甚至比那些不可理解、被奉为奇迹的各种一般现象还要高明，否则他就不能被称之为人，而是一只见什么都怕的老鼠。"

任妮娅以为，我既然是画家，肯定是见多识广，即使有些事情我不知道，多半也能琢磨出来。她一心想让我把她领进那个永恒而壮美的领域里，走进那个崇高的世界中，照她看来，我在那个世界里就有如鱼儿得水，她可以跟我谈上帝、谈永生、谈奇迹。而我又不容许我和我的思想在我死后将不复存在，便回答说："是的，人是永生不死的，""是的，我们将永生。"她听着，相信了，并不要求什么论证。

我们朝房子走去，她突然站住了，说：

"我们的丽达是杰出的人，难道不是吗？我热烈地爱她，随时愿意为她牺牲我的生命。不过请您告诉我，"任妮娅伸出手指碰碰我的袖子，"请您告诉我为什么您总和她无休止地争论呢？为什么您动不动就生气？"

"因为她的话不正确。"

任妮娅摇摇头不同意，泪水涌上她的眼眶。

"多让人费解！"她说。

这时，丽达刚好从什么地方回来，手里拿一根马鞭站在台阶附近，沐浴在阳光下更显得苗条而漂亮。她正对雇工吩咐些什么。她匆匆忙忙，说话声很高，接待了两三个病人，之后一脸认真、操心的神色在各个房间里走来走去，时而打开这个立柜，时而又打开另一个立柜，最后到阁楼上去了。大家找了她好久，叫她吃午饭。等她来时，我们已经喝完汤了，所有这些细节不知为什么我至今都记忆犹新。那一整天尽管没有发生什么特别的事，可是它活生生的留在我的记忆里，令人欢欣。午饭后，任妮娅埋进深深的圈椅里又看起书来，我又坐到台阶的最下一级。大家都不说话。整个天空乌云密布，开始下起稀疏的细雨。天气闷热，风早就停了，仿佛这个白天永远过不完似的。叶卡捷琳娜·巴夫洛夫娜也到凉台上来了，她一副睡意未消的样子，手里拿着扇子。

"啊，妈妈，"任妮娅说，吻她的手，"白天睡觉有伤你的身体。"

她们彼此热爱。要是她们中一个人去了花园，另一人必定站在凉台上，望着树林呼唤："喂，任妮娅！"或是"妈妈，你在哪儿呢？"她俩经常一起做祈祷，两人的信仰相同，即使不说话，彼此也能心领神会。她俩对人的态度也一样。叶卡捷琳娜·巴夫洛夫娜很快就跟我相处融洽，并且总惦记我，只要我两三天没露面，她就会打发人来探问，我是不是病了。跟蜜

234

修斯一样，她也津津有味地观看我的画稿，絮絮叨叨地、毫无顾忌地告诉我家里发生了什么事，甚至把一些家庭秘密也透露给我听。

她对大女儿极其崇拜。丽达向来不对人撒娇，只说正经的事。她过着自己独特的生活，在母亲和妹妹的心目中，是个神圣而又带几分神秘的人，诚如水兵们心目中的海军上将，总是坐在舰长室里，神圣得叫人难以猜透。

"我们的丽达是个杰出的人，"母亲也常常这样说，"不是吗？"

这时天下着细雨，我们谈到了丽达。

"她是个杰出的人，"母亲说，然后胆战心惊地环顾四周，又压低嗓子，鬼鬼祟祟地补充道，"这种人白天打着灯笼也难找。不过，您知道吗，我现在开始有点不安了。学校啦，药房啦，小册子啦，这一切都很好，可是为什么要走极端呢？要知道她都24岁啦，早该认真想想自己的背后了。老这样为书本和药房的事忙忙碌碌，不知不觉中大好年华就要过去了……她该出嫁了。"

任妮娅看书看得脸色发白，头发蓬乱，这时略抬起头来，望着母亲，仿佛自言自语地说：

"好妈妈，一切都取决于上帝的旨意。"

说完，又埋头看书去了。

别洛库罗夫来了，他穿着紧腰长外衣和绣花衬衫。我们玩槌球，打网球。后来天黑了下来，大家又消磨了很长时间吃晚饭。丽达又讲起学校的情况和那个在全县大权在握的拉巴金。

这天晚上我离开沃尔恰尼诺夫家时，带走了对这漫长而又闲散的一天那美好的印象，同时又悲哀地意识到：这世上的一切事物，不管它多么长久，总会有结束的时候。任妮娅把我们送到大门口，或许正是因为她从早到晚和我一起度过的原因，这时我感到，离开她我似乎有些寂寞，这可爱的一家人对我来说已十分亲切。于是入夏以来我头一次产生了作画的愿望。

"请告诉我，您为什么生活得这么无聊，毫无色彩？"我和别洛库罗夫一道回家时，问他，"我的生活枯燥、沉闷、单调，这是因为我是个画家，我是个怪人，从年轻时候起我在精神上就备受折磨，弄得我神智有点儿不健全：嫉妒别人，对自己不满，对事业缺乏信心，我一直都很贫穷，到处流浪；可是您呢，您是健康正常的人，是地主，是老爷——您为什么日子过得这么没有趣味？为什么您从生活中获取的东西那么少？比如说吧，为什么您至今没有爱上丽达或者任妮娅？"

"您忘了我爱的是另一个女人。"别洛库罗夫回答。

他指的是他的女友，和他同住在厢房里的柳博芙·伊凡诺夫娜。我每天都能见到这位女士在花园里散步。她身体滚圆，十分丰满，妄自尊大，活像一只养肥的母鹅，穿一套俄式衣裙，戴一串珍珠项链，总是举着一把小阳伞。仆人时不时就叫她回去吃饭或喝茶。三年前她租了一间厢房当别墅，从此就在别洛库罗夫家住下，看样子永远都不会走了。她比他大十岁，把他管得很紧，所以即便是暂离家门，他也必须得到她的许可。她经常扯着男人般的嗓子大哭大叫，遇到这种时候，我就打发人去对她说，如果她再不止住哭叫，我就立即迁出这所住宅，她这才止住哭叫。

我们回到家里，别洛库罗夫坐到沙发上，皱起眉头陷入沉思想心事，我则在大厅里走来走去，像个堕入情网的人，体会着内心的激动和欢欣。我不由得很想谈谈沃尔恰尼诺夫一家人。

"丽达只可能爱上地方议员，一个像她一样，热衷于办医院和学校的人，"我说，"啊，为了这样的姑娘，不但可以参加地方自治会的工作，而且可以像童话里说的那样，穿破铁鞋也心甘情愿。还有那个蜜修斯，她是多么令人着迷呀！"

别洛库罗夫开始拉长声音大谈时代病——悲观主义。他说得振振有词，那口气就好像我在跟他辩论似的。如果一个人坐在那里，只顾高谈阔论，而且知道自己什么时候才会走开时，你的心情远比穿过几百俄里荒凉、单调、干枯的草原还要烦闷。

"问题不在于悲观主义还是乐观主义，"我恼怒地说，"问题在于一百个人当中倒有九十九个没头脑！"

别洛库罗夫认为这话是冲他说的，一气之下便走了。

三

"公爵在玛洛焦莫沃村居住，他向你问好，"丽达不知刚从什么地方回来，边摘掉手套，边对母亲说，"他讲了许多有趣的事情……他答应在省地方自治局代表会议上重新提出在玛洛焦莫沃村设立医务所的问题。不过他又说希望很小。"这时她转过身对我说："请原谅，我总是忘记，您对这种事是不感兴趣的。"

我感到心头一股怒火。

"为什么不感兴趣？"我耸耸肩膀反问，"您不愿意了解我的看法，但我敢向您保证，对这个问题我倒是很感兴趣。"

"是吗？"

"是的。我认为，玛洛焦莫沃村设立医务所完全没有必要。"

我的气愤使她受了感染。她看了我一眼，眯起眼睛，问道：

"那么什么东西是必要的？是风景画吗？"

"风景画也不需要。那里什么都不需要。"

她脱掉手套后拿起一份邮差刚送来的报纸。过一会儿，她显然克制住自己的感情，小声地说："上个星期安娜难产死了，要是附近有医务所的话，她就不会死。我认为，风景画家先生们对这类事有明确的见解才好。"

"我对这类事的见解十分明确，请您相信，"我回答说，但她用报纸挡住我的视线，似乎不愿听我说话，"我认为，医务所、学校、图书馆、药房等，在现有的条件下只是为奴役们效劳。人民被一条巨大的锁链捆住了手脚，而您不去砍断这条锁链，反而给它添加许多新的环节——这就是我要对您说得见解。"

她抬头看我一眼，带着讥讽的神情笑了笑。我继续说下去，尽力把握住我的主要思想：

"问题不在于安娜死于难产这件事，而在于所有这些安娜、玛芙拉和佩拉吉娅们从一大早到天黑都在弯着腰干活，因为干着力不能及的劳动，她们老是生病，她们一辈子为挨饿和生病的孩子而有操不完的心，一辈子为死亡和疾病而担惊受怕，一辈子求医看病，未老先衰，面容憔悴，在污秽和臭气中死去。她们的孩子稍稍长大了，又重复他们上辈的这一套。几百年就这样过去了，千千万万的人过着连猪狗都不如的生活——只为了一小块面包，成天担惊受怕。她们处境的整个悲剧，还在于他们没有回忆一下自己的灵魂，顾不上没有时间来想一想自己的形象和面貌。饥饿、寒冷，本能的恐惧，繁重的劳动，就如同雪崩一般堵住了他们通向精神生活的条条路径。而只有精神生活，才是人区别于动物的标志，才是唯一的人生追求。您来到他们中间，用医院和学校帮助他们，但您这样做并不能将他们从镣铐中解救出来，恰恰相反，您使他们受到进一步的奴役，因为您给他们的生活带进了新的偏见，您增加了他们的需求范围，更不用说他们还要为了买斑蝥膏药和书本，向地方自治会付钱，这就是说，他们得更辛苦地干活才成。"

"我不想跟您争论，"丽达放下报纸说，"这一套我早就听过了。我要对您说的只有一句话：不要袖手旁观。确实，我们并不能拯救整个人类，而且说不定在许多方面做错了，但是我们正在做力所能及的事情，所以我们是正确的。一个有文化的人最崇高最神圣的使命是为周围的人们服务，所以我们就试图尽我们的所能这样做。您尽可不喜欢这个，一个人做事本来就无法让每个人都满意。"

"说得对，丽达说得对，"母亲附和道。

有丽达在场她总是胆怯，说话的时候总是不安地察看丽达的脸，生怕说出什么废话或者不得体的话。母亲也从来不反对她的意见，永远随声附和："说得对，丽达说得对。""教农民读书识字，散发充满一文不值的说教和民间俗语的书本，设立医务所，这一切既不能减少愚昧无知，也不能降低死亡率，这正如你们家里的灯光不能照亮窗外的大花园一样。"我说，"您什么东西也没有给他们，您干预他们的生活，其结果只能给他们造出新的需求，并且使他们为此付出更多的劳动。"

"哎呀，我的天哪，毕竟人得干些事情啊！"丽达恼火地说，听她说话的口气可以知道，她认为我的议论微不足道，并且她鄙视这些议论。

"应当把人们从沉重的体力劳动中解放出来，"我说，"应当减轻他们的负担，给他们喘息的时间，使他们不至于守着炉台和洗衣盆，或者在田野里干活来度过一辈子，使他们也有时间来想一想灵魂和上帝，能够更广泛地发挥出自己精神上的才能。任何在精神活动中的使命就是探求真理和生活的意义。一旦您使他们那种简单的无理性的劳动变得不必要，一旦您让他们感到自己是自由的，到那时您将会看到，您的那些书本和药房实际上是多么可笑的东西。既然人意识到自己的真实使命，那么能够满足他们的就只有宗教、科学和艺术，而不是这些小打小闹的东西。"

"从劳动中解放出来！"丽达冷笑道，"难道这是可能的吗？"

"可能的。您可分担一分他们的劳动。假如我们所有的人，全体城乡居民，无一例外地同意分担人类旨在满足全人类物质需要而耗费的劳动，那么分到我们每个人头上的可能一天不超过两三个小时。请您设想一下，如果我们每一个人，全体富人和穷人，一天只干三小时的活儿，那么其余的时间都空闲了。请再设想一下，为了更少一些依靠我们的体力，为了减轻劳动，我们发明各种能代替人劳动的机器，并且尽量把我们的需求减少到最低限度。我们经常锻炼自己，锻炼我们的孩子，让他们不再害怕饥饿和寒冷，到时候我们就不会像安娜、玛芙拉和佩拉吉娅那样，成天为孩子们的健康而没完没了地操心了。您想一想，我们不看病，不经营药房、烟厂和酒厂——最后我们将会剩下多少空闲的时间啊！让我们大家共同把这闲暇的时间献给科学和艺术。正像农民们有时全体出动去修路一样，我们大家也全体出动，来寻找真理和生活的意义，而且——对此我深信不疑——真理一定会很快被揭示出来，人们就可以摆脱这些经常折磨人、使人心情沉重的恐惧感，甚至还可能摆脱死亡本身。"

"但是，您是自相矛盾的，"丽达说，"您口口声声'科学'，'科学'，可您自己又对识字教育表示否定。"

"在人们只能读到酒店的招牌、偶尔看到几本读不懂的书本的情况下，识字教育又能做些什么呢？这样的识字教育早从留里克时代起保持到了今天，果戈理笔下的彼得鲁什卡早就会读书认字了，可是农村在留里克统治时期是什么样子，现在还是什么样子。现在我们需要的不是识字教育，而是能广泛地发挥精神才能的自由，需要的不是小学，而是大学。"

"您连医学也否定？"

"是的。医学只有在把疾病当作自然现象来研究，而不是用来治疗的情况下，才是必需的。如果要医治的话，那也不是治病，而是根治病因，只要消除体力劳动这一主要的病因，那疾病就不会发生。我不承认有什么治病的科学，"我激动地接着说，"一切真正的科学和艺术所追求的不是短暂的局部的目标，而是朝向永恒的共同的目标——它们会不断探求真理和生活的意义，不断探索上帝和灵魂。如果把它们同当前的需要和当务之急的问题拉扯在一起，那么它们只能使生活变得更加复杂、更加不堪重负。我们有许多医生、药剂师、律师，会读书写字的人也很多，可是没有一个生物学家、数学家、哲学家和诗人。所有聪明才智和精神力量，都耗费在满足暂时的、转眼即逝的物质需求上……我们的学者们、作家们和艺术家们在辛勤工作，多亏他们的努力，人们的生活条件的舒适才与日俱增，人们的物质需求也不断增长，与此同时，距离真理却还十分遥远，人依旧和从前一样是最贪婪凶残、最卑鄙龌龊的动物。这一切发展下去就会导致人类的大多数能力退化，并永远丧失所有的生活能力。在这样一些情况下，艺术家的生活就没有意义了。他越是有才能，他充当的角色就越令人奇怪、不可理解，因为实际上他是为凶残卑鄙的动物而工作，是维护现行制度的。所以我现在不想工作，将来也不工作……什么都不需要，让地球滚远点儿——最好是毁灭！"

"蜜修斯，你出去。"丽达对妹妹说，显然认为我的言论对这样年轻的姑娘是有害的。

任妮娅忧伤地看看姐姐和母亲，走了出去。

"当人们想为自己的冷漠辩解时，通常就说这类妙论。"

丽达说，"否定医院和学校，比给人治病和教书容易得多。"

"说得对，丽达说得对。"母亲附和道。

"您扬言今后不再工作，"丽达接下去说，"显而易见您把自己的工作估计得很高。让我们停止争论吧，反正我们永远谈不到一块儿去，因为您刚才那么鄙薄地谈到的图书馆和药房，哪怕最不完善的，我也认为它比世界上所有的风景画都更有价值。"说到这里，她立即对着母亲，换了完全不同的语气说："公爵比上次待在我们家的时候，人瘦了许多，模样大变了。家里人要把他送到维希去。"

她一个劲地对母亲谈起公爵的情况，显然为的是不想跟我说话。她满脸通红，为了掩饰自己激动的心情，她像个近视眼似的，把头低低地凑到桌子跟前，装作看报的样子。有我在场已经使人难堪。于是我便告辞回家。

四

房外一片寂静。池塘对岸的村子已经入睡，看不到一点儿灯光，只有池塘水面上朦朦胧胧地倒映着惨淡的星空。任妮娅一动不动地站在大门前的石狮旁，等着我，想送送我。

"村里人都睡了，"我对她说，尽力想在黑暗中看清她的面孔，结果看到一双忧伤的黑眼睛定定地凝视着我，"连酒店掌柜和盗马贼都安安静静睡着了，我们这些高贵人却在互相怄气，争论不休。"

这一个凄凉的八月之夜，之所以凄凉，是因为已经透出秋天的气息。月亮躲在一片紫云后面慢慢升起，在大路和大路两侧黑沉沉的冬麦地里洒下朦胧的清辉。不时有流星坠落下去。任妮娅和我并排走在大路上，她竭力不看天空，免得看到，不知怎的让她感到害怕。

"我觉得您是对的，"她说，在夜间的潮气中打着冷战，"假定人们能同心协力，献身于精神活动，那么他们很快就会明白一切。"

"当然。我们是万物之灵。假定我们当真能认清人类天才的全部力量，而且只为崇高的目标而生活，那么我们最终会变成和上帝一样了。不过这种事任何时候也不可能有：人类将退化，连天才也不会留下痕迹。"

大门已经看不见，任妮娅收住脚步，急匆匆跟我握手。

"晚安，"她只穿一件衬衫，冷得缩成一团，浑身颤抖地说："明天您再来。"

想到我将变得独自一人，怒气未消，对己对人都不满意，我不禁感到害怕。我也竭力不去看天上的流星了。

"再跟我待一会儿，"我说，"求求您了。"

我爱任妮娅。我爱她大概是因为她总来迎我，送我，因为她总是温柔地带着欢愉的心情望着我。她那苍白的脸，娇嫩的脖颈，纤细的手，她的柔弱、悠闲，她的那些书，是多么美妙而动人！那么，智慧呢？我不认为她智慧超群，但她开阔的视野让我叹服，也许这是因为她的许多思考问题的方法跟严肃、漂亮而不喜欢我的丽达完全不同。我是作为画家赢得任妮娅的欢心的，我的才能征服了她的心。我也一心只想为她作画，在我的幻想中，她是我娇小的皇后，她将同我一起共同拥有这些树林、田野、雾气和朝霞，拥有这美丽迷人的大自然，尽管在这里我迄今为止仍感到极其孤独，像个多余的人。

"再待一会儿，"我央求道，"求求您了。"

我脱下大衣，披到她冰凉的肩上。她怕穿着男人的大衣显得可笑、难看，便笑起来，丢开大衣。趁这时我把她搂在怀里，连连吻她的脸、肩膀和手。

"明天见！"她悄声说，然后小心翼翼地拥抱我，似乎怕打破这夜晚的宁静，"我们彼此都不保守秘密，我要马上把一切都告诉妈妈和姐姐……这是多么可怕！妈妈倒没什么，妈妈也挺喜欢您，可是丽达就不一样了……"

她朝大门跑去。

"再见！"她喊了一声。

接着有两分钟时间我听到她在奔跑。我不想回家去，回那里也无事可做。在静思中我略站了一会儿，然后悄悄地步履沉重地径直往回走，想再看一眼她居住的那幢亲切、朴素、古老的房子，它那阁楼上的两扇窗子，有如眼睛似地望着我，似乎它什么都明白了。我走过凉台，在网球场旁边的长椅上坐下。我处在老榆树的阴影中，从那里瞧着房子。只见蜜修斯住的阁楼的窗子亮着耀眼的灯光，随后漾出柔和的绿光——这是因为她们在灯上加了灯罩。人影摇曳……我的内心充溢着柔情和恬静，我满意自己，满意自己能够有所眷恋，能够产生爱意。同时我又觉得很不愉快，因为想到此刻在离我几步远的这幢房子的某个房间里，住着那个并不爱我、可能还恨我的丽达。我坐在那里，一直等着，说不定任妮娅会走出来，我静心谛听，似乎觉得阁楼里有人在说话。

大约过了一个小时，绿色的灯光熄灭了，人影也见不到了。月亮已经高高地悬在房子上空，照耀着酣睡的花园和条条小路。屋前花坛里的大丽花和玫瑰清晰可见，而且好像都是一种颜色。天气渐渐变得非常寒冷。我走出花园，在路上拾起我的大衣，不慌不忙地步履艰难地回去了。

第二天午后，我又来到沃尔恰尼诺夫家。通往花园的玻璃门敞开着。我在凉台上坐了一会儿，期待着任妮娅会突然出现在花坛后面的平台上，或者从某条林荫道里走出来，或者能听到从房间里传来她的声音。后来我走进客厅和饭厅。那里一个人也没有。我从饭厅里出来，经过一条长长的走廊，来到前厅，接着又往回走。走廊里有好几道门，其中的一道门里传来丽达的声音。

"上帝……送给……乌鸦……"她拖长声音大声念道，大概在给学生听写，"上帝送给乌鸦……一小块奶酪……谁在外面？"她听到我的脚步声，突然喊了一声。

"是我。"

"哦！请原谅，我现在不能出来见您，我正在教达莎功课。"

"叶卡捷琳娜·巴夫洛夫娜在花园里吗？"

"不在，她带着我妹妹今天一早动身去奔萨省我姨妈家了。冬天她们可能要去国外……"她沉吟一下这样补充道。"上帝……送给乌鸦……一小块奶酪……你写完了吗？"

我走进前厅，万念俱灰地站在那里，望着池塘，望着村子，耳边又传来丽达的声音：

"一小块奶酪……上帝给乌鸦送来一小块奶酪……"

于是我顺着我第一次来这里走过的路离开庄园，不过方向相反：先从院子到花园，从一幢房子旁边走过，然后是一条椴树林荫道……这时一个男孩追上我，递给我一张字条。我展开念道：

> 我把一切都讲给姐姐听，她要求我离开您。我不能不服从她而让她伤心。愿上帝赐给您幸福，请原谅我。但愿您能知道我和妈妈是多么伤心落泪就好了。

然后是那条幽暗的云杉林荫道，一道倒塌的栅栏……当初黑麦正扬花，鹌鹑声声啼叫的田野上，此刻只有母牛和绊腿的马儿在慢腾腾游荡。山冈上，东一处西一处露出的冬麦绿得耀眼。我又回到平常那种清醒的该工作的心境，我为自己在沃尔恰尼诺夫家讲的那席话感到羞愧，又跟从前一样过起枯燥乏味的生活。回到住处，我把行李收拾好，当天晚上就动身回彼得堡去了。

此后我再也没有见到沃尔恰尼诺夫一家人。不久前的一天，我去克里米亚，在火车上遇见了别洛库罗夫。他还和从前一样穿着紧腰长外衣和绣花衬衫。当我问到他身体可好，他回答说："托您的福挺好。"我们没完没了兴味很浓地交谈起来。他把原先的田庄卖了，用柳博芙·伊凡诺夫娜的名义买了另一处小

247

一点的田庄。关于沃尔恰尼诺夫一家人的情况，他谈的新闻不多。据他说，丽达依旧和原来一样住在舍尔科夫卡，在小学里教孩子们读书。渐渐地她在周围聚集了一群同情她观点的人，他们已结成一个强而有力的团体，在最近一轮地方自治会的选举中"打垮了"一直把持全县的拉巴金。关于任妮娅，别洛库罗夫只是说，她回老家里住了，不知她如今待在什么地方。

那幢带阁楼的房子我早已开始淡忘，只偶尔在作画或者读书的时候，突然会无缘无故地想起阁楼窗口那片绿色的灯光，记起了我那天夜里走在田野上的脚步声，当时我正沉醉于爱情的欢欣中，不慌不忙地往回走，还冷得直搓手。有时——这种时刻更少——当我孤独难耐、心情忧郁的时候，我也会模模糊糊地回忆起这段往事，而且不知什么缘故，我渐渐地开始觉得，有人也在想念我，等待我，仿佛有朝一日我们还会再相逢的……

蜜修斯，你在哪儿？

1986 年 4 月

名贵的狗

    杜博夫，一个很早当兵、年纪不轻的中尉和志愿入伍的克纳普斯正坐在一起喝酒。

    "好一条公狗！"杜博夫指着他的狗米尔卡对克纳普斯说，"名——贵——的狗哪！您看看它的嘴脸！凭这嘴脸就值大价钱了！如果遇上喜欢狗的人，冲这张脸就肯甩出 200 卢布！您不相信？这么说您是外行……"

    "我懂，不过……"

    "这可是长毛猎狗，英国纯种的长毛猎狗！发现野物时的神态别提多漂亮了，还有那鼻子……真灵！天哪，多灵的鼻子！当初米尔卡还是一条小狗时，您知道买它我花了多少钱？100 卢布！好狗啊！米尔卡，你这机灵鬼！米尔卡，你这小坏包！过来，过来，上这儿来……哎呀呀，我的小宝贝。我的小乖乖……"

    杜博夫把米尔卡叫了过来，亲了一下它的头，泪水涌出了他的眼睛。

"我谁也不给……我的小美人……小淘气。你是爱我的，米尔卡，是不是？……行了，滚一边去，"中尉突然喝道，"你的爪子又弄脏我的军服了！说真的，克纳普斯，买这小狗我花了150卢布！显然它很值钱，可惜我没有时间去打猎！这狗简直闲死了，它的才能也荒废……所以我想把它卖了。您买吧，克纳普斯！您一辈子会感谢我的！哦，如果您手头不宽裕，我可以半价让给您……出50卢布就能带走！您这是白捡的呀！"

"不，亲爱的……"克纳普斯叹了口气，"您那米尔卡要是一条公狗，我也许会买下它，可是……"

"米尔卡不是公狗？"中尉惊诧极了，"克纳普斯，您怎么啦？米尔卡不是公——狗！哈哈！那么照您看它是什么？母狗吗？哈哈哈！这孩子，可真行！连公狗母狗都分不清！"

"您这样说，就好像我是个瞎子或者是个不懂事的孩子……"克纳普斯生气了，"当然是母狗！"

"说不定您还会说我是一位太太吧！唉，克纳普斯，克纳普斯！亏您还读过专科学校呢！错啦，我亲爱的，这是一条地地道道的纯种公狗！而且它比任何一条公狗要强十倍，您却说……不是公狗！哈哈……"

"对不起，米哈伊尔·伊凡诺维奇，您……您简直把我当成傻子了……真叫人生气……"

"算了，不要生气，去您的……不买算了……您这个人真死心眼！待会儿您还会说，这狗的尾巴不是尾巴，是腿呢……不要生气。我本来是一番好意。瓦赫拉梅耶夫，拿白兰地来！"

勤务兵又送来一瓶白兰地。两位朋友各斟一杯，沉思起来。

静无声息地半个小时过去了。

"就算是母狗……"中尉打破沉默，沉着脸瞅着酒瓶，"真是怪事！这样更合算。它能给您下崽，一头小狗崽子就是25卢布……谁都愿意买的。我真不明白您为什么这么喜欢公狗！母狗比公狗强一千倍。母狗更识好歹，更恋主人……这样吧，既然您这么害怕母狗，您给25卢布就带走。"

"不行，亲爱的……我一个戈比也不出。第一，我不需要狗，第二，我也没有钱。"

"这话您早说不就行了。米尔卡，从这儿滚出去！"

勤务兵端上煎鸡蛋。两位朋友吃起来，默默地把一平锅鸡蛋吃光了。

"您是个好小伙子，克纳普斯，诚实……"中尉擦着嘴说，"就这么让您回去我心里也不舒服，见鬼去……想不到吧？把狗带走吧，我白送您了！"

"可是把它放在哪儿呢，亲爱的？"克纳普斯说完叹一口气，"再说我那里没有人能照看它？"

"行了，不要就不要……见您的鬼去！既不想买，也不想要……哎，您去哪儿？再坐一会儿嘛！"

克纳普斯伸个懒腰，站起来，拿起帽子。

"该走了，再见吧……"他打着哈欠说。

"那您等一下，我来送送您。"

杜博夫和克纳普斯穿上大衣，来到街上，默默地走了一百来步。

"您看我把这狗送谁好呢？"中尉开口说，"您有没有什么熟人？那条狗您已经看到了，是条好狗，纯种狗，可是……我一点儿也用不上它！"

"我不知道，亲爱的……另外我在这地方根本没有什么熟人。"

一直走到克纳普斯的住处，两位朋友谁也没有再开口。克纳普斯握了握中尉的手，打开自家的便门，这时候杜博夫咳了一声，有些迟疑地说：

"您知不知道本地的那些屠夫收不收狗呢？"

"应该会收的……我也说不准。"

"明天我就让瓦赫拉梅耶夫送去……去它的！叫人剥了它的皮……这该死的狗！可恶极了！不但弄脏了所有的房间，昨日还偷吃完了厨房的肉，下贱胚子……是纯种狗倒好了，鬼知道它是什么东西，说不定是看家狗和猪的杂种。晚安！"

"再见！"克纳普斯说。

便门关上了，中尉一人留在外面。

1885 年 11 月 19 日

普里希别耶夫中士

"普里希别耶夫中士！您被指控在今年 9 月 3 日出言冒犯并动手殴打了本县警察日金、村长阿利亚波夫、乡村警察叶菲莫夫，见证人伊凡诺夫和加夫里洛夫，以及另外六个农民，而且前三人是在执行公务的时候受到您的侮辱的。你承认自己犯有这些罪吗？"

普里希别耶夫，是一个满脸皱纹的退伍中士，生着一张好像有刺的脸，这时正手贴裤缝立正站着，用沙哑而闷声闷气的嗓音，回答时咬清每一个字，仿佛下命令似的说：

"长官，调解法官先生！当然，根据法律的一切条款，法庭有理由允许双方陈述当时的各种情况。有罪的不是我，而是另外那些人。这件事完全是由一具死尸惹出来的——愿他的灵魂能升入天堂！三号那一天，我跟妻子安菲莎正在心平气和、规规矩矩地走着，一看——河岸上聚了一大堆各式各样的人。我请问：老百姓有什么充分的权利在这地方聚集一起？什么目的？难道法律上写着，老百姓可以成群结伙走动吗？我喊了一声：散开！就动手推开众人，要他们各回各的家去，还吩咐乡村警察揪住他们的脖领，把他们轰走……"

"容我插一句嘴，要知道你根本就不是本县警察，也不是村长，难道你有赶散人群这种事的权利吗？"

"他管不着，管不着！"从审讯室的各个角落里响起人们的齐声喊叫声，"他搅得人没法活了，大人！我们受了他十五年的气了！自从他退伍回家，从那时起，大家恨不得逃出村子去才好。他把大家害苦了！"

"正是这样，大人！"村长作证说，"我们整个村子都在抱怨。说什么也没法跟他在一起生活下去了！我们捧着圣像去教堂也罢，举行婚礼也罢，要不，比方说，出了什么岔子也罢，他处处都管，还大喊大叫，吵吵闹闹，总是要人家守规矩。他拧小伙子的耳朵，暗地里跟踪监视婆娘们，生怕她们出什么事，倒像他是她们的老公公似的……前几天，他挨家挨户下令不许唱歌，不许点灯。他说，根本没见一条法律规定可以唱歌的。"

"请您等一下，回头您还有机会提供证词，"调解法官打断他的话，"现在，让普里希别耶夫继续陈述。接着说吧，普里希别耶夫！"

"遵命，先生。"中士声音沙哑地说，"您，长官，刚才说到，赶散人群不关我的事……好，先生……可要是民众闹事呢？难道可以允许老百姓胡闹吗？哪一部法典里写着，老百姓可以由着性子干，任其胡来的？我绝不容许，先生。要不是我赶散人群，给他们点儿厉害看看，谁又能挺身而出呢？谁也不懂现行的规章秩序，可以这么说，长官，全村只有我一人懂得，

254

怎样对付那些老百姓，而且，长官，我什么都懂。我不是庄稼汉，我是中士军官，是退役的军需中士，在华沙的司令部里当过差，先生。这以后，不瞒您说，我堂堂正正退了伍，当了消防队员，先生。再后来，由于病后体弱离开了消防队，在一个古典男子初级中学当了两年的看门人……所有的规章秩序我都知道，先生。可是庄稼汉是普通人，什么也不懂，就应该听我的，因为我是为他们好。就拿这件事说……我是驱赶了人群，可是岸边沙地上却躺着一具从水里捞起来的死尸。我请问：根据什么理由，尸体可以躺在这个地方？难道这合乎规矩吗？本县警察是干什么的？我就说：为什么你这个县里的警察不把此事报告长官？也许这个淹死的人是投河自尽，但也许这件事里头带点西伯利亚的气味：说不定是一桩刑事凶杀案……可是本县警察日金满不在乎，只顾抽他的烟。还说：'这个人是谁，在这儿指指点点的？他是打哪儿来的？难道离了他我们就不知道怎么办事。'我就说：'既然你只知道站在那儿，满不在乎，可见你这个傻瓜就是什么也不懂。'他说：'昨天我就把这事报告了县警察局长。'我请问：为什么报告县警察局长？这是根据哪部法典的哪一条？碰到这类案子，像有人淹死，有人上吊，或者诸如此类的别的案子，难道归县警察局长管吗？我说，这是刑事案件，民事诉讼……我说，眼下得赶紧派专人呈报侦查官先生和法官先生。我还说，首先你得打个报告，送到调解法官先生那儿去。可是他，这个本县警察，光是听着笑。那些庄稼汉也是这样。大家都笑。长官，我可以对天起誓，我的供词绝对没错。喏，这个人就笑过，那人也笑过，日金也笑了。

我说，你们干吗龇着牙笑，不料县警察开口说，'这类案子调解法官管不着。'我一听这话简直火冒三丈。县警察，你不是说过这话吗？"中士转身问县警察。

"说过。"

"大家都听见了，你当着所有老百姓的面就是这么说的：'这类案子调解法官管不着。'大家都听见了，你说过这种话……我顿时火冒三丈，长官，我甚至吓坏了。我说：'你再说一遍，坏蛋，把你说过的话再说一遍！'他就把那句话又重复了一遍……我跑到他跟前。我责问他：'你怎么能这样说调解法官先生？你是本县警察，居然要反对官府？啊？'我还说，'你知道吗？要是调解法官先生高兴的话，他能凭你这句话把你这个行为不端的人送交省宪兵队！你知道吗？凭你这些有政治色彩的言论，调解法官先生把你发配到什么地方去？'可是村长说话了：'调解法官超出权限的以外的事，只有小案子才归他审讯。'他就是这么说的，大家都听见了……我就说：'你怎么敢蔑视官府？嘿，你可别跟我开玩笑，要不然，老弟，事情可就要不妙！'想当初我在华沙当差或在男子中学当门卫的时候，只要一听到这类不成体统的话，我就朝大街上张望，看有没有宪兵。'老总，'我喊，'你到这儿来！'于是我就把事情原原本本都报告给他。现如今在乡下你跟谁说去？我心里的火就上来了。一想到如今的老百姓又放肆，又犯上，想怎么干就怎么干，不服从命令，我心里就有气，我抡起拳头就给了他一下……当然我没有使劲，真的，就这么轻轻地打了一下，好叫他下次不敢再说长官您的坏话……本县警察这时却出来为村

256

长保驾。于是我连县警察也……就这样一下子就乱打起来……我一时性起，长官，嘿，不过话说回来不这样也不行。你要是见着蠢人不打他，坏的灵魂就背上了。何况这是为了正事……民众闹事……"

"容我插一句嘴！即使民众闹事也自有人管。这方面有本县警察，村长，本村警察就管这种事……"

"县警察不能样样事情都管到，再说县警察又不如我这么明白事理……"

"可是你要明白，这不关你的事！"

"什么，先生？这怎么不关我的事？奇怪，先生……有人胡作非为，却不关我的事！难道还要我去称赞他们？刚才他们向您抱怨，说我禁止唱歌……可是唱歌又有什么好处？他们放着正经事不干，却要唱歌……如今他们还养成风气晚上点着灯闲坐着。应该躺下睡觉才对，他们却闲聊，还嘻嘻哈哈的。这事我都记下来了，先生！"

"你记下什么了？"

"记下哪些人点灯闲坐着。"

说罢，普里希别耶夫从衣袋里摸出一张油污的小纸片，戴上眼镜，念道：

"点着灯闲坐着的农民计有：伊凡·普罗霍罗夫，萨瓦·米基福罗夫，彼得罗夫。大兵的寡妇舒斯特罗娃同谢苗诺夫·基斯洛夫私姘。伊格纳特·斯韦尔乔克行巫术，他的妻子玛芙拉是巫婆，每天夜间都跑出去挤人家的牛奶。"

"够了！"法官说完开始询问证人。

普里希别耶夫把眼镜推到额头上，不胜惊讶地瞧着调解法官，这位法官分明不站在他这一边。他那双瞪大的眼睛发亮，鼻子变得通红。他看了看调解法官，看了看证人，无论如何也弄不明白，为什么从审讯室的各个角落里时而响起一片不满的埋怨声和压抑着的笑声。他更是弄不明白，最后竟是这样的判决：坐一个月的牢。

"什么罪？"他大惑不解地摊开双手问，"根据哪条法律？"

但有一点他是才明白过来的，那就是这世界已经变了，变得简直无论如何也活不下去了。种种阴暗、沮丧的念头困扰着他，然而，当他从审讯室走出去，看到一群乡民聚在一起互相拥挤和谈话的时候，他积习难改，不由得手贴裤缝立正，用沙哑的噪音，生气地嚷道：

"老百姓，散开！不许成群结伙！都给我回家去！"

1885 年 10 月 5 日

258

演说家

　　一个晴朗的早晨，八等文官基里尔·伊凡诺维奇·瓦维洛诺夫下葬。他死于俄国最为盛行的两种疾病：坏老婆和酒精中毒。在送殡队伍离开教堂动身去墓地的时候，死者的同事，一位姓波普拉夫斯基的人，坐上一部马车，去找他的朋友格里戈里·彼得罗维奇·扎波伊金——此人虽然很年轻，却已经有挺大的名气了。这个扎波伊金，诚如许多读者所知道的那样，具有绝世的天才，他擅于在婚礼上，葬礼上，各种各样的周年纪念会上发表演说。他在任何时候都可以开始演讲：半睡不醒时，饿着肚子时，烂醉如泥时，发着高烧时。他的演说，就好似排水管里的水，流畅、冗长、滔滔不绝。在他演说家的字典里，那些热情似火的词汇，比小饭馆里的蟑螂都还要多。他总是讲得娓娓动听，长而又长，甚至有的时候，特别是在商人家的婚礼宴会上，为了制止他不讲，不得不找警察来帮忙。

　　"我呀，朋友，找你来了！"波普拉夫斯基正赶上他在家，就开口说，"你快穿好衣服，跟我走吧。我们的一个同事死了，

259

这会儿正准备送他去另一个世界，所以，朋友，在告别之际总得扯淡一番……全部希望寄托在你身上了。要是死了个小人物，我们也不会来麻烦你，可是要知道这人是秘书……某种意义上说，是办公厅的台柱子。给这么一个大人物下葬，没人致辞总是不妥当的。"

"啊，秘书！"扎波伊金打了个哈欠，"难道是那个酒鬼吗？"

"没错，就是那个酒鬼。这回有煎饼做招待，还有各色冷盘……你还会拿到一笔车马费。走吧，老兄！到了那边的墓地，你就哇啦哇啦地讲他一通，讲得比西塞罗还西塞罗，到时候我们就千恩万谢你啦。"

扎波伊金爽快地答应了。他把头发弄乱，又装出一脸的悲伤，跟波普拉夫斯基一起走到了街上。

"我认得你们那个秘书，"他说着上了马车，"诡计多端，老奸巨猾，但愿他升天，这种人可真少见。"

"得了，格利沙，骂死人可是不对的。"

"那当然。对死者要么三减（缄）其口，要么大唱赞歌。不过他终究是个骗子。"

两位朋友追上了送殡的行列，就跟随在后面。抬灵柩的队伍得很慢，所以在到达墓地之前，他们能够三次拐进小酒馆，为超度亡灵喝点酒。

在墓地上做完安魂祈祷。死者的岳母、妻子和小姨子遵照风俗痛哭一阵。当棺木放进墓穴时，他的妻子甚至哭喊道："让我跟他一块儿去吧！"不过她没有随丈夫跳下去，多半是想起了抚恤金。等一切都安静下来了，扎波伊金就朝前跨出一步，看了一眼所有的人，开口说：

"能相信我们的视觉和听觉吗？这棺木，这些泪痕斑斑的脸，这些呻吟和哀伤，岂不是一场噩梦吗？唉，这不是梦，视觉也没有欺骗我们！眼前躺着的这个人，不久前我们还看到他是如此精神，像个年轻人似的活泼而纯洁，这个人不久前还在我们眼前不知疲倦地工作，像一只蜜蜂，把自己酿的蜜送进国家福利公共的蜂房里，这个人，他……就是这样一个人，现在将变成一堆骸骨，化作物质的幻影。冷酷无情的死神把它那骨节棱棱的手放到他身上的时候，尽管他已渐近老年，但他毕竟还依然充满了青春活力和光辉灿烂的希望。不可弥补的损失啊！现在有谁能为我们代替他呢？好的文官我们这里多的是，然而普罗科菲·奥西佩奇却是独一无二的！他直至灵魂深处都忠于他神圣的职责，他不吝惜自己的精力，往往工作到深夜，他没有私心，不收受贿赂……他嫉恶如仇，那些想方设法损害公共利益妄图收买他的人，那些利用种种诱人的生活福利来拉拢他，让他放弃职守的人，全都遭到他的鄙视！是的，我们还看到了，普罗科菲·奥西佩奇把他微薄的薪水散发给他穷困的同事们，你们也亲耳听到了靠他接济的那些孤儿寡母的痛彻心扉的哭泣。由于他忠于职守，一心行善，他没有享受到生活的种种乐趣，甚至放弃了享受家庭生活的幸福。众所周知，他至死还是个单身汉！现在有谁能为我们取代他这样的同事呢？就在此刻我看到他那张刮得干干净净让人感动的脸，它对我们总是挂着善意的微笑；就是在此刻我也能听到他那温和友爱的声音。愿你的骸骨得到安宁，普罗科菲·奥西佩奇！安息吧，诚实而高尚的工作者！"

扎波伊金接着讲下去，可是听众却开始纷纷议论起来。他的演说也还使人满意，而且博得了一些眼泪，但是其中有许多话令人生疑。首先，大家搞不懂，为什么演说家称死者为普罗科菲·奥西佩奇，死者明明叫基里尔·伊凡诺维奇呀。其次，众所周知，死者生前同他的合法妻子吵了一辈子架，因此他根本算不得单身汉。最后，他明明留着红褐色的大胡子，打生下来就没有刮过脸，所以谁也不明白，为什么演说家说他的脸向来刮得干干净净的。听众们莫名其妙，面面相觑，耸了一下肩膀。

"普罗科菲·奥西佩奇！"演说家眼睛望着墓穴，带着感动的神情继续说道，"虽然你的脸丑陋，甚至招人讨厌，你总是愁眉苦脸，神色严厉，可是我们大家都明白，正是在这样一个有目共睹的外表里，跳动着一颗正直而友爱的心！"

不久，听众们开始发现，就连演说家本人也露出了奇怪的样子，他定睛瞧着某一个地方，不安地移动身子，甚至连自己也耸起肩膀来了。突然间他打住了，吃惊得张大了嘴巴，转身对着波普拉夫斯基说：

"你听我说，他还活着呢！"他惊恐万状地瞧着那边。

"谁还活着？"

"普罗科菲·奥西佩奇呀！瞧他正站在墓碑旁边呢！"

"他本来就没有死呀！死的人名字叫基里尔·伊凡诺维奇！"

"可是你刚才告诉我，你们的秘书死了！"

"基里尔·伊凡诺维奇确实是秘书呀。你这怪人，都叫你搞乱了！普罗科菲·奥西佩奇，没错，他是我们的前任秘书，但是两年前他就调到第二科做主任科员去了。"

"咳，鬼才能搞得清你们的事！"

"你怎么停住了？接着讲下去，不讲可是不妙！"

扎波伊金又转过身对着墓穴，仍旧流畅地继续那中断了的悼词。墓碑旁果真站着普罗科菲·奥西佩奇。一个脸面刮得干干净净的老年文官。他怒气冲冲地瞪着演说家，生气地皱起眉头。

"你说错话了！"行完葬礼之后，一些文官跟扎波伊金一道赶回去时说，"埋葬了一个活人。"

"你这可不好呀，年轻人！"普罗科菲·奥西佩奇嘟囔着，"您的那些话说死人也许合适，可是用来说活人，这简直是讥讽啦，天哪，您刚才都说了些什么话？没有私心呀，不被收买，不受贿赂！这些话用来说活人只能算是侮辱人格，先生！再说谁也没有请您，阁下，来宣扬我的脸面。什么丑陋呀，相当难看呀，就算真的是这样，你为什么当着大家的面丢我的丑？您真是气死人了，先生！"

1886 年 11 月 29 日

坏孩子

伊凡·伊凡内奇·拉普金，一个仪表堂堂的年轻小伙子和安娜·谢苗诺夫娜·扎姆布里茨卡娅，一个翘鼻子的年轻姑娘，一起走下陡峭的河岸，坐在一张长椅子上。长椅摆在水边，藏在密密的柳树丛里。好一处美妙的地方！您在这儿一坐，简直就是与世隔绝了——能看见您的水里的鱼儿，还有那水面上闪电般跑来跑去的水蜘蛛。这两个青年随身带着鱼竿、抄网、装蚯蚓的小罐子以及别的渔具。坐稳后，他们立即开始垂钓。

"我真高兴，我们总算能单独待在一块儿了，"拉普金往四下里看一眼，"我有很多话想要告诉您，安娜·谢苗诺夫娜……很多很多话……就在我头一回看见您的时候……鱼咬您的钩了……我立即就明白：我为什么要活着，我崇拜的偶像在哪儿，我应该为谁用我的诚实、勤劳来供奉他……咬钩的可能是一条大鱼……我一看见您，我才生平第一次生出了爱情！……等一会儿您再拉竿……让它咬死点儿……请告诉我，我亲爱的，我求求您，我是否有指望——啊，我不是指望我们相互爱慕，不

264

是的！——这个我不配，我根本都不敢有这个心——我是说我能不能指望……您快拉上来！"

安娜·谢苗诺夫娜提起握着的钓竿，往上一拉，同时尖叫了一声，一条银绿色的小鱼在空中闪光。

"天哪，好一条妙鱼！嗬，嗬……快！它要挣脱了！"

鲈鱼挣脱钓钩，在草地上蹦跳着，本能地朝它的老家逃去，随后……"扑通"一声，落回到水里！

拉普金急忙去抓鱼，却没有抓到，不知怎么竟无意中抓住了安娜·谢苗诺夫娜的手，而且又无意中把这手送到唇边……对方急忙用力往回一缩，但已经迟了：两人的嘴无意中贴在了一起，接吻了。这事有点阴差阳错。接吻之后接着还是接吻，之后是山盟海誓，倾诉衷肠……好幸福的时光！可是，话又说回来，人世间的生活没有绝对的幸福。幸福本身就包含着什么毒素，或者说在受到外来事物的毒害。这一次也是如此。当两个年轻人热烈拥吻的时候，突然听到了一阵笑声，他们朝河面上望去，两个人都吓呆了：原来那儿站着一个赤身露体的男孩。他叫科利亚，是一个中学生，安娜·谢苗诺夫娜的弟弟。他站在河里，瞧着两个年轻人，怪里怪气地微笑着。

"哎呀呀！……你们在亲嘴呢？"他说，"好啊！我这就去告诉妈妈。"

"我希望，您，像个光明正大的人那样……"拉普金涨红了脸，喃喃地说，"偷看别人的行为是卑鄙的，去告密更是下流，可憎，可恶……我以为，像您这样正大光明，胸襟高尚的人……"

"给我一个卢布，我就不说！"高尚的人回答，"要不然，我就告诉妈妈去。"

拉普金从衣袋里掏出一个卢布，递给科利亚。对方把卢布捏在湿淋淋的手心里，吹了一声口哨，游走了。接下去这一对恋人再也没有心情接吻了。

第二天，拉普金从城里给科利亚带来了一些颜料和一个皮球。姐姐呢，先是把她所有的丸药盒都送给了他，后来又不得不送他几颗刻着小狗脸的纽扣。这个坏孩子，他分明很喜欢这一切，而且为了收到更多的礼物，他开始监视他们。拉普金和安娜走到哪儿，他总跟着，他一刻也不让他们单独待在一起。

"坏蛋！"拉普金咬牙切齿地说，"年纪这么小，就已经坏透了！他以后会成为什么样的人？"

整个六月，科利亚没有让这对可怜的恋人过上一天好日子。他总是扬言要去告密，还不断跟踪他们，讨要各种各样的礼物。他总觉得礼送得太轻，最后竟口口声声要一只怀表了。唉，那有什么办法呢？只好答应送他一块了。

有一回，大家正在吃午饭，当仆人送上维夫饼干时，科利亚突然哈哈大笑起来，挤着一只眼，问拉普金：

"说出来怎么样？啊？"

拉普金立刻满脸通红，把餐巾当成维夫饼干嚼起来。安娜则从桌后一跃而起，跑到另一个房间里去了。

在这种处境下这对年轻人一直熬到八月底，熬到拉普金终于可以向安娜求婚的那一天。啊，这是多么幸福的一天！拉普金同安娜的父母谈了一阵，取得他们的同意后，要做的第一件事就是跑进花园去找科利亚。找到他后，拉普金高兴得差点儿哭出来。他一把揪住那个坏孩子的耳朵。安娜·谢苗诺夫娜也跑来了，她也来找科利亚，她揪住了他的另一只耳朵。现在该轮到科利亚哭着哀求他们：

"亲爱的，大好人，亲人，我再也不敢干啦！哎哟，哎哟，饶了我吧！"

这个时候，这对恋人脸上那副喜悦的表情才真值得一看哩。

后来这对年轻人不得不承认：在他们整个相恋期间，从来没有体验过在他们揪住那坏孩子的耳朵时，所感受到的那种幸福，那种令人心醉的欢乐。

1883 年 7 月 23 日

代　表

　　"嘘！……我们到门房里谈，这里不方便……他会听见的……"

　　他们进了门房。目的是不让看门人马卡尔偷听后去告密，他们赶紧打发他去地方金库。马卡尔拿起收发簿，戴上帽子，但他没有去地方金库，而是在楼梯底下藏起来：他知道他们要造反……头一个发言的是卡沙洛托夫，之后是杰兹杰莫诺夫，之后是兹拉奇科夫……危险的激情一发而不可收，一张张红脸开始抽搐，人们在捶胸顿足……

　　"我们生活在 19 世纪下半叶，而不是鬼才知道的年代，更不是洪荒时代！"卡沙洛托夫说，"这些大腹便便的家伙过去总是为所欲为，现在不能再允许他们这么干了！我们已经受够了！现在已经不是那个时候，他们可以……"以及诸如此类的话。

　　杰兹杰莫诺夫接着也激昂陈述，内容大致相同。兹拉奇科夫甚至破口大骂……人人都在呐喊！不过话又说回来，还是有

268

极度明智的人。这位有识之士做出一脸忧虑，用一块满是鼻涕的手帕擦着脸说：

"哎，真值得这样吗？唉……嗯，好吧，就算这些话都有道理，不过何苦呢？你们用什么尺度衡量人，别人也会用同样的尺度衡量你们。一旦你们当了上司，别人同样会造你们的反！请相信我的话！你们只会害了自己……"

但是大家对他的话根本听不进去，没等他把话说完，就把他挤到房门口。看到理智占不了上风，有识之士也失去了理智，自己也激动起来了。

"到时候了，现在也该让他明白，我们也是人，跟他一样！"杰兹杰莫诺夫说，"我们，我要再说一道，不是奴才，不是贱民！更不是古罗马的角斗士！我们不允许被人嘲弄！他对我们总是你呀你的；给他行礼，他不还礼；向他报告事情，他总要扭过脸去；他还骂人……现在连对听差的都不允许你骂了，何况对我们这些有身份的人？这些话都该对他说！"

"前几天他冲我而来，问我：'你那张嘴脸怎么啦？去找马卡尔，叫他拿墩布给你擦擦干净！'好一个玩笑！还有一回……"

"有一回我和妻子一起走，"兹拉奇科夫抢过来说，"碰巧遇到了他。'哎，你这厚嘴唇'，他说，'怎么老跟妓女鬼混！而且是在大白天！'我告诉他，这是我的妻子，大人……他没有道歉，只是动了一下嘴唇！我妻子受到这种奇耻大辱大哭大闹了三天。她不是妓女，正相反……你们都知道……"

"归根结底，先生们，再不能这样生活下去了！要么我们走，要么他走，要我们和他共事是绝对不可能的！宁愿丢官赋闲，不可人格扫地！现在是 19 世纪了。谁都有自尊心！即便我是小人物，可我毕竟不是抽象的人。我有自己的性格。我不容许这样继续下去！就这么对他说！让我们当中去一个人告诉他：照这样下去是不行的！找一个人代表我们大家！去吧！谁去？就这么照直说！用不着害怕，不会出事的！谁去？呸……见鬼……我嗓子都喊哑了……"

他们开始推选代表。经过长时间的争论争吵，他们一致公认，最聪明，最有口才，最有胆量的应属杰兹杰莫诺夫。他在图书馆里挂了名，写得一手漂亮的字，他还结识了不少有教养的太太小姐们——可见他头脑聪明。他知道该说什么，该怎么说。至于胆量，更不用提。大家都知道，有一次他竟敢要求警察分局长向他赔礼道歉，因为对方在俱乐部里把他当成"仆人"看待。对这一要求，警察分局长还没来得及皱起眉头，有关杰兹杰莫诺夫胆量过人的消息就已经传遍四面八方，而且使人心里舒畅……

"去吧，谢尼亚，别怕！就这么对他说！你什么也得不着，就这么说！你看错人了，大人，就这么说！你胡作非为！你找别人当你的奴才去吧！我们并不比别人笨，大人，我们会把那些自命不凡的家伙撵走！用不着含糊其词！就这么说……走吧，谢尼亚……朋友……只是你要把头发梳一梳……就这么说……"

"我脾气急躁，先生们……恐怕会把话说过了头。还是兹拉奇科夫去较好！"

"不，谢尼亚，你去好……兹拉奇科夫对付绵羊还行，而且还得喝醉了酒之后……他是糊涂虫，而你呢，毕竟……去吧，亲爱的。"

杰兹杰莫诺夫梳好头发，拉平坎肩，握住拳头咳了一声，就走了……大家屏住呼吸。走到办公室之后，杰兹杰莫诺夫站在门口，手哆嗦着摸摸嘴唇：哦，该怎么开头呢？当他看到上司秃顶上那颗熟悉的黑痣时，他感到心头一阵冰凉，心脏像被带子勒紧了……背上掠过一股寒气……其实，这根本不算糟糕，由于不习惯谁都会这样的，就是不该胆怯……鼓起勇气来！

"哎……你来干什么？"

杰兹杰莫诺夫向前迈出一步，动了动舌头，但没能吐出一个字：嘴里像塞着一团乱麻似的。与此同时，这位代表感到，不仅嘴里出了毛病，就连五脏六腑也一样……那股勇气从胸部下到腹部，在那里咕噜噜响了一阵，又顺着大腿下到脚后跟，最后在靴子里卡住了……而靴子又是破的……糟糕！

"哎，你来干什么？你没听见我问你吗？"

"嗯……我，我没什么事……我只是顺便来看看。我，大人，听说……听说……"

杰兹杰莫诺夫想把舌头管住，但舌头不听话，他接着往下说：

"我听说尊夫人中彩得了一辆四轮轿式马车……那彩票，大人……嗯嗯嗯……大人……"

"彩票？好……我这里只剩五张了……五张你全要？"

"不……不……不要，大人……一张……足够了……"

"五张你全要了？我问你呢！"

"好极了，大人。"

"每张本来6卢布……不过你么，只收5卢布……签个字吧……衷心祝你好运……"

"嘻嘻嘻……谢谢……大人……啊哈，见到您非常愉快……"

"你走吧！"

一分钟后，杰兹杰莫诺夫已经站在门房中央了，他脸红得像大虾，含着眼泪向朋友们借了25卢布。

"我给了他，诸位仁兄，25卢布，可那不是我的钱！那是我丈母娘要我付房租的……借给我钱吧，先生们！求求你们啦！"

"你哭什么呀？很快你就可以坐上马车出游了……"

"马车……马车……我要马车干什么？拿它吓唬人吗？我可不是神职人员！再说，如果当真中彩的话，我把马车放哪儿？我能把它塞在哪儿呀？"

他们谈了很久。他们谈的时候，马卡尔（他能读会写）一直在做着笔记。记完之后，便……如此这般……这下话就更长啦，先生们！不管怎么说，由此可以引出教训：千万不要造反！

1883 年 5 月 28 日

卡什坦卡的故事

一　不乖

一条栗色的小狗，在人行道上跑过来跑过去，不安地朝四周张望。它时不时停下来，呜呜哀号着，时而抬起那只冻僵的爪子，时而抬起另一只，心里琢磨着，这是怎么回事儿，它居然迷路了？

这一天是怎么度过的它记得很清楚，到头来怎么会在这条不熟悉的人行道上。

这一天是这样开始的：它的主人细木匠卢卡·亚历山德雷奇，戴上帽子，拿起一件用红头巾包着的细木活往腋下一夹，叫道：

"卡什坦卡，咱们走！"

一听到自己的名字，这条达克斯狗和看家狗的杂种狗就从工作台底下钻出来（它原本躺在那里的刨花上），慢吞吞地伸个懒腰，跟在主人后面跑起来。卢卡·亚历山德雷奇的主顾们住得都很远，所以每次走到一户主顾家之前，细木匠肯定要光顾几次小酒馆，给自己提提精神。卡什坦卡记得一路上它的行为很不体面。因为主人把它带出来溜达，它高兴得蹦蹦跳跳，见着公共马车就汪汪叫着扑过去，几次跑进人家院子里，还追逐别的狗。细木匠常常找不到它，只好站住了，怒气冲冲地叫它的名字。有一回，他甚至现出愤怒的神情，一把揪住它那狐狸一样的耳朵，拧了一阵，一字一顿地说：

"叫瘟疫送了你的命才好！可恶的家伙！"

走完了主顾家，卢卡·亚历山德雷奇顺道去探望他的姐姐，在她家里喝了酒，吃了点东西。从姐姐家出来，他又去看望书籍装订匠，这是他的朋友。从装订匠那儿出来又去小酒馆。从小酒馆出来之后又到他的另一个好朋友家，等等。总之，当卡什坦卡发现自己来到这条不熟悉的人行道时，天已经黑下来了，细木匠已经喝得醉醺醺的。他抡动着胳膊，呼呼地喘着气，吐字不清地说：

"我娘生了我这孽种！唉，造孽呀造孽！这会儿我们走在街上，瞧着街灯，等我们一死——我们就要到地狱去遭火烧。"

要不然他又恢复和蔼的语气，把小狗唤到跟前，对它说：

"你啊，卡什坦卡，在动物里头不过是一条毛毛虫。拿你跟人比，就像拿粗木匠跟细木匠比一样。"

他正在跟狗说话时，忽然传来一片音乐声。卡什坦卡回头一看，街上有一队士兵正朝它这边走来。音乐刺激了它的神经，它受不了，它扭动身子来回乱窜，呜呜哀号起来。让它大吃一惊的是，细木匠不但不害怕，不呼喊，不乱叫，反而咧着嘴笑，挺胸凸肚，把五个指头举到帽檐旁敬礼。看到主人并不反抗，卡什坦卡叫得更厉害，一时间昏头昏脑，竟穿过大街，跑到了对面的人行道上。

等它神志清醒过来时，音乐声已经没有了，那队兵也不见了，它连忙穿过大街，跑到刚才离开主人的地方，可是，糟糕！细木匠已经不在了。它先往前飞跑，又掉头往后跑，又穿过大街，可是细木匠像是钻进地缝里似的……卡什坦卡开始仔细地闻人行道的路面，希望发现主人脚印的气味，可是刚才恰好有个坏蛋穿一双新的胶皮套鞋经过这里，现在所有一切细微气味都跟刺鼻的橡胶臭气混在一起，无论如何也分辨不清了。

卡什坦卡前前后后来回奔跑，没有找到主人，这时天已经完全黑了。街灯在马路两边亮起来，家家户户的窗子里也透出灯光。鹅毛大雪漫天飞舞，马路、马背、车夫的帽子都被染成了白色。天越黑，所有的东西就显得越白。陌生的主顾来来往往川流不息，从卡什坦卡面前走过，挡住了它的视线，有时还用脚踢它（卡什坦卡把全人类分成极不平等的两部分：主人和主顾。他们中间有个主要的区别：主人有权力打它，主顾呢，它有权力咬他们的腿肚子）。那些主顾匆匆忙忙地赶路，根本不理睬它。

等到天色漆黑，卡什坦卡不由得绝望、恐慌起来。它缩在一户人家的门洞里，呜呜地抽泣起来。因为它跟卢卡·亚历山德雷奇奔跑了一整天，此刻它累了，它的耳朵和爪子已经冻僵，还有它已经饿坏了。这一天它才吃过两次东西：一次在装订匠家吃了点浆糊，一次在小酒馆柜台边找到一小块腊肠皮——就这么一点点东西。如果他是人，他一定会这样想：

"天哪，这样怎么活得下去！我非自杀不可啦！"

二　神秘的陌生人

可是小狗却什么也没有想，光是呜呜抽泣。当它的背上和头上落满了轻柔松散的雪花、它由于疲惫不堪正要昏昏入睡时，突然门吱吱嘎嘎响起来，砰一下撞在它的身上。它跳起来。从打开的大门里走进一个属于主顾那一类的人。卡什坦卡尖叫一声，朝他的脚扑去，因此这人注意到它了。他弯下腰来挨近它，问道：

"小狗，你是从哪儿来的？我把你撞痛了吧？好可怜，可怜的小东西……算了吧，别生气，别生气了……是我不好。"

透过挂在眉毛上的雪花，卡什坦卡打量了一下这个陌生人。它看到眼前站着个矮胖的小个子，圆圆的脸上刮得干干净净，戴一顶高礼帽，穿一件没有纽扣的皮大衣。

"你哭什么？"他接着说，伸出一个指头掸掉它背上的雪，"你的主人哪儿去了？我想你可能迷路了吧？唉，可怜的小东西！现在我们该怎么办呢？"

卡什坦卡从陌生人的声音里听出一种温柔热诚的语气，便用舌头舔舔他的手，呜咽得更加伤心了。

"你是一条好狗，可笑的小东西！"陌生人说，"简直像

276

只狐狸！嗯，也没有别的办法，跟我走吧！说不定你将来能派上用场呢……行，走吧！"

他动一下嘴巴，对卡什坦卡做了一个手势，那手势只能有一种意思："跟我来！"卡什坦卡就跟他去了。

半个小时之后，它已经蹲在一个明亮的大房间里。它斜着头，感激地、好奇地望着陌生人；他坐在桌旁正在吃饭。他一边吃，一边扔些东西给它……起初他给它一点面包，一块发绿的干酪皮，后来给一小块肉，半个馅饼，几根鸡骨头。它太饿了，所有这些东西很快就被吞下去，来不及辨别滋味，而且它吃得越多，饥饿的感觉就越厉害。

"可见你的主人对你不是很好！"陌生人说，看着它嚼都不嚼狼吞虎咽地吞下这些东西，"你长得多瘦啊！只剩下一层皮了……"

卡什坦卡吃了很多，但还是没有吃饱，不过已经吃得心满意足。饭后，它伸展四肢舒舒服服地躺在房间中央，感到全身一股愉快的倦意，便摇起尾巴来。趁新主人伸开手脚懒洋洋地躺在圈椅里时，它摇着尾巴在考虑一个问题：是陌生人这里好呢，还是细木匠家里好？陌生人房里的摆设又寒酸又难看，除了几把圈椅、一张沙发、一盏灯和地毯外，再没有什么了，所以房间里显得空荡荡的。细木匠家里呢，几个房间都堆满了东西。他有桌子，工作台，刨花堆，刨子，凿子，锯子，装在鸟笼里的黄雀，还有很大的洗衣盆……陌生人这里没一点儿气味，可是细木匠家里总是烟雾腾腾，有胶水味，油漆味，刨花味，好闻极了。不过陌生人这里有个很大的优点——他给了它许许多多吃的东西，而且，也该为他说句公道话才对，这阵子卡什但卡躺在桌旁，讨好地望着他，他一次也没有打过它，没有用脚踢它，一次也没有叫骂："滚开，该死的畜生！"

新主人抽完一支雪茄烟后，就走了出去，没多久又回来了，手里拿着一个小小的垫子。

"喂，小狗，上这儿来！"他说，把小垫子放在沙发旁的墙角里，"你就躺在这上面，睡吧！"

接着他熄灭了灯，走了出去。卡什坦卡心满意足地在垫子上躺下来，闭上了眼睛。狗叫声从街上传来，它有心回应几声，可是忽然间，它出乎意料地伤心起来。它想起了卢卡·亚历山德雷奇，想起他的儿子费久什卡，想起了工作台底下自己那舒适的小窝……它想起漫长的冬夜，细木匠刨木头，或大声读报，费久什卡常常跟它一块儿玩的情景……他抓住它的后腿把它从工作台下拖出来，变换方式捉弄它，常常弄得它眼前金星乱迸，浑身骨头酸痛。他逼它用后腿走路，拿它当铃铛玩，也就是拉住它的尾巴使劲地抡它，痛得它大声尖叫，咆哮起来。有时，还老拿鼻烟让它闻……有一种玩法特别让它难受：费久什卡在绳子上吊一块肉，让卡什坦卡吃，等它吞进肚里，他就哈哈大笑，把那块肉从它胃里拖出来。这些回想越是清晰，卡什坦卡就越是悲哀，呜咽声也变得越悲惨。

但没多久疲劳和温暖压制了忧伤……它渐渐睡着了。在它的想象中有许多狗在它面前跑来跑去，其中有一条鬈毛老狗从它身边跑过去。这条狗是它今天在街上看到的，眼睛上有一块白斑，鼻子两边生着一绺软毛。费久什卡手里拿着凿子，跑着

278

追那条鬈毛狗，后来忽然间他自己也全身长出鬈毛来，快活地汪汪吠叫，在卡什坦卡身边站住了。卡什坦卡和他友好地闻了一阵对方的鼻子，顺着大街一块儿快活地奔跑……

三 投缘的新朋友

等卡什坦卡一觉醒来，已经是早上了，从街上传来只有白天才有的喧闹声。房间里没有人。卡什坦卡伸个懒腰，打个哈欠，心里很不舒服，于是它不安地在房间里走来走去。它闻遍了所有的角落和家具，朝外间看了一眼，没有发现任何有趣的东西。除了通向外间的门以外，这房间还有另一道门。卡什坦卡伸出前爪，在门上抓挠一阵，门打开了，它就走进隔壁房间。这儿的床上躺着一个主顾，身上盖着毛毯。它认出这就是昨天那个陌生人。

"呜呜……"它开始生气了，可是想起昨天那顿晚饭，就摇起尾巴，到处闻起来。

它闻了一阵陌生人的衣服和靴子，觉得那上面有一股马的气味。睡房里还有一扇紧关着的门不知通向什么地方。卡什坦卡又用爪子去抓挠这扇门，还用胸膛抵住它，门又开了，它立即感到一股奇怪的很可疑的气味。卡什坦卡预料到就要有不愉快的遭遇，便发出呜呜的声音，小心观察，进了这个糊着肮脏壁纸的小房间，可是，刚走进去就吓得倒退回来。它看到一幅出乎意料的可怕情景。一头灰鹅把脖子和头贴向地面，张开翅膀，嘎嘎叫着，直奔它而来。在它旁边不远的地方，一只白猫躺在小垫子上。猫一看到小狗，就立即跳起来，拱起背，竖起尾巴，蓬起毛，也恶狠狠地冲着它叫起来。狗着实吓坏了，可又不愿意露出胆怯的样子，便大声吠叫，朝猫扑过去……猫把背拱得更高，喵呜叫着，伸出爪子给了卡什坦卡当头一下。卡什坦卡慌忙往后一闪，四条腿趴在地上，朝猫伸出鼻子去，发出响亮的尖叫声。这时鹅从它后面包抄过来，用嘴使劲啄它的背。卡什坦卡跳起来，转身朝鹅扑去……

"这是怎么回事？"传来生气的洪亮的声音，陌生人穿着睡袍嘴里叼着雪茄走进房间来，"这是什么意思？都回原位！"

他走到猫那儿，轻轻拍一拍它拱起的背，说：

"费奥多尔·季莫费伊奇，这是什么意思？打架了吧？哼，你这个老滑头！给我躺下！"

他又转身对鹅喝道：

"伊凡·伊凡内奇，回你的老地方去！"

老猫听话地躺到它的小垫子上，闭上了眼睛。从它的嘴脸和触须的神态看来，它自己也不满意刚才大发脾气，打起架来。卡什坦卡委屈地呜咽起来，鹅则伸长脖子，嘎嘎地急速地说些什么，说得热烈而明确，但小狗完全听不懂。

"行了，行了！"主人打着哈欠说，"你们要和睦友好地相处。"他抚摩着卡什坦卡接着说，"你呢，小红狗，不用害怕……它们是好伙伴，不会欺负你的。别忙，我们该管你叫什么呢？没有名字可不行，朋友。"

陌生人想了一会儿，说：

"这样吧……你就叫——姑姑……你听明白了没有？
姑姑！"

他重复了几遍"姑姑"，便走了出去。卡什坦卡坐下来，
开始监视它们。老猫一动不动地躺在垫子上，装出睡着的样子。
鹅伸长脖子，在原地踏步，仍旧在急促而兴奋的讲着什么。显然，
这是一只非常聪明的鹅。每一次激昂的长篇大论之后，它总要
吃惊地后退一步，做出一副对自己的演说十分欣赏的气派……
卡什坦卡听完它的演说，就"汪汪"地应和几声，之后开始闻
遍各个墙角。在一个角落里它发现一个小木盆，它看到里面有
泡过的豌豆和泡软的面包皮。它尝尝豌豆，它们并不好吃；又
尝尝面包皮，就吃起来。鹅看到一条陌生的狗在吃它的口粮，
一点儿也不生气，反倒更兴奋地述说起来，而且为了表明自己
的信任，还亲自走到小盆旁，吃下几颗豌豆。

四　架上的奇怪玩意儿

过了一会儿，那个陌生人又走进来，随身带来一件古怪的
东西，像一扇门，又像字母 n。在这个做工粗糙的木架的横梁
上吊着一个铃铛，还拴着一把手枪。铃铛的摆锤和手枪的扳机
上垂下两根细绳。陌生人把木架放在房间中央，费了很长时间，
把一样东西系好又解开，然后看着鹅说：

"伊凡·伊凡内奇，请！"

鹅走到他跟前站定，做出等候的姿势。

“好，”陌生人说，“咱们从头开始。先鞠个躬，行屈膝礼！好好表演！”

伊凡·伊凡内奇伸长脖子，向四方连连点头，两个脚掌往后撑一撑。

“行，好样的……现在你死去吧！”

鹅仰面朝天躺下，两条腿直直地竖在空中。他们又做了几个这类的小把戏，陌生人忽然抱住头，做出一副惊恐的样子，喊叫道：

“救命啊！着火啦！我们要烧死了！”

伊凡·伊凡内奇跑到横梁下，用嘴叼住绳子，弄得铃铛当当当响起来。

陌生人非常满意。他抚摩着鹅脖子说。

“棒极啦，伊凡·伊凡内奇！现在假设你是珠宝商人，卖金银首饰和钻石。现在再假设你回到你的店铺，发现你的店铺里面有贼。遇到这种情况，你该怎么办？”

鹅用长嘴叼住另一根绳子，拽一下，立即响起一声震耳欲聋的枪声。卡什坦卡听见铃声就高兴得不得了，听到枪声更加兴奋，它就绕着木架奔跑，一边汪汪地叫。

“姑姑，回原位！”陌生人对它喝道，“不许出声！”

伊凡·伊凡内奇的任务，并没有随着那一声枪声而结束。随后，陌生人用套马索套住鹅脖子，整整一个小时，赶着它兜圈子，把马鞭抽得啪啪响。这时候鹅就一路跳过横栏，钻过圆环，像马那样举起前蹄，也就是一屁股坐在地上，挥动两个鹅掌。卡什坦卡目不转睛地看着伊凡·伊凡内奇，高兴得在地上打着滚儿，有几次索性一边大声吠叫一边跟着它跑。陌生人把鹅和自己都弄累了，他擦着头上的汗，叫道：

"玛丽亚，去把哈夫罗尼娅·伊凡诺夫娜带到这儿来！"

不一会儿，就传来咕噜咕噜的声音……卡什坦卡发出怒叫，做出一副很勇敢的样子，不过为了安全起见，它还是走到陌生人近旁。门开了，有个老太婆探进头来，说了一句什么，放进一头极难看的黑猪。它毫不理睬卡什坦卡的呜呜吠叫，昂起猪嘴，快活地发出咕噜咕噜的声音。显然它看到自己的主人、猫和伊凡·伊凡内奇感到很开心。它走过猫的身旁时，用猪嘴轻轻拱拱它的肚子，然后又跟鹅攀谈几句。它的动作、声调和抖动的小尾巴，都流露出很多善意。卡什坦卡立即明白：对这样一个东西发凶和吠叫是用不着的。

主人把木架拿走，叫道：

"费奥多尔·季莫费伊奇，请！"

猫站起来，懒洋洋地伸了个懒腰，很不开心地走到猪跟前，像是给主人赏脸似的。"好，现在我们从埃及金字塔做起。"主人说。

他花了很长时间作说明，然后下命令：一……二……三！一听到"三"，伊凡·伊凡内奇就扇动翅膀，跳到猪背上……等它扭动脖子、拍打翅膀稳住了自己的身子，在生着硬毛的猪背上站定了，费奥多尔·季莫费伊奇便露出一脸瞧不起的神情，就好像觉得自己的本领一钱不值似的，有气无力地、懒洋洋地先爬到猪背上，再满心不情愿地爬到鹅身上，举起前爪直立起来。这就是陌生人所说的"埃及金字塔"。卡什坦卡兴奋得汪汪尖叫，可是这时老猫打了个哈欠一下子没有站稳，从鹅身上摔了下来。伊凡·伊凡内奇身子一晃，也掉了下来。陌生人大声喊叫，挥舞胳膊，又作了一番说明。为这金字塔忙乎了整整一个钟头，随后，不知疲倦的主人又着手教鹅骑到猫背上，教猫抽烟，等等，等等。训练总算结束了，陌生人擦去额上的汗，走出房间。老猫费奥多尔·季莫费伊奇表示厌恶地嗤一下鼻子，躺到小垫子上，闭上了眼睛。伊凡·伊凡内奇走到盆子跟前，老太婆把猪带走了。多亏有了这种种新鲜印象，卡什坦卡的头一天不知不觉就过去了。傍晚，它同它的小垫子已经被安顿在糊壁纸的小房间里，它得跟老猫和鹅一起睡觉了。

五　天才！天才！

过了一个月。

卡什坦卡对于每天晚上吃一顿美餐已经感到很习惯了，也不管主人叫它姑姑。它跟陌生人和新伙伴也慢慢地熟悉了。生活过得倒也舒服而安闲。

每天都是一个样子。通常总是伊凡·伊凡内奇醒得最早，它马上走到姑姑或者猫跟前，弯下脖子，兴奋地委婉地说道起来，但小狗跟以前一样一句也听不明白。有时鹅高高地昂起头，发表长篇独白。在它们相识的开始几天，卡什坦卡以为它很聪明，所以才说那么多的话，可是没过多久，就对它失去了一切尊敬。当它唠唠叨叨走到身边的时候，小狗不再摇动尾巴，而把它看成一个讨厌的、不让大家睡觉的话匣子，所以毫不客气地用"呜呜呜"来回敬它……

费奥多尔·季莫费伊奇却是一位不大相同的绅士。它醒过来后一声不吭，一动也不动，连眼睛都不睁开。它希望不醒过来才好，因为看得出来，它是不怎么热爱生活。它对什么事都不感兴趣，对一切都冷淡，马马虎虎。它蔑视一切，哪怕吃可口的饭食时也厌恶地直喷鼻子。

卡什坦卡醒来后，就在各个房间里跑来跑去，闻遍所有的屋角。只有它和猫才有特权在整套住宅里走动：鹅却没有权利跨出那个糊着肮脏壁纸的房间的门槛，至于哈夫罗尼娅·伊凡诺夫娜，它住在后院的小板棚内，除非上课的时候它才露面。主人向来很晚醒来，喝过茶后立即动手教它们要把戏。每天都把木架、鞭子和圆环搬进小房间，每天所要做的都是差不多。一堂课总要拖上三四个小时，因此有的时候费奥多尔·季莫费伊奇累得东倒西歪，像喝醉了酒，伊凡·伊凡内奇张大嘴巴，不住地倒气，主人则满脸通红，头上的汗怎么也擦不干。

白天因为上课吃饭过得很有意思，可是晚上却没劲。一到晚上，主人经常外出，而且把鹅和猫也一起带走了。剩下姑姑孤零零躺在垫子上，开始觉得悲哀……愁闷不知不觉中袭来，渐渐占满它的心头，就像把黑暗抓进一个房间并且占满这房间一样。这一来，小狗先是没有心思吠叫，吃东西，在屋里跑来跑去，甚至不想张开眼看一看东西。后来在它的想象中出现两个模糊不清的又像狗又像人的身影，那模样亲切可爱，却又叫人无法理解。他们一出现，姑姑就摇尾巴，好像以前在什么地方见过他们，爱过他们……等它昏昏入睡的时候，它总是觉得这些东西身上有胶水、刨花和油漆的气味。

卡什坦卡完全适应了新的生活，从一条瘦骨嶙峋的看家狗变成了一条肥壮的、毛色发亮的很好的狗。有一天在训练前，主人抚摩着它说：

"现在，姑姑，我们该学点儿正事了。你也闲荡得够久了。我想让你当演员……你愿意做演员吗？"

于是他开始教它各种技能。第一课它学会了用后腿站立和行走，这件事恰好是它很喜欢做的。第二课，它得用后腿跳跃，叼住教练放在它头顶上空的糖块。随后的几堂课它学会了跳舞，套着绳子跑圆圈，随着音乐汪汪叫，拉铃和放枪。一个月以后，它完全可以顶替老猫费奥多尔·季莫费伊奇搭金字塔了。它学得很热心，对自己的成绩也很满意。脖子上套着绳子、伸出舌头跑圆圈，钻圆环，骑在老猫背上，这些都使它感到极大的快乐。每一种把戏玩成功后，它总要响亮而快活地汪汪叫几声，教练也表示惊叹，高兴得搓起手来。

"天才！天才！"他说，"简直是天才！你肯定会成功的！"

姑姑已经听惯了"天才"这两个字，所以每当主人说起这两个字时，它总要跳起来，东张西望，仿佛这就是它的名字似的。

六　不安宁的一夜

姑姑做了一个狗的梦，梦见看门人举起扫帚追它。它心惊肉跳地醒过来。

房间里很静，很黑，而且十分沉闷。还有跳蚤在叮它。姑姑以前从来没怕过黑暗，可是现在不知什么缘故却感到可怕，真想汪汪叫几声。隔壁房里主人在大声叹气，又过了一会儿，小板棚里的猪开始咕噜咕噜叫，随后一切都归于寂静。平常，一想到吃食，它心里就会轻松些，于是姑姑开始回想，今天它偷了老猫费奥多尔·季莫费伊奇的一个鸡爪子，把它藏进客厅里立柜后面的墙缝里，那里有许多蜘蛛网和灰尘，不妨现在去瞧瞧：看看那东西还在不在那儿？说不定主人已经找到鸡爪子，把它吃了。可是天不亮是不准离开房间的——这是规矩。姑姑闭上眼睛，想快点入睡，因为它凭经验知道，你睡得越快，早晨来得也越快。突然，离它不远的地方发出一声古怪的叫声，它不由得一阵哆嗦，用四条腿跳了起来。这是伊凡·伊凡内奇在叫唤，它的叫声不像平常那样热烈而恳切，却有点儿怪异，刺耳，不自然，很像开门时的吱嘎声。姑姑在黑屋子里什么也看不清，弄不明白出了什么岔子，姑姑越发感到可怕，便发怒地小声咆哮起来：

"呜呜呜……"

过了一段时间，大概是平常吃完一根好骨头的工夫，叫声并没再传来。姑姑渐渐安下心来，开始打盹。它梦见两条大黑狗，在它们的大腿上和腰旁还留着一缕缕去年的毛。它们围着一个大木盆狼吞虎咽地吃着泔水，泔水还冒着热腾腾的蒸汽，和逗人嘴馋的香气。它们时不时回过头来看看姑姑，龇出牙齿，呜呜咆哮："我们不给你吃！"可是从屋里跑出一个穿皮袄的

287

男人，拿鞭子把它们赶走了。这时姑姑就走近木盆吃起泔水来，可是那人刚进大门，两条黑狗就吼叫着朝它扑来，突然又响起一声刺耳的尖叫。

"嘎！嘎嘎！"伊凡·伊凡内奇叫道。

姑姑惊醒了，跳起来，没离开它的垫子，发出声声哀嚎。它已经觉得，尖叫的仿佛不是伊凡·伊凡内奇，而是另一个不相干的东西。不知什么道理小板棚里的猪又咕噜咕噜叫起来。

这时传来便鞋的沙沙声，主人穿着睡袍走了进来，手里拿着蜡烛。闪烁不定的烛光在肮脏的壁纸和天花板上跳动，赶走了黑暗。姑姑看到屋里并没有不相干的东西。伊凡·伊凡内奇卧在地板上，没有睡觉。它的翅膀难看地支开着，嘴大张着，总之看它那副模样像是累极了，困极了。老猫费奥多尔·季莫费伊奇也没有睡着。它一定也被尖叫声弄醒了。

"伊凡·伊凡内奇，你怎么啦？"主人问鹅，"你叫什么？你是不是生病了？"

鹅闷声不响。主人摸摸它的脖子，抚摩它的背，说：

"你是个奇怪的家伙！自己不睡也不让人家睡。"

主人走出去，随身带走了亮光，屋子里又漆黑一片。姑姑胆战心惊。鹅倒不叫了，但小狗还是觉得黑暗里站着一个不相干的东西。顶可怕的是它无法去咬那东西一口，因为谁也看不见他，他是无形的。不知什么道理它预感到这一夜一定要出一件很糟的事。老猫费奥多尔·季莫费伊奇也很不安。姑姑能听到，它在垫子上不住地挪动身子，打哈欠，晃动脑袋。大街上不知哪儿传来敲门声，小板棚里的猪又在叫唤。姑姑呜呜地吠叫起来，伸出前爪，把头架在前爪上。那敲门声，那无端醒来的猪的咕噜声，那黑暗，那寂静，都让它感到如同伊凡·伊凡内奇的叫声一样，含着凄凉和可怕的意味。周围的一切都惊慌而不安，那是为什么？这看不见的无形物到底是什么东西？这时，两点模糊的绿光在姑姑附近亮了亮。这是相识以来老猫费奥多尔·季莫费伊奇第一次走到它的身边。它要做什么呢？姑姑舔一下猫的爪子，没问它来做什么，用几种声调轻轻吠叫起来。

"嘎！"伊凡·伊凡内奇又叫道，"嘎嘎嘎！"

门又开了，主人拿着蜡烛走进来。鹅还是原先的姿势，劈叉开翅膀，张着大嘴。它的眼睛闭上了。

"伊凡·伊凡内奇！这是怎么啦？你要死了，是吗？哎呀，我现在想起来了，想起来了！"他喊着抱住了自己的头，"我知道是怎么回事了！这是因为今天那匹马踩了你一脚是不是？天哪，我的天哪！"

姑姑不明白他的主人在说些什么，但看他的脸色可以知道，他也经历着一种可怕的感觉。它向黑暗的窗子伸出脑袋，它好像觉得有个东西正贴着窗子往里张望，便哀声吠叫起来。

"它要死了，姑姑！"主人说着，伤心得轻轻搓着自己的手，"是啊，是啊，它要死了！死神已经来到你们的房间里了。我们该怎么办呢？"

脸色苍白、焦急不安的主人叹着气，摇着头，走回自己的睡房，姑姑不敢留在黑屋子里，就跟着主人回到他的寝室。主人在床上坐下，反复说：

"我的天，这可怎么办呀？"

姑姑在他的脚边走来走去，不明白自己为什么这样难过，也不明白大家为什么都这样不安，它竭力想探个明白，就注意主人的每个动作。平常很少离开垫子的老猫赞奥多尔·季莫费伊奇，这回也跟着主人进了睡房，在主人的腿旁蹭来蹭去。猫不住地晃着脑袋，就好像想把里面的沉重思想都甩出去似的，一边还怀疑地看看床底下。

主人拿着一个小碟子，往里面倒了一点脸盆里的水，又走到鹅身边。

"喝吧，伊凡·伊凡内奇！"他温柔地说，把碟子放到它面前，"喝点水吧，宝贝儿。"

可是伊凡·伊凡内奇一动不动，也不睁开眼睛。主人把它的头按到碟子上，把它的嘴塞进水里，但鹅不喝水，翅膀却劈开得更大，而脑袋就这样躺在碟子上了。

"不行了，现在已经无法可救了！"主人叹了一口气，"一切全完了。伊凡·伊凡内奇死了！"

他的脸上流下两行闪亮的水珠，就像下雨时窗子上常有的雨滴一样。不明白这是怎么回事儿，姑姑和老猫费奥多尔·季莫费伊奇直往主人脚边靠，胆战心惊地望着鹅。

"可怜的伊凡·伊凡内奇！"主人伤心地叹着气说，"我一直盼望着到了春天把你带到别墅去，跟你一块儿在绿草地上散步。可爱的东西，我的好伙伴，你却离去了！没有你，我现在该怎么办呢？"

姑姑似乎觉得，有一天自己也会发生这种事，也就是，它也会像鹅那样，无缘无故就闭上了眼睛，叉开四条腿，露出牙齿，叫人看着它也心里害怕。显然，这样的念头也在老猫费奥多尔·季莫费伊奇的脑子里掠过。此刻老猫脸色阴沉愁闷，这在从前是没有过的。

天色渐渐亮起来，那个把姑姑吓坏了的看不见的东西已经不在房间里了。等到天完全亮了，看门人走进来，提着鹅腿，不知把它带到什么地方去了。随后老太婆来了，拿走了那个食盆。

姑姑跑到客厅，瞧瞧柜子后面：那只鸡爪子没有被主人吃掉，它还放在满是尘土和蜘蛛网的老地方。可是姑姑只感到凄凉、悲伤，恨不得哭一场才好。它甚至闻也不闻一下鸡爪子，就钻到沙发底下，蹲在那里，哀怨地小声哭叫起来：

"呜……呜……呜……"

七　不顺利的出台表演

这是一个晴朗的晚上，主人走进糊着肮脏壁纸的房间，搓一搓手说：

"好吧……"

他原本还想说点儿什么，可没说出来就走了出去。姑姑在上课的时候对主人的面容和声调仔细地研究过，这时猜出他很激动，担忧，好像还有点儿生气。不一会儿他又回来了，说：

"今天我要带姑姑和费奥多尔·季莫费伊奇一块儿去。搭金字塔的时候，你呢，姑姑，要代替去世的伊凡·伊凡内奇。

鬼知道演出的结果会怎么样！样样都没有准备，一切都没有练熟，也很少排演！我们要出丑了，我们要倒霉了！"

说完他又走出去，过了一会儿穿着皮大衣，戴着高礼帽回来了。他走到猫跟前，抓住它的前腿，提起来，把它藏在胸前的皮大衣里。这时费奥多尔·季莫费伊奇显得满不在乎，甚至连眼睛也没睁一睁。看来对它来说，躺着也好，被人提起腿来也好，卧在小垫子上也好，被塞进主人的皮大衣也好，绝对是无所谓的……

"姑姑，跟我走。"主人说。

姑姑什么也不明白，摇着尾巴跟他去了。不一会儿，它已经上了雪橇，蹲在主人脚旁，主人被寒冷和不安弄得缩成一团，只听他激动地唠叨着：

"我们要出丑了！我们要丢脸了！"

在一座古怪的大房子前雪橇停了下来，那房子像个倒扣的汤盒。宽大的入口有三扇玻璃门被十几盏明晃晃的灯照得雪亮。玻璃门发出撞击声，不断地打开，像三张大嘴，把挤在入口处的人们吞进去。除了许多人以外，不时有马车停到大门外，不过却不见有狗。

主人抓起姑姑的前爪，把它也塞进怀里，跟老猫待在一起。皮大衣里又黑又闷，但很暖和。这时忽地闪出两个暗淡的绿点——那是老猫受到小狗冰冷的硬爪子的搅扰而睁开了眼睛。姑姑舔舔它的耳朵，它想让自己待得舒服一点，便不安地扭动身子，收腿时冰冷的爪子踩着了老猫。无意中它还把头探出大衣外面，随即生气地吠叫起来，赶紧又缩了回来。它好像看到

292

了一个灯光不亮的大房间，里面满是稀奇古怪的东西。房间两侧的隔板和栅栏后面，探出许多可怕的嘴脸：有的是马脸，有的头上生着一对犄角，有的耳朵很长，有个肥头大脸上该长鼻子的地方却长着一条尾巴，嘴里伸出两根长长的、被啃光了肉的长骨头。

　　老猫在姑姑的爪子底下声音嘶哑地喵呜一声，好在大衣这时敞开了，主人说了一声"下去！"费奥多尔·季莫费伊奇和姑姑就都跳到地板上。现在他们待在一间四面灰色的木板小屋里。这里除了一张不大的、带镜子的桌子、一个凳子和挂在墙角的几件旧衣服外，再没有什么家具了。屋里没有灯和蜡烛，只有固定在墙上的小管子里发出扇面形的亮光。费奥多尔·季莫费伊奇舔着被姑姑弄乱的皮毛，走到凳子底下，躺下了。主人依旧紧张不定，不断搓手，开始脱衣服……他像平常在家里准备躺进毛毯时那样脱光了衣服，也就是脱得只剩下贴身的衣裤。随后在凳子上坐下来，照着镜子，在自己身上玩出顶出奇的花样儿来。他先往头上套个假发，这假发中间分开，两边的头发竖起来，像两个犄角。然后他往脸上涂一层厚厚的白东西，在白脸上再画眉毛、胡子和红脸蛋。到这儿他的花样还没有完。他把脸和脖子弄脏了以后，开始给自己穿上一件古怪的极不像样的衣服——这种衣服不论在别人家里或者大街上，姑姑都从来没有见过。您想想看：这是一条十分肥大、用大花布缝成的裤子（这种大花布在小市民家里通常只用来做窗帘和沙发套子），而且裤腰一直束到胳肢窝下面，一条裤腿是褐色的，另一条裤腿是鲜黄色的，那条裤子差不多把他周身都装在里面了，主人套进这条裤子之后，又穿上一件花布短上衣，镶着扇形的大领口，后背有一颗金星。最后他穿上五颜六色的袜子和一双绿皮鞋……

姑姑眼花缭乱，心里也是乱成一团的。在这个肥大笨拙的白脸人身上虽说有主人的气味，他的声音虽说也是熟悉的主人的声音，但有好几回，姑姑还是满腹狐疑，这时它真想从这个花花绿绿的人身边逃跑，或者汪汪叫几声才好。新的地方，扇面形的灯光，气味，主人的变样——所有这些都使它生出一种莫名的恐慌，而且预感到一定会遇到可怕的事，就像遇到肥头大脸上不长鼻子却长尾巴的怪物一样。还有，隔着墙板外面很远的地方正在演奏可恨的音乐，有时还能听到叫人摸不着头脑的吼叫声。只有一件事能让它安下心来，那就是费奥多尔·季莫费伊奇稳如泰山。它一直静静地在凳子底下打盹，连凳子让人搬走时它都没有睁开眼睛。

有个身穿黑礼服、白坎肩的人探进头来说：

"现在阿拉贝雷小姐上场了。她下场之后就该您出场。"

主人没答话。他从桌子底下拖出一只不大的箱子，又坐下，等着。从他的嘴唇和手看得出来，他很激动，姑姑能听出就连他的呼吸都在颤抖。

"乔治先生，请上场吧！"有人在门外喊道。

主人站起来，在胸前一连画了三次十字，然后从凳子底下抱起猫来，把它塞进箱子里。

"过来，姑姑！"他柔声说。

姑姑什么也不明白，走到主人手边，他吻一吻它的头，把它也放到猫旁边。随后便是黑暗……姑姑踩着了猫，用爪子抓搔箱子四壁，心里害怕得出不了声。箱子摇摇晃晃，像在波浪上颠簸，不住地抖动……

"瞧，我又来了！"主人大声喊道，"瞧，我又来了！"

姑姑感觉到，主人喊完之后，箱子撞在硬邦邦的东西上，不再晃动。听得见打雷般沉闷的吼叫声：好像有许多人在拍手，还有大概就是肥头大脸上不长鼻子却长尾巴的怪物，大吼大叫，哈哈大笑，震得箱子上的锁都晃动起来。主人发出一阵尖利刺耳的笑声来回答这片吼叫，他在家里可从来没有这样笑过。

"哈哈！"他嚷道，竭力想压住这片吼叫，"最可敬的观众朋友们！我刚从火车站来！我的祖母呜呼哀哉啦，给我留下一笔遗产！箱子里的东西真重——那一定是金子喽……哈哈！我马上要成百万富翁啦！现在让我们打开箱子，瞧一瞧……"

箱子上的锁喀嚓一响。明亮的灯光直刺姑姑的眼睛，它立即从箱子里跳出来，又被吼叫声震聋了耳朵，便飞快地绕着主人拼命奔跑起来，还发出一连串清脆的吠叫声。

"哈哈！"主人喊道，"亲爱的费奥多尔·季莫费伊奇！亲爱的姑姑！我可爱的好亲戚们，你们怎么来的，真是见鬼！"

他趴到地上，抓住猫和姑姑，跟它们拥抱一下。姑姑趁主人紧紧搂抱它的时候，顺便扫了一眼命运把它送来的这个天地，它没有料到这地方那么宏大漂亮，它由于惊奇和愉快，一时竟呆住了。后来它挣脱主人的怀抱，为了表示它感情的浓烈，它像个陀螺似的团团转起来。新的天地太大了，充满了亮晃晃的光，不论往哪儿瞧，四面八方从地面到天花板，到处都是人的脸，脸，脸，再没有别的什么。

"姑姑，我求您坐下！"主人喊道。

姑姑明白这是什么意思，这才跳到椅子上蹲下。它望着主人。主人的眼睛像平时一样，看上去严肃而且温和，但他的脸，特别是嘴和牙齿，因为要做出保持不变的笑容而变得十分难看。他还哈哈大笑，蹦蹦跳跳，扭动肩膀，在成千上万的观众面前做出很高兴的样子。姑姑相信他真的很快活，突然间，它全身都感觉到，成千上万的脸都在瞧自己，它便昂起自己狐狸样的嘴脸，高兴得汪汪叫起来。

"您呢，姑姑，请坐一会儿，"主人对它说，"我先跟叔叔跳一曲喀马林舞。"

费奥多尔·季莫费伊奇等着主人逼它做蠢事，蹲在那里，冷淡地左顾右盼。它跳舞的时候无精打采，心不在焉，阴阳怪气，看它头的动作、尾巴和触须就可以知道，它深深地瞧不起这些观众，瞧不起明亮的灯光，瞧不起主人和它自己……它做完人家指定它做的工作，就打个哈欠，卧下了。

"现在，姑姑，"主人说，"我先跟您唱支歌，然后再跳舞，好不好？"

他从衣袋里掏出一根小木笛，吹奏起来。姑姑因为受不了音乐，开始不安地在椅子上扭动起来，还汪汪地叫。四面八方响起一阵欢呼声和掌声。主人一鞠躬，等大家安静下来，又继续吹奏……在他刚刚吹到一个高音时，楼座上的观众席中有人大声惊叫道：

"什么姑姑！"有个孩子的声音喊道，"这不是卡什坦卡吗！"

"是卡什坦卡！"有个带着醉意、声音嘶哑的男高音证实说，"真是卡什坦卡！费久什卡，没错，要是我说假话叫上帝惩罚我！喂，卡什坦卡！到这儿来！"

最高楼座上有人打了一声呼哨，一个童音和一个男高音同时大声呼喊：

"卡什坦卡！卡什坦卡！"

姑姑猛地一惊，朝发出喊声的地方望去。那里有两张脸：一张脸毛茸茸，醉醺醺，龇着牙笑着，另一张胖嘟嘟，红通通，一副吃惊的样子。两张脸直冲它的眼帘，就像刚才明晃晃的灯光直刺它的眼睛一样……它想起来，就从椅子一跤跌下来，摔在地上，翻了个身跳起来，带出快活的尖叫声冲向这两张脸。这时又响起了震耳的吼声，夹杂着一声声呼哨和一个孩子的尖细的呼叫声：

"卡什坦卡！卡什坦卡！"

姑姑跳过横栏，然后蹿过一个人的肩膀，落进一个包厢里。想要跑到另一层楼座，需要越过一堵高墙才成。姑姑纵身一跳，但没有跳过去，顺着那道墙跌落下来。后来它被人从这只手传到那只手，舔着一些人的手和脸，升得越来越高，终于到了最高楼座。半小时以后，卡什坦卡已经来到大街上，跟着两个有胶水和油漆味的人奔跑。卢卡·亚历山德雷奇身子跟跟跄跄，凭经验本能地尽量离水沟远一些。

"我娘生下我这个孽种……"他嘟哝道，"你呢，卡什坦卡，缺心眼儿的东西。拿你跟人比，就像拿粗木匠跟细木匠比一样。"

在他身旁，费久什卡戴着父亲的便帽大步跟在后面。卡什坦卡瞧着两人的后背，它觉得自己仿佛随着他们已经跑了好几十年似的，暗自庆幸它的生命总算一刻也没有中断过。

它又回想起了那个糊着肮脏壁纸的房间，想起了鹅和费奥多尔·季莫费伊奇，可口的饭食，上课，马戏院……可是现在，这一切在它看来，就像一场漫长而杂乱的噩梦而已……

1887 年 12 月 25 日

农　民

一

　　尼古拉·奇基利杰耶夫，莫斯科一家旅馆"斯拉夫商场"的一个茶房，害病了。他的腿发麻，走路不稳，结果有一天，他在过道里绊了一个筋斗，连同托盘上的火腿烧豌豆一块摔倒了。他只好辞去他的工作。他把自己和妻子的所有积蓄都花在请医生和买药品上，已经没有办法生活了，再说没有事做实在无聊，于是他决定回到乡下老家去。在家里不只养病便当得多，生活费用也会省不少。俗话说："在外千日，不如在家一天。"这话实在有道理。

　　将近黄昏，他回到了故乡茹科沃村。在他小时候那里是那么明亮、舒适、幽静，可是现在，当他跨进木头的小屋时，简直吓了一跳：这里又黑又挤又脏。他的妻子奥莉加和女儿萨莎望着又大又脏的炉子发着呆：炉子大得差不多占去半间屋，被煤烟和苍蝇弄得一片漆黑。有多少苍蝇啊！炉子已经歪了，墙上的原木也倾斜了，看样子小木屋就要塌下来了。在前面墙角放圣像的地方，旁边贴满了瓶子上的商标和剪下来的零零碎碎的报纸——这些代替画片。穷，穷啊！大人一个也不在家，都收割庄稼去了。炉台上坐着一个大约八岁的小姑娘，淡黄色的头发，没有梳洗，显露出冷冷淡淡的神情。她甚至没有抬起眼来瞧进来的人。炉台下一只白猫正在炉叉上蹭痒痒。

"猫咪，猫咪！"萨莎逗着它叫道，"猫咪！"

"我家的猫听不见，"小姑娘说，"它聋了。"

"为什么？"

"哦。被打的。"

尼古拉和奥莉加一眼就瞧出这里的生活是什么样子，但谁也没有说话。他们一声不响地放下行李，又一声不响地走到街上。他们的房子从村头数是第三家，看样子是最穷困、最破旧的一家了。第二家也好不了多少，可是尽头的一家却有铁皮屋顶，窗子上挂着窗帘。这所孤零零的房子没有围墙，那是一家小饭馆。所有的小屋排成一行。整个小村安静而幽雅，各家院子里的柳树、接骨木和花椒树的枝头都探出墙来，一片招人喜欢的样子。

在农家的宅旁背后，一道陡峭的土坡通向河边，坡上这儿那儿的黏土里露出一块块大圆石头。小路在这些石头和陶工挖出的土坑之间，蜿蜒出去。成堆的陶器碎片，有褐色的，有红色的，到处都是。山坡下面是一片广阔而严整的绿油油的草场。草场已经割过，此刻只有农家的牲畜在溜达。那条河离村有一俄里远，河水在绿树成荫的美丽的河岸间奔流盘旋。河那边又是一个宽阔的草场，草场上有牲畜，成排成排的白鹅。过了草场，跟河的这边一样，一道陡坡爬到山上。山顶上有个村子和一座五个拱顶的教堂，再远一点是一个庄园。

"这儿挺好！"奥莉加说，对着教堂在胸前画着十字，"多么豁亮啊，主啊！"

正在这时，响起了教堂的钟声，召唤人们去做晚祷（这是礼拜天的黄昏）。坡下有两个小姑娘正抬着一桶水，她们回过头去望着教堂，听钟的鸣声。

"这会儿'斯拉夫商场'正好开晚饭……"尼古拉出神地说。

尼古拉和奥莉加坐在陡坡边上，观赏日落景象，那金黄的、紫红的晚霞映在河里，映在教堂的窗子上，映在四野的空气中。空气柔和、沉静，说不出的纯净，莫斯科是从来没有这种空气的。太阳落山了，一群群牲口哞哞地、哗哗地叫着回村来，鹅群也从对岸飞过河来。随后一片沉静，柔和的亮光从空气里消散，昏暗的暮色很快就降下来。

这时候，尼古拉的父母亲，两个憔悴的、驼背的、脱了牙的老人，身材差不多一般高，已经回来了。两个女人，儿媳妇玛丽亚和菲奥克拉，白天在对岸地主庄园做帮工，这时也回家来了。玛丽亚是哥哥基里亚克的妻子，有六个孩子。菲奥克拉是弟弟杰尼斯的妻子，有两个孩子，现在杰尼斯从军去了。尼古拉走进木房，看见了全家人，所有这些大大小小的身子在高板床上、在摇篮里、在所有的屋角里蠕动，看到老父亲和女人们把黑面包醮着水，狼吞虎咽地吃着，他马上就觉得，他，一个有病的人，一个钱也没有，还拖着一家子人，回到老家来是错了——错了！

"哥哥基里亚克在哪儿？"他们互相招呼后他问道。

"他在一个商人的树林做看守，"父亲回答，"他待在那边树林子里。他是个不错的庄稼人，就是太喜欢喝酒。"

"他不是那种能挣回钱来的人！"老太婆抱怨说，"我们家的汉子都命苦，从不拿东西回家，反倒从家里大把大把地往外拿。基里亚克酗酒那是不用说的，老头子呢，用不着隐瞒，也认得上小酒馆的路啊。惹得圣母娘娘生咱们的气啦。"

由于来了客人才烧起了茶炊。茶水里有一股鱼腥味。糖是黑色的而且已经给咬过了，蟑螂在面包和碗碟上爬来爬去。这种茶真叫人恶心，谈话也令人不痛快——不谈别的，不是穷就是病。可是大家还没喝完一杯茶，忽然从院子里传来响亮的、拖长的、醉醺醺地喊叫声。

"玛——玛丽——亚！"

"看样子好像基里亚克回来了，"老头子说，"真是一说谁，谁就来了。"

大家不作声了。不一会儿，喊声又响起来，粗声粗气，拖得很长，像从地底下发出来的：

"玛——玛丽——亚！"

大儿媳玛丽亚，脸色煞白，直往炉子后边靠。这个宽肩膀、壮实、难看的女人脸上会出现这么害怕的神情，让人看了有点儿奇怪。她的女儿，那个坐在炉台上的小姑娘，一直神情淡漠，忽然大声哭起来。

"你哭什么，讨厌鬼？"菲奥克拉呵斥她，她是个漂亮女人，身子也壮实，肩膀很宽，"他又不会把你打死，不用怕！"

从老人口里尼古拉得知，玛丽亚不敢跟基里亚克一块儿住在林子里，因为每当他喝醉了酒，就回来找她闹事，毫不留情地毒打她一顿。

"玛——玛丽——亚！"喊声到了房门口。

"看在基督分上，救救我，好人，"玛丽亚结结巴巴地说。喘着粗气，仿佛浸在冰水里似的，"救救我，好人……"

小屋里所有的孩子都哭起来，萨莎被她的榜样们招惹得也跟着哭起来。先是一声醉醺醺的咳嗽，随后一个身材高大的黑胡子农民，他戴一顶冬天的帽子走进来，所以在昏暗的灯光下看不清他的脸——可是样子显得很吓人。这个人正是基里亚克。他走到妻子跟前，抡起胳膊，一拳头打在她的脸上。她没出一点声音，被打昏过去，一下子瘫倒在地上，鼻子里立刻流出血来。

"真不害臊，不害臊。"老头子嘟嘟哝哝趴到了炉台上，"而且是当着客人的面！造孽呀！"老太婆一声不响地坐着，弓腰驼背，在想心事。菲奥克拉摇着摇篮……显然基里亚克觉得自己造出了恐怖气氛，心里很得意，便一把抓住玛丽亚的胳膊，把她拖到门口去，为了显得更可怕些，就像野兽似的吼叫着。可是这时他忽然看到有客人在，就停住了。

"啊，他们已经回来……"他说，放开了妻子，"我的亲兄弟带着家眷……"

他对着圣像祈祷了一阵，身子摇摇晃晃，使劲睁大那充血的醉眼，接着说：

"我的亲兄弟带着家眷回老家了……我的意思，是从莫斯科来的。我的意思是说，莫斯科是古时候定为国都的城市，是万城之母……原谅我……"

他在茶炊旁的长凳上坐下开始喝茶。大家谁都没有说话，只有他就着小茶盅大声地喝着。他喝了十几杯，随后倒在长凳上，立即打起鼾来。

大家分头上床去睡觉。尼古拉因为有病，就跟父亲一起躺在炉台上。萨莎睡在地板上，奥莉加跟别的女人去板棚里睡。

"唉，算了，亲人儿，"她挨着玛丽亚在干草上躺下来说，"眼泪也解除不了痛苦！只好这样。圣书上说：'谁要是打你的右脸，就把左脸也送上去。'唉，算了，亲人儿！"

后来她压低声音讲起莫斯科，讲起自己的生活，讲她怎样在那些带家具的公寓里当女仆。

"莫斯科的房子都很大，是石头做的，"她说，"教堂很多很多，有 40 个都不止哩，亲人儿。房子的主人都是老爷，又体面，又有礼貌。"

玛丽亚说，别说莫斯科，就连县城她也没有去过。她不认得字，也不会祷告，就连"我们在天上的父"也不知道。她和菲奥克拉，菲奥克拉此刻坐在不远的地方听着，两人都不识字而且迟钝，什么也不懂。她俩都不喜欢自己的丈夫。玛丽亚怕基里亚克，每当他呆在家里，跟她在一起的时候，她就怕得浑身发抖。只要她一挨近他，他身上喷出的那股酒气和烟味总熏得她头痛。菲奥克拉呢，每当有人问她，是不是惦记丈夫，她总是没好气地回答：

"滚他妈的！"

她们聊了一阵，后来就沉默了……

天气凉了。板棚附近有只公鸡扯着嗓门喔喔地啼叫起来，吵得人没法继续睡下去。当淡蓝色的晨光刚刚穿过每一条板缝时，菲奥克拉就悄悄地起身，走了出去，随后传来了她的光脚板的践踏声，她不知跑哪儿去了。

二

奥莉加到教堂去时，把玛丽亚也带去了。她们顺着小路向草场走去。两个人心情都很愉快。奥莉加喜欢空旷的田园，玛丽亚觉得这个妯娌和蔼可亲。太阳升起来了。一只带着睡意的鹰在草场上空低低地盘旋，河水混浊无光，有些地方晨雾缭绕。可是在河对岸的山上一条光带已经射过山来，照得教堂金光闪闪。在地主家的花园里，一群白嘴鸦呱呱叫得很欢。

"老爷子倒不坏，"玛丽亚告诉她说，"老奶奶可挺凶，老跟人吵架。自家种的粮食只够吃到谢肉节，只好在小铺里买面粉，所以她就不痛快，她说我们吃得太多。"

"唉，算了，亲人儿，背着你的十字架吧，也只好这样。圣书上写着：'凡劳苦的，负累很重的人，可以到我这里来。'"

奥莉加用念经一样的声调平心静气地说着，走起路来像朝圣女人那样，又快又急。她每天必读《福音书》，像教堂诵经士念得那么响，尽管有很多地方她不懂，但神圣的语言总让她感动得流下眼泪，每当她读到"如果"和"直到"这类词时，她都有舒服得晕晕乎乎的感觉。她信仰上帝，信仰圣母，信仰所有侍奉上帝的人。她相信不能欺负任何人；普通人也好，德国人也好，茨冈人也好，犹太人也好，世上的任何人都欺负不得。她相信，凡是不怜恤动物的人迟早都要遭难。她相信这些都是在圣书里写着的。所以每当她读《圣经》的时候，即使读不懂的地方，她的脸上也总是流露出慈祥、感动和欢欣的表情。

"你是哪儿的人呢？"玛丽亚问道。

"我是弗拉基米尔人。可是我很早就给带到莫斯科了，那年我才只有八岁。"

她们到了河边。河对岸有个女人正站在水边，脱衣服。

"那是我们家的菲奥克拉，"玛丽亚认出她来，"她刚过河去地主的庄园。找那里的男管家。她是骚娘们儿，满嘴脏字——她就是这么个东西！"

黑眉毛的菲奥克拉披着散发，她还很年轻、健壮，像个姑娘家。她从岸上跳进河里，用脚拍水，在她的四围掀起了一片浪花。

"她是骚娘们儿——她就是这么个东西！"玛丽亚又说了一遍。

河上架着一道原木搭成的歪歪斜斜的桥。桥底下，在清澈透明的河水里，成群的大头圆鳍雅罗鱼游来游去。绿色的树丛倒映在水里，露珠在碧绿的灌木丛中闪亮。四下里暖融融的，让人好不愉快。多么美丽的早晨啊！若是没有贫穷，没有可怕的、无尽头的、让人无处可躲的贫穷，大概这人世间的生活也

306

像这早晨一样美丽吧！可是只要回头看一眼村子，就会清晰地记起昨天发生的一切事情，于是她们本来由周围的景色唤起的那份让人陶醉的幸福感，立即便消失了。

她们走到教堂。玛丽亚站在门口，不敢再往前面走了。她又不敢坐下，尽管要到八点多以后才打钟做弥撒。在这段时间里她就始终这样站在那儿。

念《福音书》的时候，人群忽然分开，给地主一家人让路。进来了两个穿白色连衣裙、戴宽边帽的姑娘，身后跟着一个白白胖胖穿水手服的男孩。他们的仪表使奥莉加大为感动，她一眼就断定，他们是上流社会有教养的、高贵的人。玛丽亚却皱起眉头、阴沉着脸、垂头丧气地看着他们，仿佛进来的不是人，而是魔鬼，要是她不让出路来，就要被他们踩死似的。

每当助祭的男低音宣读经文的时候，玛丽亚总好像听到"玛——玛丽——亚"的一声呵斥，于是她不由得打冷战。

三

这些客人的光临，传遍了全村，做完弥撒，不少人来到他们家。列昂内切夫家的人，玛特维伊切夫家的人和伊利伊乔家的人都来打听他们那些在莫斯科做事的亲戚。茹科沃村里的所有年轻人，凡是认得字，能读会写，都被送到莫斯科，而且只送到饭馆和旅店当学徒（正如河对岸的村子里年轻人只送到面包房当学徒一样）。这已形成了一种风气，还在农奴制时代就开始了。那时最先有个茹科沃的农民卢卡·伊凡内奇，如今他已是传奇人物，那时候在莫斯科的一个俱乐部里当小卖部的店主，只接受同村人来做事，等到这些同村人站稳了脚跟，又照样把他们的亲戚叫来，给他们在饭馆和旅店里找事做。从那时起，四周围的乡民把茹科沃的村名都改了，管它叫"下人村"或者"奴才村"。尼古拉是在11岁时被送到莫斯科的，由玛特维伊切夫家的伊凡·玛卡雷奇为他谋了一份差事。伊凡·玛卡雷奇当时在"艾尔米塔日"花园的剧场里当差。现在，尼古拉对着玛特维伊切夫家的人，假装热心地说：

"伊凡·玛卡雷奇是我的恩人，我得日日夜夜为他祷告，因为我成了体面人，多亏了他。"

"求上帝赐福给你，"一个高个子老太婆，伊凡·玛卡雷奇的妹妹含着眼泪说，"他老人家，我那亲人，现在一点儿他的消息都没有了。"

"去年冬天他在奥蒙老爷家当差，传说这个季节他到城外的花园饭事里做事……他老啦，是啊，往年夏天他每天都能带回家十来个卢布，可是现在到处生意清淡，这下可苦了他老人家了。"

那些老太婆和女人看着他穿着毡鞋的脚，又看着他苍白的脸，悲凉地说：

"你不是挣钱的人了，尼古拉·奥西佩奇，不是挣钱的人了！不行啦！"

大家都疼爱萨莎。她快满11岁了，可是长得很瘦小，看上去只不过有7岁的样子。别的小姑娘一个个脸蛋晒得发黑，头发胡乱地剪短，穿着褪色的长衫。她呢，脸蛋白白的，眼睛又大又黑，头发上还系着红丝带，夹在她们中间显得挺可笑，倒好像她是个野东西，在田野里给人捉住，带到这小屋里似的。

"她已经认得字了！"奥莉加温柔地瞧着女儿，要拿她夸耀一番。"你念一念，好孩子！"她说，从包裹里拿出一本《福音书》，"你念一念，那些正教徒会听你念的。"

《福音书》很旧，很重，皮封面，书边已经摸脏了。书本冒出一股气味，就好像修士进屋来了。萨莎扬起眉毛，开始响亮地、像唱诗般念起来：

"'有主的使者向约瑟梦中显现，说，起来，带着小孩子同他母亲……"

"小孩子同他母亲。"奥莉加重复道，她激动得涨红了脸。

"'逃往埃及，住在那里，等我吩咐你……'"

听到"等"字，奥莉加再也忍不住，失声哭起来。玛丽亚受了她的影响也呜咽抽泣，随后便是伊凡·玛卡雷奇的妹妹也跟着落泪。老头子不住地咳嗽，翻来翻去想找件小礼物送给孙女，可是什么也没有找到，只好摆了摆手算了。经书念完之后，邻居们四散回家去了，一个个深受感动，对奥莉加和萨莎十分满意。

由于是节日，全家人整天都待在家里。那老太婆，不论丈夫、儿媳，还是孙子、孙女都统统管她叫老奶奶，她亲自生炉子，亲自烧茶炊，甚至在午间亲自去挤牛奶，然后就不住地抱怨，说她干得快累死了。她时时刻刻提心吊胆地担心家里人吃多了，担心老头子和儿媳们闲着不干活。她时不时就仿佛听见，小铺老板家的一群鹅好像从后面钻进她家的菜园子，于是她操起一根长杆子，赶紧跑出屋来，守着跟她一样干瘦、发蔫的白菜，不歇气地一连喊上半个小时。有时她好像觉得乌鸦想来抓她的小鸡，就跑过去大声痛骂一顿。她从早到晚没好气，发牢骚，动不动就提着嗓门叫骂，弄得街上的行人不由得停了下来。

她对她的老头子很不和气，不是叫他懒骨头，就是叫他讨厌鬼。他是个没有主张的、任人摆布的人，若不是她经常催赶着他，恐怕他真的什么活都不干，成天坐在炉台上说闲话了。他没完没了地对儿子讲起他的好些仇人，抱怨他每天都在邻居手里遭到种种委屈，听他说话真是一点儿意思也没有。

"是啊，"他双手叉腰，说起来，"是啊……在十字架节后一个礼拜，我把干草卖了，一担30戈比，我自愿卖的……是啊……挺好……可是你瞧，有一天早晨，我把干草搬出去，我是自愿卖的，也没有招谁惹谁，可是偏偏赶上运气不好，我看见，村长安季普·谢杰利尼科夫正巧打从酒馆里出来。'你把它往哪儿送？没出息的东西！'他说啊说啊还随手给了我一记耳光。"

基里亚尔喝醉后头痛欲裂，很不好意思面对面瞧他弟弟。

"伏特加害得人好苦哟。唉，我的天哪！"他嘟哝着，不住地摇晃他那血脉跳动的脑袋，"你们要看在基督分儿上，亲兄弟和亲弟妹，原谅我才好，我喝醉了酒自己也不舒服呀。"

因为，这天是节日，他们从酒馆里买了一条鲥鱼，熬了一锅鱼头汤。中午大家坐下来先喝茶，喝了很长时间，直喝到头上冒汗，看来茶水把肚子都撑大了。这之后才开始抢着喝鱼汤，大家就着一个瓦罐喝。至于鱼身子，老奶奶却藏起来了。

傍晚，有个陶工在坡上烧窑。坡下的草场上，姑娘们围成圆圈唱歌跳舞。有人在拉手风琴。河对岸也有人在烧窑，也有姑娘们在唱歌，远处听来歌声柔美而和谐。酒馆内外不少农民吵吵嚷嚷，他们用醉醺醺的声音各唱各的调，破口大骂，让奥莉加听了直打哆嗦，反反复复念叨：

"哎呀，天哪……"

最使她感到吃惊的是，那些骂人话滔滔不绝，而且骂得最凶、嗓门最大的倒是那些快要入土的老头子。可是孩子们和姑娘家听了却毫不理会，连一根头发也没动一动，显然他们在摇篮里就听惯了。

时间已经过了午夜，两岸的窑火都已熄灭，可是下面草场上和酒馆里仍旧有人在玩乐。老头子和基里亚克都醉了。他们胳膊挽着胳膊，肩膀撞着肩膀，跌跌撞撞来到奥莉加和玛丽亚睡觉的板棚前。

"饶了她吧，"老头子劝他说，"饶了她吧……这婆娘挺老实……这是罪过呀……"

"玛——丽——亚！"基里亚克喊道。

"饶了她吧……罪过呀……这婆娘不错的。"

两人在板棚前站了一会儿，走开了。

"我——我爱——野花儿！"老头子突然用刺耳的男高音唱起来，"我——我爱——到野地里——摘花儿！"

随后他啐了一口，难听地骂了一句粗话，进屋去了。

311

四

　　萨莎按老奶奶的吩咐待在菜园里，守着白菜，不让鹅进来祸害。那是炎热的八月天。酒馆老板家的鹅经常从后面钻进菜园，不过眼下它们正在干正经事儿：在酒馆附近啄食燕麦，平心静气地闲聊着，只有一只公鹅高高地昂起头，似乎想观察一下，老太婆是不是拿着杆子跑来了。别的鹅也可能从坡下上来捣乱吧，不过那群鹅此刻在河对岸觅食，在绿色的草场上拉出一道长长的白线。萨莎站了一会儿，觉得很无聊，看看鹅也不来，就跑到陡坡的边上去了。

　　她在那里看到玛丽亚的大女儿莫季卡正一动不动地站在一块大石头上呆呆地望着教堂。玛丽亚总共生过 13 个孩子，可是只有 6 个活着，而且全是女儿，没有男孩。大女儿才 8 岁。莫季卡光着脚，穿一件长衬衫，站在没一点儿遮拦的太阳光底下，火辣辣的太阳烤着她的头顶，但她毫不在意，仿佛化成了石头似的。萨莎站到她身边，望着教堂说：

　　"上帝就住在教堂里。人到了晚上点灯，点蜡烛，上帝呢，点长明灯。长明灯有红的、绿的、蓝的，像小眼睛似的。到了夜里上帝就在教堂里走来走去，圣母娘娘和上帝的仆人尼古拉陪着他——咯，哆，哆，他们走得好响……守夜人听了吓坏了，吓坏了！唉，算了，亲人儿，"她学着母亲的话，说道，"到了世界末日那一天，所有的教堂都要飞到天上去。"

"钟——楼——也——一齐飞？"莫季卡一字一顿地低声问道。

"钟楼也一齐飞。到了世界末日那一天，好心的人都到天堂去，凶恶的人呢，给扔进永远燃烧而不灭的火里去烧，亲人儿。上帝会对我妈妈和玛丽亚说，你们没有欺负人，所以往右边走，去天堂吧。可是对基里亚克和老奶奶他就会说：你们往左边走，到火里去。谁在持斋日吃荤，也要送到火里去。"

"你瞧着天空，别眨眼睛，那你就能看到天使。"

莫季卡也仰望天空，在沉默中过了一分钟。

"看见了吗？"萨莎问道。

"没有。"莫季卡低声说。

"我可看见了。一群小天使在天上飞，扇着小翅膀——扑搭扑搭，跟小飞虫一样。"

莫季卡想了一会儿，眼睛看着她，问道：

"老奶奶也要遭火烧吗？"

"会的，亲人儿。"

从她们站着的大石头一直到山脚下，是一道光滑、不陡的缓坡，长满了绿油油的嫩草，叫人见了真想伸出手去摸一摸，或者在上面躺一躺。萨莎躺下，翻身滚到坡底下。莫季卡一脸正经认真的样子，喘着气，学着她的样子也躺下，翻身往下滚，这么一来，她的衫子就卷到肩膀上去了。

"多好玩呀！"萨莎快活地说。

她俩走到顶上去，想再滚一次，可是这时传来了熟悉的尖叫声。哎呀，那是多么可怕！老奶奶没了牙，瘦骨嶙峋，驼着背，短短的白发随风飘起，拿着一根长杆子正把一群鹅赶出菜园子，一边大声叫骂着：

"把所有的白菜都糟践了，这些该死的畜生，把你们统统宰了才好，你们这些挨千刀的祸根子，怎么不死哟！"

她一眼看到两个小姑娘，就扔下杆子，拾起一根枯树枝，伸出干瘦、粗硬、像弯钩似的手指，一把掐住萨莎的脖子，开始抽打她。萨莎又痛又怕，立即大哭，这时候那只公鹅却伸长脖子，一摇一摆地走到老太婆跟前，嘎嘎地吼了一阵，当它转身归队时，所有的母鹅都赞赏地欢迎它：嘎——嘎——嘎！随后老奶奶挥着树枝抽打莫季卡，这时莫季卡的衫子又给掀了起来。萨莎伤心透了，大哭着跑回屋里，想申诉委屈。莫季卡跟在她后面，也放声大哭，不过她的哭声低得多，而且不擦眼泪，她的脸上泪水涟涟，就像她刚把脸泡进水里一样。

"我的天哪！"奥莉加见她俩跑进屋来，吓慌了叫道，"圣母娘娘啊！"

萨莎开始讲起怎么回事儿，这时老奶奶尖声叫骂着也进了屋，菲奥克拉也恼了，于是屋子里闹得乱成一团。

"不要紧，不要紧！"奥莉加脸色苍白，神情愁苦，一边抚摩着萨莎的头，一边极力安慰她，"她是你的奶奶，生奶奶的气是罪过的。不要紧的，好孩子。"

尼古拉本来就已被这经常不断的叫骂、饥饿、煤烟和臭气弄得疲惫不堪，他本来已经痛恨、鄙视这种贫穷的生活，本来已经在妻子、女儿面前常常为自己的爹娘感到羞愧——这时候，他从炉台上垂下腿来，用哭泣的声音气恼地对母亲说：

"您不应该打她！您根本没有权力打她！"

"得了吧。你躺在炉台上等着咽气吧，你这个懒鬼！"菲奥克拉恶狠狠地冲着他大声嚷嚷，"鬼把你弄来的，谁叫你们回来吃闲饭啦？"

萨莎、莫季卡和家里所有的小姑娘都爬到炉台上，躲在尼古拉背后的角落里，在那儿一声不吭地、心惊胆战地听着大人们讲这些话，似乎可以听到她们那小小的心脏在怦怦地跳动。每逢一个家庭里有人久病不愈，而且没有养好的希望，常常会出现极其沉重的时刻，这时他身边的所有亲人会胆怯地、暗暗地、在内心深处希望他死去。只有孩子们才会害怕亲人的死亡，一想到这个就会心惊肉跳。此刻，小姑娘们都屏住呼吸，脸上一副凄凉的神情，望着尼古拉，想到他不久就要死掉，她们不由得想哭，想对他说几句亲切的、可怜他的话。

尼古拉直往奥莉加这边靠，仿佛在寻找她的保护，用颤抖的声音轻轻地对她说：

"奥莉加，亲爱的，我在这儿再也待不下去了。我筋疲力尽了。看在上帝的分儿上，看在天主基督份上，你给你妹妹克拉夫季娅·阿勃拉莫夫娜写封信吧，让她把她所有的东西都卖了、当了，让她把钱寄来，我们就可以离开这里。啊，上帝。"他痛苦地继续道，"哪怕让我再看一眼莫斯科也好啊！哪怕我能在梦中看见莫斯科也好啊，亲爱的！"

黄昏到，木屋里越来越暗，大家愁闷得说不出话来。爱生气的老奶奶把黑麦面包的硬壳掰碎后泡在碗里，再放进嘴里慢慢地嚼着，吃了足足一个小时。玛丽亚挤完牛奶，提着牛奶桶进来，把它放在凳子上。老奶奶再把桶里的牛奶倒进一只只瓦罐里，慢腾腾地从从容容地干了很长时间。显然她很满意，因为眼下正是圣母升天节斋戒期，谁也不许碰牛奶，这些牛奶就都可以留下了。她只往一个小碟子里倒了一点点，留给菲奥克拉的小娃娃喝。后来她和玛丽亚把一只只瓦罐送到地窖去。莫季卡忽然跳起来，从炉台上溜下来，走到凳子跟前，拿起盛牛奶的碟子，往那只泡着面包硬皮的木碗里泼了一点牛奶。

老奶奶回到屋里，又端起自己的碗吃起来。萨莎和莫季卡坐在炉台上眼巴巴地望着老奶奶，心里暗暗高兴：这下她开荤了，往后包管她要入地狱了。她们得到了安慰，就躺下睡觉。萨莎快要迷迷糊糊地睡着，可还在想象着最后的审判情景：一只像陶窑那样的大炉子里烈火熊熊，有个头上长着牛那样的犄角，浑身漆黑的魔鬼，拿着一根长杆子把老奶奶往火里赶，就像她刚才赶鹅一样。

五

在圣母升天节的晚上 10 点以后，在陡坡下草地上玩耍的姑娘和小伙子们，忽然大惊小怪地叫喊起来，一起都朝村子方向跑。那些坐在陡坡上边的人一时间怎么也弄不明白出了什么事儿。

"起火啦！起火啦！"下面传来声嘶力竭的呼喊声，"村里起火啦！"

坐在陡坡上边的人回头一看,在他们前面是一幅可怕的、不同寻常的景象。在村头一座木房的干草顶上,窜起两米多高的火柱,火舌往上卷着,向四面八方洒出无数的火星,像喷泉喷水似的。随即整个屋顶燃起熊熊大火,可以听到火烧发出来的噼啪声。

月色朦胧了,整个村子已经笼罩在颤动的红光中,黑影在地上移动,空气中弥漫着火烧的气味。从坡下跑上来的人,一个个气喘吁吁,战战兢兢,一句话也说不出来。他们互相推挤,跌跌撞撞,由于不习惯刺眼的火光,他们什么也看不清楚,甚至彼此都认不出来了。真是可怕,特别可怕的是几只鸽子在火焰上空的浓烟里飞来飞去。而在酒馆里,那些还不知道村里起火的人还在唱歌,拉手风琴,就像压根什么事也没有发生一样。

"谢苗大叔家起火啦!"有人粗声粗气地大喊道。

玛丽亚在自己屋前急得团团转。她哭哭啼啼,搓着手,吓得牙齿不停地抖动,其实火还远着呢,在村子的另一头。尼古拉穿着毡靴走出屋来,孩子们穿着贴身衫子到处乱跑。在乡村巡警的小屋左边,一片铁片敲响了。当当的声音飘过空中。这急促的不断的铁板声弄得人胆战心惊,浑身发冷。老太婆站在一旁,举着神像。所有的羊、牛犊和母牛都让人从院子里轰到街上,不少箱笼、熟羊皮和木桶都搬了出来。一匹黑野马,素来跟成群的马隔开,因为它老踢伤别的马,这时却撒开了缰。它一声嘶鸣,马蹄嘚嘚,在村里一连跑了两个来回,后来忽然在一辆大车旁停住,扬起后蹄踢那辆车子。

河对面,教堂里的钟响起来。

靠近燃烧着的小屋，又热又亮，亮得连地上的每一棵小草都清晰可见。一些箱子好不容易给拖了出来。谢苗坐在其中的一只箱子上，这是一个生着胡萝卜颜色的头发的农民，大鼻子，一顶便帽压得很低，直到耳朵，穿一件大上衣。他的妻子脸朝下躺在地上，已经不省人事，嘴里不住地哼哼着。有个 80 岁的小老头，留一大把胡子，看上去活像个地精。他不是本地人，可似乎跟这场火有什么连带关系，在一旁走来走去，没戴帽子，抱一个白包袱。他的秃顶上映照出火光来。村长科尼夫，红黑的脸膛，乌黑的头发，拿着一把斧子走到木屋前，把所有的窗子接连砍下来，随后开始砍门廊，谁也不知道为什么缘故。

"婆娘们，弄水来！"他嚷道，"把机器抬来！快着点！"

在饭铺里闹酒的村民们把机器拉来了。他们都已喝醉，不时磕磕绊绊，跌跌撞撞，眼睛里含着泪水，一副无可奈何的表情。

"姑娘们，拿水来！"村长嚷着，他也醉了，"快点，姑娘们！"

女人和姑娘们跑到下面泉水边，把大桶、小桶灌满了水往山上送，倒进救火机里，又往下跑。奥莉加、玛丽亚、萨莎和莫季卡都去弄水。女人们和男孩们用唧筒压水，消防水龙带吱吱地响，村长拿着它一会儿对着门，一会儿对着窗，有时还用手指堵住水流，这一来水管吱吱叫得越发尖了。

"好样的，安季普！"有些人称赞道，"加一把劲！"

安季普冲进起火的小屋里去，在里面大声喊叫：

"使劲压水！正教徒们，出了这么可怕的变故，合力干哪！"

不少农民站在一旁，什么事也不干，瞧着火发愣。谁也不知道该做什么，也不会做，四下里堆着成捆的麦子和干草，成堆的柴火。基里亚克和老奥西普也站在里面，两人都带着醉意。像是为自己的袖手旁观开脱，老头对躺在地上的女人说：

"何必这个样子，朋友？这小屋保过火险，那还愁什么？"

谢苗时而对这个人，时而对那个人讲起着火的原因：

"就是那个拿包袱的老头子，茹科夫将军的家奴……他从前在将军家当厨子，求上帝让将军的灵魂安息。晚上来我家说：'留我在这儿住一夜……'好吧，不用说，我们两人就喝了那么一小盅……老婆子忙着烧茶炊，想请老头子喝点茶，可是活该倒霉，她把茶炊搁在门道上，烟囱里的火星一直窜到屋顶，是啊，就是这么回事儿。我们差点儿没给烧死。老头子的帽子烧掉了，作孽呀。"

那块铁片被人不知疲倦地敲着，河对岸的教堂里钟声齐鸣。奥莉加周身映在火光里，气喘吁吁地时而跑下，时而跑上，惊恐地看着那些火红色的绵羊和在烟雾里飞来飞去的粉红色的鸽子。她觉得钟声跟尖犄角似的钻进了她的灵魂，又觉得这场火永远扑不灭，而萨莎找不见了……后来轰隆一声，木屋的天花板塌下来，她心想这下全村准会烧光，这时她头昏脑涨，再也提不起水桶，就坐在坡上，水桶扔在一旁。在她身旁和身后农妇们坐在那儿号啕大哭，仿佛在守灵一样。

这时候，从河对岸的村子里来了两辆车子，车上坐着好些汉子，他们运来了一台救火机。有个身穿白色海军服、敞着怀的年轻大学生骑着马也赶来了。很快响起了斧子的砍击声，梯

319

子安在燃烧着的房架上，立即有五个人往上爬，打头的就是那个大学生。他周身被火光照红，用粗哑的声音喊叫着，那口气，就好像他是救火的行家似的。他们把木屋拆散，把原木一根根卸下来，把畜栏、篱笆和近处的干草垛都移开了。

"不准他们拆屋子，"人群里传来严厉的喊声，"不准他们拆！"

基里亚克带着坚决的神气走向木屋，似乎要阻止来人拆房子。可是一名雇工把他赶回来，还狠狠地揍了他一拳。大家一阵哄笑，雇工又给了一拳，基里亚克倒下了，手脚并用爬回到人群里。

河对岸又来了两个戴帽子的漂亮姑娘，多半是大学生的姊妹吧。她们站在远处观望。被拆下拖走的原木不再燃烧，但是冒着浓烟。现在大学生拿着水龙头，先对着原木冲，然后对着农民冲，后对那些提水的女人冲。

"乔治！"两个姑娘责备地、不安地向他喊道，"乔治！"

火灭了。直到大家四散回家，这时才发现天快亮了，人人脸色苍白，还有点儿发黑——一清早那些陨星消灭的时候人的脸总是这样的。回家路上，农民们嘻嘻哈哈，不断地拿茹科夫将军的厨子开玩笑，取笑他把帽子烧掉了。他们已经打算把这场火当作笑谈，甚至好像惋惜火熄得太快了。

"您，少爷，救起火来很有本事，"奥莉加对大学生说，"真该把您调到我们莫斯科，那儿差不多天天有火灾。"

"怎么，你是从莫斯科来的？"一位小姐问道。

"是这样。我丈夫在斯拉夫商场当差。这是我的女儿，"

她指着冷得发抖、紧贴着她的萨莎说，"他的脸上放出希望的光。"

两位小姐对大学生讲了几句法语，他就给了萨莎一个20戈比的硬币。老头子奥西普冷眼看见了。

"我们得感谢上帝，老爷，多亏没风，"他对大学生说，"要不然我们早就给烧光了。老爷，好心的贵人，"他压低嗓音，不好意思地加了一句："大清早的，可真冷……您行行好，赏几个小钱打点酒喝吧。"

他什么也没有得着，于是清了清喉咙，磨磨蹭蹭地回家了。奥莉加一直站在坡边，望着两辆车子过河，瞧着那贵人穿过草地，河对岸有一辆马车正等着他们。她一回到木屋，就热诚地对丈夫说：

"那几个好心的人啊！长得也漂亮！两位小姐出落得跟天使一样！"

"叫她们咽了气才好！"睡得迷迷糊糊的菲奥克拉恶狠狠地说。

六

玛丽亚认定自己命苦，常说不如死了算了。菲奥克拉正相反，贫穷啊，龌龊啊，不停地咒骂啊，这生活样样合她的胃口。给她什么，她就吃什么，从不挑挑拣拣，不管什么地方，不管有没有铺的盖的，她倒头就睡。她把脏水倒在台阶上，或者在

321

门槛上泼出去再光着脚从水洼里走过去。她从第一天起就痛恨奥莉加和尼古拉，因为他们不喜欢这种生活。

"我倒要瞧瞧你们在这里吃什么，你们这些莫斯科的贵族！"她恶毒地说，"我倒要瞧一瞧！"

九月初。一天早晨菲奥克拉挑了一担水从坡下回来，冻得脸蛋红红的，看上去又健康又漂亮。这时候玛丽亚和奥莉加正坐在桌子那儿喝茶。

"品茶呐，"菲奥克拉挖苦地说，"两位娇太太，"她放下水桶，又说，"倒时兴天天喝茶哩，小心点儿，别让茶把你们呛死了！"她痛恨地瞧着奥莉加，接下去说，"她在莫斯科长了一脸的肥肉，这油篓！"

她抢起扁担，一下子打在奥莉加的肩膀上，两个妯娌吃惊得击掌叹道：

"哎呀，我的天哪！"

随后菲奥克拉又去河边洗衣服，一路上高声咒骂，弄得屋子里都听得见。

白天过去了，随后是秋天的悠长的黄昏。木屋里在绕丝。大家动手，除了菲奥克拉：她又跑到河对岸去了。这丝是从附近的工厂里弄来的，全家人靠它挣几个钱——一星期二十来戈比。

"当年在东家手下，日子要好过些，"老头子一面绕丝，一面说，"干完活就吃，吃了就睡，一样挨着一样。中午饭有菜汤和粥，晚饭又有。黄瓜和卷心菜多的是，你能吃个够，爱吃多少就吃多少，那时候也严得多，人人都守本分。"

小屋里只点一盏小灯，光线暗淡，灯芯冒烟。要是有人挡住了小灯，就有很大一片黑影落在窗上，这时能看到明亮的月光。老头子奥西普不慌不忙地讲话，谈起农奴解放前人们怎样生活。他说到，在这一带地方，想当年老爷们常常带着猎犬和职业猎手外出打猎，凡是给他们雇用做打手的农民都能喝到伏特加。之后整车整车被打死的野禽就送到莫斯科年轻的主人那边。他还说到，坏的农奴怎样被人用棍子打一顿，或发配到特维尔的世袭领地上当农奴，好的农奴受到奖赏。老奶奶也讲些往事。她什么都记得，一样也没忘。她谈起自己的女主人，说她心地善良，严守教规，可是丈夫是个酒徒和浪荡子。说她有三个女儿，婚姻都不顺，一个嫁给酒鬼，另一个嫁给小市民，第三个私奔了（老奶奶当时很年轻，还帮过小姐的忙）。她们三个不久都郁郁而死了，跟她们的母亲一样，想起这些，老奶奶居然掉了两滴眼泪。

　　突然有人敲门，大家都吃一惊。

　　"奥西普大叔，留我住一夜吧！"

　　进来一个秃顶的小老头子，就是那个烧掉帽子的茹科夫将军的厨子。他坐下来，听着，随后也开始回忆往事，讲起各种各样的故事来。尼古拉坐在炉台上，耷拉着两条腿，听着，问起旧日为贵族们准备的菜。他们谈起了炸肉饼、肉排、各种汤和佐料。那厨子样样事情都清清楚楚地记得，讲起现在已经不再烹调的菜，比如说有一道用牛眼睛做的菜，取名叫"早晨醒"。

　　"那时候你们烧'五将排骨'吗？"尼古拉问。

　　"不烧。"

尼古拉不以为然地摇摇头，说：

"哎呀，你们所做的是什么厨子哟！"

炉台上的小姑娘们有的坐着，有的躺着，不眨眼地往下瞧着，她们人很多，看上去真像云端里的一群小天使。她们喜欢听大人讲话，她们时而高兴，时而害怕得脸色发白，不住地叹气、发抖，老奶奶的故事在所有故事中顶有趣味，她们便屏住呼吸听着，不敢动一下。

后来大家默默地躺下睡觉。老年人给回忆激动着困扰着，想起年轻的时候多么美好。青春，不管它什么样，在人的记忆中总是留下轻松、愉快、动人的印象。至于死亡，它已经不远了，却是那么可怕——最好不去想它！小灯熄了。黑暗也好，月光照亮的两扇小窗也好，寂静也好，摇篮的吱嘎声也好，不知什么缘故这一切使老人们想起他们的生活已经完结，要设法把它拉回来……他们刚刚迷迷糊糊，刚刚沉入遗忘的境界，忽地有人碰碰你的肩膀，一口气吹到脸上，立即就睡意全消了，觉得身子发麻，好像血液循环停止了似的，种种死的念头直往脑子里钻。翻一个身吧——死的事倒忘了，可是满脑子都是贫穷、饲料、面粉涨价，等早就让人发愁、烦心的事。过了一会儿，不由得又会想起：生活已经完结了，没法子把它拉回来……

"唉，主啊！"厨子叹了一口气。

有人轻轻地从没这么轻地敲了几下小窗子。多半是菲奥克拉回来了。奥莉加打着哈欠，小声念了一句祷告，起身开了房门，又到门道里拉开了门闩。可是没有人进来，只有一阵冷风从街上吹进来，月光一下子照亮了门道。从门里望出去，能看到寂静而荒凉的街道和天上浮游的月亮。

"是谁呢？"奥莉加招呼。

"我，"来者回答，"是我。"

大门旁贴着墙根站着菲奥克拉，全身一丝不挂。她冻得浑身发抖、牙齿打战，在明亮的月色里显得很白、很美、很怪。她身上的暗处和皮肤上的月辉，不知怎么十分显眼，她那乌黑的眉毛和一对年轻、结实的乳房显得特别清楚。

"那边那些坏蛋胡闹把我的衣服剥光，照这样把我赶出来了……"她嘟嘟哝哝地说，"我只好没穿衣服，就这么一丝不挂走回家来。快给我拿件衣服来。"

"可是你快进屋呀！"奥莉加小声说，她也开始打冷战。

"我不要老家伙们看见。"

实际上，老奶奶已经操心地嘟哝起来，老头子问："是谁啊？"奥莉加把自己的上衣和裙子拿出去，帮菲奥克拉穿上，随后两人极力不出声地关上门，轻手轻脚地走进木屋。

"是你吧，讨厌鬼？"老奶奶猜出是谁，生气地嘟哝道，"该死的东西，你这夜游鬼！为什么魔鬼不把你逮了去！"

"这就行了，这就行了，"奥莉加悄悄地说，给菲奥克拉披上衣服，"不要紧的，亲人儿。"

屋里又静下来。这家人向来睡不踏实：那种纠缠不休、摆脱不掉的苦恼妨碍他们每个人安睡：老头子背痛，老奶奶满心焦虑和气恼，玛丽亚担惊受怕，孩子们疥疮发痒、肚子常饿。此刻他们在睡梦中也是不安的：他们不断地翻身，说梦话，爬起来喝水。

菲奥克拉突然哇的一声哭起来，粗声粗气但立即又忍住，不时抽抽搭搭，声音越来越轻，越来越含糊，到后来完全静下来了。河对岸偶尔传来报时的钟声，可是敲得很怪：先是五下，后来是三下。

"唉，主啊！"厨子连连叹息。

望着窗子，很难弄清楚，这是月光仍在照耀呢，或者已经天亮了。玛丽亚起床，走出去。可以听见她在院子里挤牛奶，不时地说："站好！"后来老奶奶也出去了。小屋里还黑着，可是人已经能看清屋里的一切物件了。

尼古拉一夜没睡着，从炉台上爬下来。他从一只绿色的小箱子里拿出自己的燕尾服，穿到身上，走到窗前，摩挲衣袖，摸一摸燕尾——微微地笑了。后来他小心地脱下燕尾服，收进箱子里，又去躺下了。

玛丽亚回到屋里，开始生炉子。她显然还没有完全睡醒，一边走，一边醒过来。她一定梦见了什么，或者又想起了昨晚的故事，因此，她在炉子跟前伸了个大大的懒腰，说：

"不，自由得多！"

七

"主人"来了——村里人都这样称呼县里的警官。他什么时候来，为什么来，一礼拜以前大家就知道了。茹科沃村只有40户人家，可是他们在地方会议里积下了2000多卢布的欠款和别的税款。

区警察局局长先在小酒馆里歇脚，他"赏光"喝了两杯清茶，然后步行到村长家里，房子外面一群拖欠税款的农民已在恭候。村长安季普·谢杰利尼科夫尽管很年轻——他只有40岁出点头——却很严格，总是帮着当局说话，其实他自己也挺穷，也一再地拖延税款。显然他很喜欢当村长，喜欢意识到自己拥有权力，这权力就是严厉，此外他不知道还有什么能表现出这份权力。全村开会的时候，人人都怕他，由他说了算。有时，在街上或者酒馆附近，他抓住个醉汉大声喝斥，反绑了他的手，把他关进拘留室。有一次，他甚至把老奶奶也关了一天一夜，原因是她代替奥西普来开村会，还在会上骂起街来了。他没有到过城里，也从来没有念过书，但他不知从哪儿拾来了各式各样的、文绉绉的字眼儿，喜欢在言谈中用一用，为此他备受村民敬重，尽管别人听不懂是什么意思。

奥西普带着他的纳税簿走进村长家的小木屋。区警察局局长，一个瘦老头子，灰白的连鬓胡子蓄得很长，穿一身灰制服，正坐在上座的桌子旁写些什么。小屋干干净净，四面墙上贴满了从杂志上撕下来的花花绿绿的画片。在圣像旁边最显眼的地方，贴一张保加利亚巴腾贝克王子的照片。村长安季普·谢杰利尼科夫两手交叉抱在胸前，站在桌旁。

"大人，他欠119卢布，"轮到奥西普时，他说，"复活节前他交了一个卢布，从那时候以后没付过一个钱。"

区警察局局长抬眼望着奥西普，问道：

"这是为什么，兄弟？"

"发发慈悲吧，大人，"奥西普激动地说，"容我回禀，去年柳托列茨村的老爷对我说：'奥西普，把你的干草卖了吧……卖给我。'怎么不行呢？我有一百普特干草要卖出去，都是几个婆娘在草场上割的。行，我们谈妥了价钱……本来挺好，两相情愿……"他抱怨起村长来，不时转身瞧瞧农民们，似乎要请他们来作证似的。他满脸通红，额头冒汗，眼神变得尖利而气愤。

"我不明白你说这些干什么？"区警察分局局长说，"我问你……我只问你为什么不缴纳欠款？你不缴，你们都不缴，难道这要我来负责？"

"我缴不出来嘛！"

"这些话毫无道理，大人，"村长说，"不错，奇基利杰耶夫一家固然是家道贫寒，不过请您问问其余的人，全部过错在伏特加，他们是一帮胡作非为的人。他们一窍不通。"

区警察局局长记下什么，然后心平气和地对奥西普说，那语气就像讨杯水喝似的：

"出去。"

不久区警察局局长就走了。他坐进一辆便宜的四轮马车，不住地咳嗽，望着他那又长又瘦的背影可以看出，此刻他已经忘了奥西普，忘了村长，忘了茹科沃村的欠款，只在想着自己的心事了。他还没有走出一俄里，安季普·谢杰利尼科夫已经夺走了奇基利杰耶夫家的茶炊，老奶奶在后面追，使足劲尖声喊叫：

"不准你拿走！我不准你拿走，你这个混蛋！"

328

他迈开大步，走得很快；老奶奶驼着背，愤怒若狂、气喘吁吁、跌跌撞撞地在后面追他，她的头巾滑到肩膀上，一头白发泛出淡淡的绿色，在风中飘扬。她突然站住，像一个真正的叛党似的，双拳不住地捶胸，用唱歌的声音比平时响亮地嚷着，好像在呜咽似的："正教徒们，信仰上帝的人啊！老天爷哪，他们欺负人！乡亲们哪，他们压迫人！哎呀，哎呀，好人们哪，来帮帮我吧！"

"老奶奶，老奶奶，"村长厉声说，"不得无理取闹！"

没有了茶炊，奇基利杰耶夫的小屋里阴惨得不像样了。茶炊被人夺走，不要紧，可是这却有点叫人难堪甚至有侮辱的意味，就像这家人的名誉忽然扫地一样。要是村长拿走桌子和凳子，拿走所有的瓶瓶罐罐倒也好些，那样的话，这地方反倒不会显得空荡荡。老奶奶呼天喊地，玛丽亚伤心落泪，所有的小姑娘望着她们也都哇哇哭起来。老头子耷拉着脑袋，垂头丧气地坐在屋角里一声不吭，自觉有罪。尼古拉也一声不响。老奶奶一向疼他，可怜他，可是这会儿忘了体恤，忽然冲着他不停地叫骂，责难，对着他的脸不住地摇拳头。她尖声叫道，说全是他的过错，还在信里吹牛，说什么在"斯拉夫商场"每月领50卢布，可实际上给家里寄的钱却很少很少，这是为什么？他干吗回家来，还带着家眷？他要是死了，哪儿弄钱来葬他？……尼古拉、奥莉加和萨莎的模样儿看上去真叫人心酸。

老头子粗声粗气地叹了一声，拿起帽子走出门，找村长去了。天色已黑。安季普·谢杰利尼科夫鼓着腮帮子在炉子旁焊什么东西。满屋子煤气味。他的孩子们都很瘦，没有梳洗，在

329

地板上爬来爬去，不见得比奇基利杰耶夫家的强多少。他的妻子长相难看，脸上有雀斑，挺着大肚子在绕丝。这是一个不幸的困苦的家庭。只有安季普一人看上去既年轻又漂亮。在长凳上放着一溜五把茶炊。老头子对着巴滕贝克念着祷词，说：

"安季普，大慈大悲，把茶炊还给我！看在基督面上！"

"拿三个卢布来，你就取走。"

"我拿不出来嘛！"

安季普鼓起腮帮子吹气，火就呼呼地响，噼啪地叫，火光映在茶炊上。老头子揉着帽子，想了一阵，又说：

"把它还给我吧！"

黑皮肤的村长变得完全漆黑，活像个巫师。他转身对着奥西普，说得又快又严厉："这得由县长官说了算。到本月 26 日，你可以到行政会议上口头或者书面申诉你不满的理由。"

奥西普一点也听不懂他的意思，可是也算满意。回家去了。

十多天后，区警察局局长又来了，坐了个把小时，后来又坐车走了。那些天，天冷而且有风，河面早已结冰，雪倒没有下，人们都累得要死，因为道路难走。有一天，一个节日的傍晚，邻居们到奥西普家闲坐，聊天。他们在黑屋子里说着话，因为节日里不该干活，所以没有点灯。消息倒有几个，不过都叫人不痛快。比如有两三户人家的公鸡被抓去抵债，送到当地局子里去，在那里死掉了，因为没人喂它们。又比如，有几家的绵羊给拉走了，他们把羊捆起来，装在大车上运走，每到一个村子就换一辆大车，结果一头羊闷死了。现在有一个问题需要解答：这都该怪谁呢？

"该怪地方自治局！"奥西普说，"不怪它怪谁！"

"当然，该怪地方自治局。"

他们把欠款、受欺压、粮食歉收等等所有的事都怪罪于地方自治局，虽说他们中谁也不知地方自治局是怎么回事。这种情形从很早就开始了。当初一些富农自己开工厂、小铺和客店，当上了地方自治会议员，却始终心怀不满，后来便在自己的工厂和铺子里痛骂它。

他们又谈到了上帝怎么还不下雪；谈到该把树木拉回家来做柴火，可是眼下路面坑坑洼洼，车不能行，人不能走。过去吧，15年、20年以前，茹科沃村里的人谈话要有趣得多。那时候，每个老头子脸上都是这样一副神气，仿佛他心里藏着什么秘密，知道什么，盼着什么。他们谈论盖着金印的公文，土地的划分，新的土地和埋藏的财宝；他们的话里都暗示着什么；现在的茹科沃人根本没有什么秘密，他们的生活全部赤裸裸地清清楚楚地摊在大家面前，仿佛就在手掌心上一样，他们能谈的不外乎贫穷和食物，牲畜，树林，再就是老天爷怎么不下雪……

他们沉默片刻。后来又想起了公鸡和绵羊的事，又开始讲起该怪谁不对。

"地方自治局！"奥西普沮丧地说，"不怪它怪谁！"

八

　　教区的教堂在六俄里外的科索戈罗沃村。农民们只在不得不去的时候，如给婴儿施洗礼、举行婚礼、举行葬仪时才去一趟。平时做礼拜到过河的教堂就行了。到了节日，遇上好天气，姑娘们穿上顶考究的衣服，成群结队去做弥撒。她们穿着红的、黄的、绿的连衣裙，穿过草场，看上去很起眼。不过遇上天气坏，她们只好待在家里。为了忏悔和领圣餐，她们总是到教学的教区去，在复活节后的一周内，神父举着十字架走遍所有的农舍，向大斋日没有去教堂做忏悔的教徒每人收取 15 戈比。

　　老头子不信上帝，因此他几乎从来不想他。他承认神仙鬼怪，但他认为这种事只跟女人有关。遇到人家在他面前谈起宗教或者奇迹这类事，向他提出关于这类事情的问题，他总是搔搔头皮，勉强地回答：

　　"谁知道这个呀！"

　　老奶奶信上帝，不过有点糊涂。她的记忆里所有的事都混在一起，她刚想起罪孽、死亡、灵魂得救，忽然贫穷啦，种种操心的事啦，又都插了进来，她立即忘了刚才在想什么。祷告词她是一点儿记不住，通常在晚上睡觉前，她站在圣像面前小声念道：

　　"喀山圣母娘娘，斯摩棱斯克圣母娘娘，三臂圣母娘娘……"

玛丽亚和菲奥克拉经常在胸前画十字，每年都领圣餐，可是完全是应应景儿。孩子们没有学过祷告，大人们也不对他们讲上帝，传授什么教规，只是禁止他们在斋期吃荤。其余的家庭也差不多：相信的人少，懂教规的人更少。同时大家却都喜欢《圣经》，温柔而尊敬地喜爱它，可是他们没有书，没人念《圣经》，讲《圣经》。奥莉加有时念《福音书》，为此大家都敬重她，对她和萨莎都恭敬地称呼"您"。

　　奥莉加经常去邻村和县城参加教堂命名节活动和感恩祈祷，在县城里有两个修道院和26座教堂。她去朝圣的路上总是痴痴迷迷，完全忘了家人，直到回村来，才突然高兴地发现自己有丈夫和女儿，于是喜气洋洋地笑着说：

　　"上帝赐福给我了！"

　　村子里的那种情形，依她看来，好像处处讨厌，不断地折磨她。农民们在伊利亚节喝酒，在圣母升天节喝酒，在十字架节又喝酒。圣母庇护节是教区的节日，茹科沃村的农民为此一连喝三天酒。他们不但喝光了50卢布的公款，过后还挨家挨户敛集酒钱。第一天，奇基利杰耶夫家就宰了一头公羊，早中晚一连吃了三顿羊肉。他们吃得很多，到了夜里孩子们爬起来再找补一点。这三天里基里亚克喝得酩酊大醉，他喝光了所有的家当，把帽子和靴子也换酒喝了。他往死里殴打玛丽亚，打得她晕过去，家里人只好往她头上泼水才能使她苏醒过来。事后大家都感到羞愧、厌恶。

　　然而，即使在茹科沃这样的"奴才村"，每年也总有一回隆重的宗教盛典。那是在8月，在全县，从一个村子到一个村子，人们迎送着赋予生命的圣母像。到了茹科沃村盼望的这一天，天气无风，天色阴沉。一大清早，姑娘们就穿上鲜艳漂亮的衣裙去迎圣像，到了傍晚时人们才抬着圣像，举着十字架和神幡、唱着圣诗，进了村子，这时河对面的教堂里钟声齐鸣。一大群本村人和外村人挤满了大街，吵吵嚷嚷，尘土飞扬，挤成一团……老头子也好，老奶奶也好，基里亚克也好，大家都向圣像伸出手去，眼巴巴地地瞧着它，哭哭啼啼地说：

"保护神啊，圣母娘娘！保护神啊！"

大家好像突然明白了，人间和天堂并设有隔阂，有钱有势的人还没有抢走一切，尽管他们遭受着欺凌和奴役，遭受着难以忍受的贫穷，遭受着可怕的伏特加的祸害，却有神灵在保佑着他们。

"保护神啊，圣母娘娘！"玛丽亚号啕大哭，"圣母娘娘啊！"

可是感恩祈祷做完，圣像又抬走了。一切都恢复原样，粗鲁而醺醉的声音又从饭铺里传来。

只有富裕的农民才怕死，他们越阔，就越不相信上帝，不相信灵魂得救的话。他们只是出于对死亡的恐惧，才点起蜡烛，做弥撒，为的是这样做总可以稳妥一点。穷苦的农民不怕死。人们当着老头子和老奶奶的面说他们活得太久，早该死了，可是他们却满不在乎。他们也当着尼古拉的面毫无顾忌地对菲奥克拉说，等尼古拉死了，她的丈夫丹尼斯就可以得到照顾——退役回家了。至于玛丽亚，她不但不怕死，甚至还巴不得早点儿死才好。她的小孩一死，她倒高兴。

他们不怕死，可是对各种各样的病却有过分的恐惧。本来是一些小毛病，如肚子不舒服啦，着了点凉啦，老奶奶立即躺到炉台上，捂得严严实实，开始大声地不停地呻吟："我要——死——啦！"老头子赶紧去请神父，老奶奶就领圣餐，接受临终前的涂圣油仪式。他们经常谈到感冒、蛔虫和硬结，说蛔虫在肚子里闹腾，结成团后能堵到心口。他们最怕着凉，所以即使夏天也穿得很厚，在炉台上取暖。老奶奶喜欢看病，经常坐车到诊所，在那里她老说她自己是58岁，不说70岁。照她想，要是医生知道她的实际年龄，就不会给她治病，只会说：她该死了，用不着再治了。她通常一清早就动身去诊所，再带上两三个小孙女，傍晚才能回来，肚子挺饿，脾气挺坏，给自己带回了药水，给小孙女带回了药膏。有一次她把尼古拉也带去了，后来他一连喝了两周的药水，说是觉得好了一点儿。

　　老奶奶认识方圆30俄里内所有的医师、医务助理和江湖郎中，可是却没有一个让她喜欢。在圣母庇护节那一天，神父举着十字架走遍所有的农舍，教堂执事对她说，城里监狱附近住着一个老头子，在军队上做过医士，治好过很多人的病，劝她找他去看病。老奶奶听了他的劝。等到头阵雪落下地以后，她就坐车进城，带回一个小老头儿。这人留着大胡子，脸上布满又细又蓝的血管的网，穿着长袍，是个皈依正教的犹太人。那时家里正请了几个雇工做事：一个老裁缝戴一副吓人的眼镜，正用碎布头拼成坎肩，两个小伙子用羊毛做毡靴。基里亚克因为酗酒丢了差事，现在只好住在家里。他坐在裁缝旁边修理马脖子上的套具。屋子里又挤又闷，臭烘烘的。犹太人给尼古拉

335

做完检查，说需要给病人拔罐子放血。

他放上许多罐子。老裁缝、基里亚克和小姑娘们站在一旁看着，他们好像觉得，他们看到疾病从尼古拉身上流出来了。尼古拉自己也瞧着，那些附在胸口的罐子慢慢地充满了浓黑的血，感到当真有什么东西从他身子里跑出去了，于是他满意地微微笑着。

"这样行，"裁缝说，"求上帝保佑，能见效就好。"

犹太人拔完 12 个罐子，随后又放上 12 个。他喝足了茶，就坐车走了。尼古拉开始打冷战，他的脸瘦下去，用女人们的话说，缩成一个小拳头了，他的手指发青。他盖上一条被子，再压上一件羊皮袄，但还是觉得越来越冷。将近傍晚，他觉得病重了，要他们把他放到地板上，要裁缝别抽烟，随后静静地躺在羊皮袄下面，天不亮就死了。

九

唉，多么严酷，那是漫长的冬季啊！

圣诞节过后，自家的粮食已经吃完，只得去买面粉。基里亚克现在住在家里，到傍晚就胡闹，弄得人人害怕，一到早晨又因头痛和羞愧而痛苦不堪，看他那副模样真叫人可怜。在畜栏里，那头饥饿的母牛一天到晚不停地哞哞哀叫，叫得老奶奶和玛丽亚的心都碎了。好像故意捣乱似的，一直是冻得树木喀喀响的严寒天气，到处是厚厚的积雪和高高的雪堆，冬天拖得很长。到了报喜节，还刮了一场十足的冬天的暴风雪，在复活节居然还下了一场雪。

但是不管怎么样，冬天毕竟过去了。四月初，白天变得暖和起来，夜里依然寒冷。冬天还不肯退让，但暖和的春日终于还是来临了，最后，冰雪消融，河水奔流，鸟儿开始唱歌。河边的整个草场和灌木丛淹没在泛滥的春水中，从茹科沃村直到河对岸成了一片泽国，水面上不时有一群群野鸭振翅飞起飞落。春天的落日如火如荼，映红了满天的彩霞，每天晚上都变出一幅不同往常的新的图景，那样美妙绝伦，也就是人们日后在画儿上看见那种彩色和那种云朵时候所不能相信的景致。

仙鹤飞得很快很快，发出声声哀鸣，似乎在召唤同伴。奥莉加站在斜坡的边上，久久地望着这片泛滥的春水，望着太阳，望着那明亮的、仿佛返老还童的教堂，她不禁流下了眼泪，激动得喘不过气来。她急切地想离开这里，随便去什么地方，即使是天涯海角也好。家里已经决定，让她还回到莫斯科去当女仆，让基里亚克跟她一路去，去那里找个看门人或者其他什么差事。啊，快点儿走吧！

等路变干了，天气暖和了，她们就准备动身上路。奥莉加和萨莎每人背着包袱，穿着树皮鞋，天不亮就出发了。玛丽亚出来送她们一程。基里亚克因为身体不好，还得在家再待上一个礼拜。奥莉加最后一次面对着教堂在胸前画十字，默默祷告。她想起了自己的丈夫，虽然没哭出来，但她的脸皱起来，像老太婆那样难看了。这一个冬天，她变得瘦多了，变丑了，头发有点灰白，脸上再没有昔日那种动人的风韵和愉快的微笑，在经受了丧夫之痛以后，只有一种悲哀的听天由命的神情。她的目光有点迟钝、呆板，耳朵仿佛聋了似的。她舍不得离开这个村子和这些农民。她回想起他们怎样抬着尼古拉顺着大街走下去，在一座座农舍旁边都有人做安魂祈祷，大家同情她的悲痛，陪着她哭，在夏天和冬天，经常有一些时日，这些人过得好像比牲口还糟。同他们生活在一起是可怕的，他们粗鲁，诡诈，肮脏，酗酒；他们不和睦，老是吵架，因为他们彼此并不尊重，而是互相害怕，互相猜疑。谁开饭铺，鼓励闹酒？农民。是谁挥霍掉村社、学校和教堂的公款，把钱换酒喝了？农民，是谁偷邻居家的东西，纵火，为了一瓶伏特加在法庭上作伪证？是谁在地方自治会和其他会议提高喉咙头一个出来反对农民？还是农民。不错，同他们生活在一起是可怕的，可是他们毕竟是人，他们跟普通人一样受苦，流泪，而且在他们的生活里没有哪件事是不能找到使人谅解的缘由的。沉重的劳动使他们到了夜里就浑身酸痛，严寒的冬天，粮食歉收，住房拥挤，可是没有人帮助他们，哪儿也寻不到帮助。那些比他们有钱有势的人是不可能帮助他们的，因为他们自己就粗鲁，不诚实，酗酒，骂起人来照样难听得很。那些小官和地主管家对待农民如同对待乞丐一样，他们甚至对村长和教堂主持讲话也跟见了部下一样自以为有权这样做。至于那些贪财的、吝啬的、放荡的、懒惰的人，他们到农村里来只是为了欺压、掠夺、吓唬农民，哪里还谈得上帮助呢？奥莉加回想起去年冬天，当基里亚克被拉去用树条体罚时，两位老人的模样是多么可怜而悲惨啊！现在她替所有那些人难过，所以她一边走，一边频频回头瞧那些小木屋。

338

送出 3 俄里，玛丽亚开始告别，然后她跪下来，不住地磕头，开始痛哭：

"又剩下我孤零零一个人了，我这苦命人啊，多么可怜、多么不幸啊……"

她就这样哭诉了很长时间，奥莉加和萨莎每一次回头总能看到她跪在地上，双手抱住头，一个劲儿地向两边叩头，同时白嘴鸦在她的头飞来飞去。

太阳高高地升起，天气热起来。茹科沃村远远地落在后头子。走路是痛快的，奥莉加和萨莎很快就忘了村子，忘了玛丽亚。她们高兴起来，样样东西都中她们的意。有时出现一个土岗，有时出现一排电线杆，一根接一根不知伸向何方，最后消失在地平线上，那上面的电线发出神秘的嗡嗡声；有时看到远处绿树丛中有个小村子，从那边飘来一股潮气和大麻的香味，不知怎么那地方好像住着幸福的人似的，看那匹马精瘦的骨架，在空旷的田里像孤零零的一个白斑点。云雀不停地婉转啼唱，鹌鹑的叫声此起彼伏，互相呼应，一只秧鸡断断续续发出急促的叫声，仿佛真有人猛地在拉扯旧的铁门环一样。

中午时分，奥莉加和萨莎来到一个大村子。在一条宽阔的街上，她们遇见一个小老头，就是茹科夫将军家的厨子。他感到热，他那冒汗的红秃顶在阳光下发亮。起初他同奥莉加都没有立即认出对方，随后都回过头来对视了一会儿，认出来后一句话也没说，就各走各的路了。她们停在一座显得更阔气、更新的木屋前，奥莉加对着敞开的窗子深深地鞠了一躬，用尖细的唱歌般的喉咙说：

"正教徒啊，看在基督的分儿上，给点施舍吧，求上帝保佑你们，保佑你们的双亲在天国得到永久的安息。"

　　"正教徒啊，"萨莎也跟着她唱起来，"看在基督的分儿上，给点施舍吧，求上帝保佑你们，保佑你们的双亲在天国……"

一八九七年四月